Paula Köhlmeier
Maramba

3,–

W0374579

Zu diesem Buch

»Veritable kleine Kunststücke, psychologisch und stilistisch brillant«, so schrieb die Neue Zürcher Zeitung über »Maramba«: Menschen, die den Zauber von Worten hören, die aufeinander zugehen und sich selbst im anderen wiederfinden wollen; beginnende Beziehungen, flüchtig, unerfüllt und mit offenem Ausgang; abgründige Verhältnisse, phantastische Träume, vage Hoffnungen – davon handeln die knapp fünfzig Prosastücke dieses Buches, dem es mit dem ersten Satz gelingt, unser Herz zu erfassen. »Eine ungemein atmosphärische, manchmal sehr zarte Prosa. Sie ist getragen von einer Sprachprägnanz ohne unnötige Zutaten, die poetische Wirkung wird durch unprätentiös und minimalistisch eingesetzte Stilmittel erzeugt.« (Aus der Begründung zum Siegertext des Vorarlberger Literaturstipendiums) »Maramba« zeigt das atemraubende Talent einer jungen Schriftstellerin, die schrecklicher nicht hätte enden können. 2003 verunglückte die einundzwanzigjährige Paula Köhlmeier bei einer Bergwanderung tödlich.

Paula Köhlmeier, geboren 1982 in Bregenz, verunglückte im Sommer 2003 tödlich. Sie besuchte das Gymnasium in Dornbirn und studierte nach einem achtmonatigen Aufenthalt in Mexiko an der Filmakademie in Wien. 2002 erhielt sie das Vorarlberger Literaturstipendium.

Paula Köhlmeier

Maramba

Mit einem Nachwort von
Monika Helfer und Michael Köhlmeier

Piper München Zürich

FSC

Dieses Taschenbuch wurde auf FSC-zertifiziertem Papier gedruckt. FSC (Forest Stewardship Council) ist eine nichtstaatliche, gemeinnützige Organisation, die sich für eine ökologische und sozialverantwortliche Nutzung der Wälder unserer Erde einsetzt (vgl. Logo auf der Umschlagrückseite).

Ungekürzte Taschenbuchausgabe
Piper Verlag GmbH, München
August 2007
© 2005 Paul Zsolnay Verlag, Wien
Umschlag / Bildredaktion: Büro Hamburg
Heike Dehning, Charlotte Wippermann,
Alke Bücking, Daniel Barthmann
Umschlagfoto: privat
Satz: Eva Kaltenbrunner-Dorfinger, Wien
Papier: Munken Print von Arctic Paper Munkedals AB, Schweden
Druck und Bindung: Clausen & Bosse, Leck
Printed in Germany ISBN 978-3-492-24908-9

www.piper.de

Tagebuch einer Verrückten

Ich habe vor drei Jahren geheiratet. Einen Mann mit großen Händen und richtigen Gedanken. Richtige Gedanken passen in eine Schublade. Die Schublade sieht von außen wie von innen ordentlich aus. Sein Kopf ist nach Bereichen sortiert: Arbeit, keine Arbeit, Frau. Nie verirrt sich ein Gedanke in einen falschen Bereich.

Das ist natürlich eine Übertreibung. Ich übertreibe immer und automatisch. Das sagen mein Mann, mein Arzt und ich. Wir haben ein goldenes Türschild mit Silberschrift. Tauber ist unser Name. Ich putze das Türschild einmal im Monat. Das ist mein Beitrag zu unserer Ehe.

Mein Mann war zwölf, als sein Vater gestorben ist. Für seine Mutter war das die Vertreibung aus dem Paradies. Mein Mann hat seine Mutter wieder aufgeblasen, nachdem sie platt auf dem Boden lag. »Es war schwierig, aber ich habe uns repariert«, sagt mein Mann.

Sein Vater war Bauer. Mein Mann verkaufte den Hof, schaffte neues Geld auf die Bank, und seine Mutter steckte sich im Frühling wieder Blumen in die Haare.

Mein Mann ist ein Mechaniker für kaputte Seelen. Er hatte ein hartes Leben und ist heute glücklich. Ich hatte kein hartes Leben und bin heute unglücklich.

Am Tag bin ich allein. Ich versuche, lange zu schlafen, damit der Tag kürzer ist. Ich rauche im Bett Zigaretten und trinke viel schwarzen Kaffee.

Ich vermisse meinen Mann nicht, wenn er weg ist. Ich rufe ihn nicht an, wenn er sich verspätet.

Allein gehe ich durch die Wohnung. Ich brauche fünf Minuten, wenn ich langsam durch alle Zimmer gehe. Das ist meine Zeit. Fünf Minuten für eine Zigarette. Fünf Minuten für meinen Rundgang. Das sind zusammen zehn Minuten. So vergeht meine Zeit. Ich koche nicht. Wir leisten es uns, essen zu gehen. Wir haben genug Geld. Das ist unser Glück.

Wir sind glücklich.

Mein Mann sagt: »Wir sind glücklich«, und ich verlasse mich auf das Glück. Ich bin froh, daß er sich darum kümmert. Ich habe wenige Wünsche. Ich sage nie: »Nein«. Weil ich nicht weiß, was ich nicht möchte. Ich sage nie aus Überzeugung: »Ja«. Ich bin ein Mitläufer. Heute, früher bei meinen Eltern und in der Schule. Ich wasche gern meine Haare. Meine Haare sind lang und schön. Männer wollen meine Haare angreifen, und ich sage nicht nein. Ich kämme sie vor dem Fenster.

Meine Gedanken sind sorgfältig verpackt in meinem Kopf, aber sie kommen ungeordnet aus meinem Mund. Meine Gedanken sind wie ein Fallschirmspringer, der nicht springen will. Ich habe Angst vor zuviel. Ich habe Angst vor zu wenig, und mein Kopf meint, es gibt nichts dazwischen. Dann weine ich. Am liebsten allein. Ohne Grund. So eine Eigenschaft ist furchtbar.

Ich nehme Tabletten gegen zu viele Gedanken. Mein Mann bringt mir die Tabletten. Mein Mann liest die Packungsbeilage. Mein Mann spricht mit einem Arzt. Der Arzt und mein Mann sagen, daß die Tabletten gut für mich sind.

Seit einem halben Jahr hat mein Mann eine Geliebte. Eine große Frau mit dicken Haaren und breiten Hüften.

Volksschullehrerin. Eine Frau, die den Kindern sagt, daß sie nicht über vorgezeichnete Linien hinaus malen dürfen, und die Kinder, die es doch tun, zum Psychologen schickt.

Mein Mann sagte: »Ich habe eine Geliebte.« Ich stand in der Küche und dachte: Scheiße, jetzt muß ich etwas tun.

Ich lag zwei Tage im Bett. Am dritten Tag kam sie uns besuchen. Sie hatte einen festen Händedruck. Sie heißt Susanne Knopf. »Wir sind doch erwachsene Menschen«, sagte mein Mann. Er kochte Spaghetti mit Tomatensauce. Susanne Knopf schnitt das Gemüse. Ich lag im Bett. Sie lachten in der Küche.

Ich war das Kind. Meine Eltern waren in der Küche. Ich stellte mir vor, wie es wäre, das Kind von meinem Mann und seiner Geliebten zu sein.

Mir ist alles recht. Ich fühle mich keinem Gefühl zugehörig.

Mein Mann sagte, ich bekomme die Wohnung und jeden Monat Geld. Ich brauche nicht zu arbeiten. Er wohnt bei Susanne Knopf. Susanne Knopf raucht keine Zigaretten. Mein Mann sagt, er redet mit dem Arzt über mich. Der Arzt gibt mir stärkere Tabletten. Ich sehe aus wie ein Geist. Das Türschild darf ich behalten.

Ich frage mich, wie ich das alles berichten soll. Ich muß berichten. Es wird ein Mann in Uniform vor mir sitzen. Er wird einen Bericht schreiben. In Handschrift auf ein weißes Blatt Papier wird er genau notieren, was ich sage. Oder er tippt in eine Schreibmaschine. Eine grüne Schreibmaschine. Der Mann in Uniform arbeitet acht, manchmal neun Stunden am Tag. Seine Lippen werden sich auf und ab bewegen. Er wird klare Fragen stellen und klare Antworten erwarten.

Ich habe meinen Mann erstochen. Auf dem Küchentisch.

Susanne Knopf lag auf ihm. Bevor ich beide erstochen habe, lag sie auf ihm, und nachdem ich sie erstochen hatte, lag sie noch fester auf ihm.

Ich hätte sie, vor meinem Mord, von ihm herunterrollen sollen. Ich hatte so viel im Kopf. Jetzt liegen sie tot aufeinander. Ich bin nicht eifersüchtig auf eine Tote. Ich hätte nur meine Arbeit richtig machen müssen.

Der Mann in Uniform will kurze und richtige Antworten. Nach diesen Fragen werde ich nichts mehr gefragt werden. Das werden meine einzigen Worte zu meinem Mord sein. Danach werde ich nichts mehr zu sagen haben. Nach diesem Verhör ist mein Leben vorbei.

Die Haustür war angelehnt.

Ich ging in die Küche. Mein Mann lag nackt auf dem Küchentisch. Auf ihm Susanne Knopf. Bleiche Haut. Ihre Haut sah wie Schweizerkäse aus.

Ich nahm das Küchenmesser und stach auf den Berg ein. Das muß ein komisches Bild gewesen sein. Ich bin eine sehr kleine, unauffällige Frau. Ich falle nicht auf. Wenn ich auf Partys eingeladen bin, was selten vorkommt, halte ich mich meistens auf der Toilette auf. Ich sitze auf der kalten Kloschüssel und warte vor mich hin. Ich wippe mit den Füßen. Ich warte, bis alles vorbei ist.

Von mir denkt keiner etwas Schlechtes. Von mir denkt man sich überhaupt nichts. Es muß ein komisches Bild gewesen sein. Man wird sagen: Aber nein, die Frau Tauber wurde in das Bild hineinretuschiert. Sie hat ihren Mann nicht getötet. Sie hat nicht so viel Kraft.

Das wird der Mann in Uniform nicht wissen wollen. Nichts von all dem. Jetzt ist es bald so weit. Ich bin gleich da. Ich werde sagen: Mein Name ist Rita Tauber. Ich habe meinen Mann und seine Geliebte erstochen. Das war vor einer Stunde und zehn Minuten. Sie liegen beide noch auf dem Küchentisch. Gehmanngasse 43.

Als ich gegangen bin, waren sie noch warm. Ich habe sie umgebracht, weil mein Mann mich verlassen wollte. Wegen einer Geliebten, die richtige Gedanken hat und nicht wie ich durch die Wohnung schleicht. Ich habe sie umgebracht, weil ich wollte, daß etwas passiert in meinem Leben.

Der eine und der andere

Zwei Männer stehen am Bahnhof. Der eine friert. Dem anderen ist heiß. Die Männer sind Freunde. Der eine hält eine Fahrkarte in der Hand. Der andere hat keine. Der eine wirft seine Fahrkarte weg und bleibt beim anderen.

Es gibt keine Arbeit und keine Frauen.

Sie warten auf ein Auto. Ein dritter wollte sich darum kümmern. Das Auto wurde für drei Tage ausgeliehen. Sie warten auf das Auto, weil Fahren schneller ist. Und obwohl sie nichts erledigen müssen, fühlen sie sich wichtig und prächtig organisiert in dem Auto.

Dem Auto sieht man von außen nicht an, daß zwei Männer ohne Ziel das Auto fahren.

Die beiden kaufen Bier. Im Kofferraum haben vier Kisten Platz. Sie fahren durch Vorarlberg, hören *The Doors*. Der eine singt aus dem Fenster: »Break on thru, to the other side!« Der andere sagt, daß er still sein soll, weil es falsch ist.

Sie fahren zum Alten Rhein und setzen sich ans Wasser. Der eine liest in einem alten Mickey Mouse, der andere dreht einen Joint.

Der Joint bringt ihre Herzen durcheinander, und sie reden über Frauen. Der eine möchte eine feine Frau. Der andere eine schöne Frau.

»Ich möchte nicht, daß sie schreit, wenn ich spät nach Hause komme«, sagt der eine.

Der andere sagt: »Das möchte ich auch nicht.«

Aus dem vielen Bier machen sie Biersuppe. Das ganze Bier wird in einen großen Topf geschüttet und warm gemacht.

Dazu Salz, Pfeffer und Weißbrot. Biersuppe ist warm, billig, und sie macht betrunken.

Wenn sie betrunken sind, sieht der eine den goldenen Engel. Der andere hat zu wenig Phantasie. Der eine muß dem anderen den Engel beschreiben. Wenn der eine von den weiten Flügeln spricht, sagt der andere, es sei eine Lüge.

An einem Mittwoch wird viel Biersuppe getrunken. Der Engel sagt: Wenn ihr eure Schuhe putzt und die Schuhbänder aus den Schuhen zieht, dann lade ich euch ein.

Der eine erzählt dem anderen von der Einladung des Engels.

»Wo wohnt er?« fragt der andere.

»Ich weiß nicht«, antwortet der eine.

»Denkst du, wir können mit dem Auto fahren?«

Der eine denkt sich: Warum möchte der andere immer mit dem Auto fahren?

Der eine erzählt dem anderen von dem wunderbaren Essen, das sie erwarten wird. Der Engel hat auch von schönen, feinen Frauen mit Goldhänden gesprochen.

Der andere sagt: »Warum Goldhände?«

Der eine sagt: »Das ist eine noble Gegend.«

Sie putzen ihre Schuhe mit Spucke. Die Schuhbänder vergraben sie in der Erde. Damit sie niemand klaut.

»Was jetzt?« sagt der andere.

»Wir warten.«

»Auf ihn?«

»Es könnte später werden, meint er.«

Die Geschichte vom einen ist still und blaß. Er hatte eine Frau. Eine kleine zarte Frau, die durch rote Zimmer ging.

Er hat sie zerdrückt, ohne es zu wollen, ohne es zu merken. Kurz vor dem letzten Atemzug hat sie seine Koffer auf die Straße gestellt. Sie hat einen neuen Mann kennengelernt und wieder Luft bekommen. Der eine ist manchmal unter ihrem Fenster gestanden, und der neue Mann hat die Fenster geschlossen. Dann sind der neue Mann mit seiner kleinen zarten Frau weggezogen. Der eine hat auch noch seine Arbeit verloren. Beim Trinken hat er den anderen kennengelernt.

Der andere hatte keine Frau. Er ist früh weg aus Vorarlberg, weil es ihm zu eng wurde. Er ist nach Berlin, nach Hamburg an den Hafen, nach Italien ans Meer, und nirgendwo ist sein Kopf leichter geworden.

Er ist zurück nach Vorarlberg, um bei seiner Familie zu sein. Bruder, Schwester, Vater und wahrscheinlich Mutter, wenn sie es ausgehalten hat. Seine Familie war weg. Unbekannt verzogen. In dem alten Haus wohnten neue Menschen mit anderen Geschichten. Sie haben sich ein bißchen für ihn interessiert, diese neuen Menschen. Am nächsten Morgen hat er ihnen Geld und einen großen Kochtopf geklaut.

Der eine und der andere sitzen am Alten Rhein und warten auf den Engel. Damit er vielleicht die Nacht mit ihnen verbringe. Es ist kalt, aber sie trauen sich nicht, im Auto zu schlafen, weil sie Angst haben, den Engel zu verpassen. Sie denken sich: Der Engel wird bestimmt nicht auf uns warten. Wenn wir schlafen, wird der Engel uns nicht wecken.

Der eine fragt den anderen, ob er sich während des Wartens bei ihm anlehnen darf.

Der Alkohol wandert vom Kopf zu den Beinen, in die

Finger, bis zum Herz. Dem Körper ist nicht mehr kalt, und der Kopf des einen wird schwerer an den Schultern des anderen.

Ein Spaziergänger ruft die Polizei. Die Polizei stellt den Tod des einen fest. Nur ein Arzt darf den Tod feststellen. Das weiß der Polizist. Der Polizist hatte einen Streit mit seiner Frau. Er ist müde und weiß auch, daß nach diesen Männern niemand fragen wird.

Der Polizist bringt dem anderen einen Kaffee, und ein zweiter Polizist deckt den einen mit einem Plastiktuch zu.

Das Auto wird von jemandem weggebracht. Die Schuhbänder bleiben unter der Erde.

»Warum seid ihr nicht ins Warme?« sagt der Polizist. »Im Warmen wäre das nicht passiert.«

Der zweite Polizist sagt: »Den nehmen wir am besten mit. So betrunken wie er ist, wird er auch sterben, wenn wir gehen.«

Sie helfen dem anderen ins Auto und decken ihn mit einer blauen Decke zu.

Bevor er die Augen schließt, sagt der andere: »Der Engel war Betrug.«

Ein paar Tage später spielen Kinder am Alten Rhein. Sie finden die Schuhbänder, und zu Hause fragen sie ihre Eltern, was es für einen Sinn hat, Schuhbänder zu vergraben.

Maramba

Sie sitzt am Fenster. Er geht durchs Zimmer.

Sie sagt: »Sag mir die Wahrheit!«

»Welche Wahrheit?« sagt er und beginnt mit Bleistift in einen Block zu zeichnen. Er zeichnet einen Zug. Einen langen roten Zug mit schweren rußigen Rädern. Ein Zug für Reisen weit weg.

Sie wirft einen Blick auf die Zeichnung. »Möchtest du weg?« sagt sie.

»Warum?«

»Wegen dem Zug da.«

Er zeichnet dem Zug ein Geleise. Sie streckt die Hände in die Luft.

Seit drei Jahren sind sie zusammen. Kennengelernt haben sie sich in einem Plattenladen. Unterhalten haben sie sich über Charlie Parker und John Coltrane. Gelacht haben sie manchmal, und manchmal über sich selbst.

Als junge Frau sagte sie einmal zu einer Freundin: »Ein Ehemann ist einer, von dem du immer weißt, wo er ist. Einer, bei dem du, wenn du gefragt wirst: ›Wo ist er?‹ immer sofort antworten kannst, ohne zu fürchten, du könntest dich irren.«

Die Freundin lachte. Die Freundin hatte schöne Lippen und eine angenehme Stimme. Die Freundin aß am Morgen Butterbrote, zwei. Die Butter strich sie gleichmäßig auf die Brote. Mit den Füßen stand die Freundin fest auf dem Boden. Und der Boden war ausgekundschaftet und ohne Abenteuer.

Sie lernt ihn in einem Plattenladen kennen. Beide kaufen sie die gleiche Platte. Ein Zufall, aus dem ein Gespräch wird. Der Verkäufer hat die Platte in dieser Woche bereits neunzehn Mal verkauft. Für ihn ist es kein Zufall. Verliebte aber sind arrogant. Und allein. Verliebte sehen nur die Liebe, und alles ist eine Botschaft für die eine Liebe.

Lange hat sie sich an diese erste Begegnung geklammert. Der Name der Platte wurde vergessen. Die Musik war nicht mehr modern. Sie zogen zusammen. Kein Mensch braucht zwei gleiche Platten. Sie verschenkte ihre Platte und er später auch seine, weil er dachte, sie hätte ihre noch.

Lange klammert sie sich an diese erste Begegnung. Zum ersten Abschied sagte er: »Maramba.« Er sagte: »Maramba ist ein Gefühl.« Für das es kein Wort gibt, meinte er. Ein Gefühl, das man nicht erklären kann und das nur er hat. Meinte er.

Sie geht nach Hause. Sie springt über einen Gehsteig. Ihr Kopf fragt, ob Maramba etwas Gutes heißt.

Zu Hause sucht sie das Wort in einem Wörterbuch. Das Wort gibt es nicht, und das Wort wird für sie zu einem Zauber.

Sie treffen sich öfter, und manchmal sagt er »Maramba« zum Abschied. Sagt er es nicht, macht sie sich Sorgen.

Maramba wird für sie zu einer ganzen Stadt. Einer Stadt mit vielen Lichtern, kühler Luft und einer eigenen Sprache und einer breiten Treppe über den Bahnsteig. Die Menschen treten einander auf die Füße, wenn sie böse sind, aber das kommt selten vor, denn alle Menschen in Maramba haben kleine schöne Füße. Männer sitzen auf Stahlrohren und trinken Bier. Sie schreibt eine Geschichte über die Stadt. Mit einer Nadel befestigt sie die Geschichte an seiner Tür, in der Hoffnung, er werde zurück schreiben. Er liest die Geschichte am frühen Morgen. Die Geschichte macht ihm Angst. Sie möchte etwas wissen, was er nicht sagen kann.

Er schreibt nicht zurück. Er sagt das Wort nicht mehr.

Jetzt sagt sie: »Ein Ehemann ist einer, bei dem ich keine Angst habe, wenn ich nicht weiß, wo er ist.«

Die Freundin ist dick geworden. Ihre Lippen sind wie zwei übereinander gestapelte Würste. Ihre Stimme ist noch immer angenehm, aber sie paßt nicht mehr zum Körper. Die Freundin steckt bis zum Hals in Beton. Ihr Kopf ist klar, aber die Füße bewegen sich nicht mehr. Der Boden, auf dem sie steht, ist verwildert. Aber das kümmert sie nicht.

Er packt seine Koffer und sagt, daß er für zwei Wochen weg ist. Er sagt es nebenbei. So nebenbei, daß sie fragen muß, wohin er geht. Er gibt keine Antwort. Sie soll nicht so viel fragen. Er möchte eine Zeit allein sein. Sie weiß nicht, wo er ist, und das Gefühl macht ihr Angst.

»Alles war falsch«, sagt sie zu ihrer Freundin. »Ich weiß nicht, was ein guter Mann ist.«

Jeden Abend zieht sie sich schön an, pudert ihr Gesicht, setzt sich in die Küche, sieht auf die Uhr und wartet auf ihn. Er kommt nicht. Sie schminkt sich ab und geht ins Bett.

Sie hat das Gefühl, da sein zu müssen, wenn er kommt. Wenn sie am Abend weggeht, schreibt sie ihm eine Nachricht und legt den Schlüssel. Bis Weihnachten kleben fünfundzwanzig Nachrichten an der Haustür. Fünfundzwanzig Abende weg, plus achtzig Abende zu Hause, sind zusammen hundertundfünf Tage. So lange ist er weg.

So lange ist er weg, denkt sie sich und kämmt ihre Haare vor dem Spiegel. Der Spiegel ist braun und schwer. Der Spiegel versteht keinen Humor. Gekauft haben den Spiegel seine Eltern. Ein neugieriges Paar mit einem Hang zu schlechter Musik und komischem Essen. Sie stellt den Spiegel zum Sperrmüll. Fünf Minuten später ist er weg. Sie steht am Fenster und denkt sich, wer wohl möchte so einen Spiegel haben. Sie denkt sich den neuen Besitzer aus, bis es Nacht wird. Ich hätte einen Brief dazulegen sollen, denkt sie beim Zähneputzen. Was sie geschrieben hätte in dem Brief, weiß sie nicht.

Er schreibt ihr eine Postkarte. Die Karte kommt aus Paris. Auf der Karte ist der Eifelturm bei Nacht abgebildet.

Auf der Karte steht: »Maramba heißt: Ich weiß nicht.«

Sie betrachtet die Karte immer wieder. Sie schließt die Augen, legt die Karte beiseite und liest sie später noch einmal. Als ob sich der Text verändern könnte. Nach zwei Tagen legt sie die Karte ins Eisfach.

Jahre später liest ein Verleger ihre Geschichten über *Maramba*. Der Verleger trinkt seinen Kaffee schwarz. Der Verleger sagt: »Ein guter Anfang. Ich weiß, das wird ein Erfolg.« Sie lächelt und zündet sich eine Zigarette an.

Aus den Geschichten wird ein Buch. Das Buch braucht ein Cover. Sie findet die Zeichnung mit dem langen roten Zug. Sie schält sich eine Orange. Die Schalen wirft sie aus dem Fenster. Ein Mann flucht über die Schalen, die vom Himmel fallen. In seinen Händen hält er den braunen Spiegel. Sie legt die Zeichnung ins Eisfach.

Ihr Name ist Ella. Sein Name ist Kurt. Ella setzt sich auf ihr Fahrrad und fährt davon. Kurt, weit fort von Ella, ist gerade dabei, einen LKW in einen Block zu zeichnen. Hinter ihm steht eine Frau mit kurzen Haaren.

»Sag mir die Wahrheit«, sagt die Frau.

»Welche Wahrheit denn?« sagt Kurt.

Das Postkartenmeer

Wir fuhren mit dem Rad durch Wien. Ich saß auf dem Gepäckträger, mein Liebling hatte eine Zigarette zwischen den Zähnen, die war abgeraucht bis zum Filter, mit den Händen klammerte ich mich an meinen Liebling. Das ist Kino. Manchmal kehrt sich mein Hirn nach außen.

Vor dem *Flex* setzten wir uns an einen Tisch. Ich schloß meine Augen und tat so, als hätte man mich angeschossen. Meine Hände klebten an der Schußwunde. Ich versuchte aufzustehen, was aber schlecht ging mit einer Schußwunde im Bauch, und ließ mich wieder auf die Bank zurückfallen. Mein Liebling verdrehte die Augen. Er kennt das schon.

Dann war er weg.

Ich wartete.

Er hatte gesagt: »Warte hier!«

Eine Frau mit viel zu großer Jacke, viel zu kleiner Hose, und das Gesicht war unter drei Mützen untergetaucht, setzte sich zu mir an den Tisch.

»Früher«, sagte sie, »hat es besseres Gras gegeben. Ich mag Gras lieber als Shit. Es kratzt nicht so im Hals. Den Shit, den du heute bekommst, kannst du brechen. Früher war er weicher. Er gab soviel her, daß ich mit dem, was vom Shitangreifen an meinen Fingern geklebt ist, einen neuen Joint bauen konnte. Würdest du mitrauchen, wenn ich etwas für einen zusammenbettle? Nur, wenn du möchtest. Ich rauche nicht gern allein. Davon werde ich deprimiert. Ich bin dann im Krieg mit mir selber, wenn ich allein einen Joint rauche. Ich denke dann zuviel. Man müßte auf Knopfdruck das Hirn ausschalten können. Das kann ich nur beim Ficken und da auch nicht richtig. Würdest du mitrauchen?«

Sie hatte eine kratzige Stimme. Wie die Bardamen in den alten Schwarzweißfilmen. Ich spürte wieder die Kugel in meinem Bauch. Ich war die angeschossene Heldin in der ketchupfarbenen Blutlache.

»Ja, würde ich«, sagte ich.

»Du hast ein schönes Tuch auf dem Kopf«, sagte sie.

Ich rückte das Tuch auf meinem Kopf zurecht. Das mache ich immer so, wenn ich ein Kompliment bekomme: Ich betone das Kompliment. Mein erster Freund zum Beispiel sagte zu mir, ich hätte einen schönen Mund. Er war Fotograf. Er machte Fotos von Kerzen. Daraus wurden dann Begräbnis- und Hochzeitskarten gemacht. Er sagte, ich hätte einen schönen Mund, und ich preßte den ganzen Abend meinen Mund heraus. Ich wollte, daß der schöne Mund nach unserem Rendezvous in seinen Gedanken zu einem wunderschönen Mund wird. Das meine ich, wenn ich sage, ich betone das Kompliment.

»Ich habe einen Bewährungshelfer«, sagte sie und zog die unterste Mütze tiefer ins Gesicht. »Ich war im Gefängnis«, sagte sie.

Ich konnte ihre Augen nicht mehr sehen, sie waren vergraben unter den Mützen. Ich unterhielt mich mit einer Nase. Der Mund war hinter ihren Händen. Der restliche Mensch war Vermutung.

»Wegen versuchter Körperverletzung«, sagte sie.

»Aber nur zwei Wochen im Gefängnis«, sagte sie.

»Den Bewährungshelfer habe ich für drei Jahre«, sagte sie. »Einmal im Monat muß ich zu ihm. Er hat gesagt, wenn ich nur ein einziges Mal nicht komme, muß ich wieder ins

Gefängnis. Stimmt das? Ich bin schon zweimal nicht gekommen. Ich denke, ich bin ihm wurscht. Hat der eigentlich frei, wenn ich nicht komme?«

Ich zuckte mit der Schulter. Dann war es kurz still um uns herum.

»Was arbeitest du?« fragte ich in die Stille hinein, und gleich nach der Frage kam ich mir wie ein Bewährungshelfer vor. Ich hätte die Frage gern zurückgenommen. Wie bei einem Spiel unter Scheinwerfern mit einer Musik für Richtig! und einer Musik für Falsch! Drei falsche Fragen darf ich stellen, die vierte gilt. Zu gewinnen gibt es eine All-Inklusive-Reise nach Kreta. Eine Reise mit verschwitzten, nach Sonnenöl riechenden Menschen.

»Ich habe Comics, Bücher und Spielsachen im Prater verkauft. Bei dem Würstelstand gleich beim Eingang«, sagte sie. »Jemand hat mir meine Arbeit geklaut. Zwei große Plastiksäcke und eine blaue Tasche, alles voll mit Spielzeug, Comics und Büchern. Am Abend habe ich meine Arbeit immer hinter den Büschen versteckt. In der Nähe von den Gratis-WCs. Einmal hat jemand auf meine Arbeit gebrunzt. Das war auch so ein Schwein. Wer macht das denn, hinter einem Busch auf Spielsachen brunzen, wenn das Klo ganz in der Nähe ist und gratis? Auf jeden Fall waren die Taschen an einem Morgen weg. Ich habe mir gedacht, wer zum Teufel greift denn da hinter die Büsche, um zu schauen, ob Säcke mit Spielsachen dort sind?«

Ich wußte nicht, was ich darauf sagen sollte.

»Ich bin mir beobachtet vorgekommen und bin mit einer Paranoia herumgerannt«, sagte sie. »Jetzt ist es mir wurscht. Die Paranoia habe ich noch, aber die Arbeit ist mir wurscht.«

Ich wußte wieder nicht, was ich darauf sagen sollte.

»Ich finde dich nett«, sagte ich schließlich, nur um auch etwas zu sagen. Ich wollte meine Frage nach der Arbeit wieder gut machen.

»Wer hat dich dafür bezahlt?« fragte sie.

Nein, so sagte sie das nicht. Sie sagte überhaupt nichts. Aber sie machte so ein Gesicht. Wir saßen da, und sie sagte nichts. Ich sah sie an, und in meinem Kopf schrieb ich folgendes unter ihr Gesicht:

Ich sagte: »Wofür?«

Sie sagte: »Damit du mich nett findest.«

Ich sagte: »Niemand.«

Sie: »Das ist mir verdächtig.«

Ich: »Warum?«

Sie: »Weil kein Plus für dich herausschaut.«

Ich kam mir schlecht vor. Ganz schlecht kam ich mir wirklich vor. Ich ging aufs Klo, um mir meinen Hintern an der kalten Kloschüssel abzukühlen in der Hoffnung, daß mein Hirn einfriert. Lange bin ich so dagesessen und stellte mir das Klo als Zimmer vor. Ein Zimmer, so klein, daß man stehen muß. Und sich zusammenrollen muß, wenn man schlafen will. Das Denken wird vor der Tür gelassen. Wir haben kein Hirn, wir stehen nur oder rollen uns. Meine Laune drückte ich mit der Klospülung hinunter und ging wieder zu meiner Geschichte zurück.

»Würdest du mitrauchen, wenn ich einen Joint hätte?« fragte sie, als hätte sie nicht schon einmal gefragt. Ich suchte mir einen noch nicht nassen Fleck auf der Bank. Es regnete. Nicht richtiger Regen.

»Ja«, sagte ich.

»Ich gehe mich umschauen. Würdest du auf mein Bier aufpassen?« fragte sie.

»Ja«, sagte ich.

Sie ging, und ich saß da mit einer Dose *Ottakringer Bier.* Was gibt es da zum Aufpassen?

Am Donaukanal sah ich einen Mann. Ich war mir sicher, ihn einen Tag zuvor am Westbahnhof gesehen zu haben. Mit einer Frau, eng umschlungen. Am Donaukanal war er auch eng umschlungen, aber mit einer anderen Frau. Beide Male rauchte er eine Zigarette. Man ist ein Schwein, wenn man sich eine Zigarette bei seiner Frau anzündet und sie bei seiner Geliebten fertig raucht.

»Tut mir leid, aber mit dem Joint schaut es schlecht aus.«

Die Frau mit der viel zu großen Jacke, der viel zu kleinen Hose war wieder da, und das Gesicht war unter drei Mützen untergetaucht.

Ich wollte ihr auch eine Geschichte erzählen.

»Ich möchte dir auch eine Geschichte erzählen«, sagte ich.

»Okay«, sagte sie und setzte sich und tat schon genervt, noch ehe ich das erste Wort meiner Geschichte gesagt hatte.

»Es gab einen Mann im Bregenzerwald. Das ist in Vorarlberg«, sagte ich.

»Ich weiß schon«, sagte sie.

Mich regte das auf. Ich wußte, daß sie bestimmt nicht wußte, daß der Bregenzerwald in Vorarlberg ist, und ich hätte ihr gern eine Fangfrage gestellt, mir fiel aber keine ein.

»Ich weiß nicht, ob er noch lebt«, redete ich weiter. »Der Mann fing an, in der Scheune hinter seinem Haus ein Boot zu bauen. Aus dem Boot wurde ein Schiff mit Kajüte, Küche und Schlafraum. Das Schiff wurde so groß, weil er alle seine Träume hineinbaute, und am Schluß brachte er das Schiff einfach nicht mehr aus der Scheune heraus. Er packte seine Sachen, verkaufte sein Haus und zog in das Schiff. Ein

Mann in den Bergen, der aufs Meer möchte. Das Schiff war zu groß und blieb in den Bergen, und vom Deck des Schiffes aus konnte man nicht einmal auf die Berge schauen, weil die Scheune um das Schiff herum war, und in der Scheune waren keine Fenster. Wenn eines Tages die Sintflut kommt und die Welt zum Meer wird und die Scheune auseinanderfällt, dann ist der Mann gerüstet.«

»Für meine Verhältnisse ein bißchen kitschig«, sagte sie.

»Was sind denn deine Verhältnisse?« fragte ich. Im Kopf hörte ich die Musik für: Richtig!

Dann war eine lange Pause, und auf einmal hatte ich Lust, mit ihr ein Boot zu bauen. Ich dachte, dann würden wir beide uns vertragen. Wenn wir die einzigen Menschen auf der Welt wären, hätten wir keine Wahl, wir müßten uns vertragen. Ich saß da, und meine Gedanken bauten und planten und gingen so weit, daß ich mir überlegte, ob man die Tische und Bänke vor dem *Flex* irgendwie in das Boot einbauen könnte. Zurechtbiegen. Für die Seitenwände. Das Holz wäre wahrscheinlich zu spröde.

»Mir wird schlecht auf dem Meer«, sagte sie. Da wollte ich kein Schiff mehr mit ihr bauen. »Wenn die Wellen sich überschlagen und auf dem Boot aufprallen, wird mir schlecht«, sagte sie.

»Es ist ja nur eine Geschichte«, sagte ich. »Man kann sich in einer Geschichte ein Meer ausdenken, auf dem einem nicht schlecht wird.«

»Ich habe eine Postkarte vom Meer bei mir zu Hause«, sagte sie. »Das Wasser ist so blau, daß ich mir verarscht vorgekommen bin. Ich meine, das Meer ist ja nicht wirklich so blau, das wird alles mit Effekten und Beleuchtung gemacht.«

Warum bohrt dieses Mädchen mit den kurzen Hosen und der viel zu großen Jacke an meiner Geschichte herum, dachte ich. Was für ein Plus hat sie davon?

»Verarscht bin ich mir vorgekommen bei dem Postkartenmeer«, sagte sie.

»Mit so etwas lügt man mich nicht mehr an«, sagte sie.

»Ich will gar nicht ans Meer«, sagte sie.

»Ich kann sterben, ohne daß ich am Meer war«, sagte sie.

»Wie heißt du?« fragte ich. Ihr Gesicht war unter drei Mützen untergetaucht. Einer gelben, einer roten und einer schwarzen.

»Doris«, sagte sie. »Ich heiße Doris. Die meisten sagen aber Hey-Du zu mir.«

»Ja«, sagte ich und tat so, als wäre Hey-Du ein Spitzname. Nichts weiter. Wie wenn jemand Edgar heißt und man sagt Edi zu ihm.

»Ich heiße Rutha«, sagte ich.

»Ich glaube, ich friere«, sagte ich noch.

Sie sagte: »Du kannst meine Jacke haben.«

»Ich gehe kurz ins Warme«, sagte ich.

»Kommst du wieder?«

»Ja.«

»Wann?«

»Ich weiß nicht«, sagte ich. »Ich muß meinen Freund finden.«

»Brauchst du ihn?« fragte sie. »Wozu brauchst du ihn?«

»Wir haben viel vor«, sagte ich.

»Was denn?«

»Wir werden nach Mexiko fahren.«

»Gibt es ein Meer in Mexiko? Dort gibt es doch ein Meer, oder?«

Sie sagte: »Ich warte hier auf dich. Soll ich auf deine Sachen aufpassen?«

»Ich hab nichts«, sagte ich.

Gleichgewichtsstörungen

Er heißt David. Sie heißt Rita. Er ist bei ihr. Nicht besonders nah. Sie gehen. Es ist Nacht. Ihre Gesichter sind hell.

Rita erzählt.

»Ich habe einen Mann getroffen«, erzählt sie. »Er ging mit mir in die Schule. Bei der Tankstelle habe ich ihn getroffen. Ich bin bei den Zapfsäulen gesessen und habe ein Bier getrunken. Der Mann sah noch genauso aus wie in der Schule. Er sagte, er habe einen Brief von mir beim Aufräumen gefunden. Einen Brief, der vor zehn Jahren geschrieben worden ist.«

»Was stand in dem Brief?« fragt David.

»Das weiß ich nicht«, sagt Rita. »Er hatte den Brief ja nicht dabei, und ich erinnere mich nicht. Ich habe angeblich geschrieben, mir sei zum Sterben langweilig. Ich war zehn.«

»Wie schreibt man mit zehn Jahren?« fragt David.

»Ich denke, in kurzen Sätzen.«

»Du hast im Alter von zehn Jahren in kurzen Sätzen geschrieben, daß es dir zum Sterben langweilig ist? Das ist grauenhaft.«

»Ich erinnere mich nicht.«

»Gehen wir heute die große Runde?« fragt David.

»Gehen wir die große Runde«, sagt Rita.

Jetzt erzählt David.

»Ich muß dir erzählen«, sagt er. »Rutha war bei mir. In der Nacht. Die Laternen machen ein helles Licht bei uns in der Straße. Ich sah sie vom Fenster aus. Sie trug die Hose, die ihr viel zu lang ist. Unten ist sie ganz kaputt. Sie schickte mir einen Kuß durch das Fenster. Und dann kam sie zu mir. In meinem Zimmer hat sie einen Joint geraucht. Wir redeten über Sekten und gedankenverlorene Menschen.«

»Warum über gedankenverlorene Menschen?« fragt Rita.

»Seit ich Rutha kenne, hat sie das Problem mit ihrem Vater«, sagt David. »Hast du eine leichte Zigarette für mich?«

Rita zündet ihm eine Zigarette an. Im Augenblick der Flamme sehen ihre Gesichter aus, als schwebten sie ohne Körper. David nimmt einen großen Zug.

»Ruthas Vater ist gedankenverloren«, sagt er. »Er vergißt Fragen und vergißt Antworten. Er denkt und kommt nicht weiter. Wie in Zeitlupe gehen seine Gedanken, und kurz vor dem Ziel spicken sie wieder zurück zum Anfang. Dann kann er nicht einmal mehr sagen, was er gedacht hat.«

»Das ist schlecht«, sagt Rita.

»Rutha ist traurig deswegen«, sagt David. »Sie ist die einzige Frau, die ich kenne, die wirklich traurig ist. Dann sitzt sie bei mir im Zimmer und raucht einen Joint, bis ihre Gedanken genauso verloren sind wie die Gedanken ihres Vaters.«

»Ich vergesse auch manchmal Wörter«, sagt Rita.

»Das kannst du nicht vergleichen«, sagt David.

»Auch ganze Sätze vergesse ich.«

»Das ist nicht so schlimm.«

»Warum nicht? Warum ist es bei mir nicht schlimm? Bei allem, was ich dir erzähle, sagst du, es ist nicht so schlimm. Das mag ich eigentlich nicht.«

»Ruthas Vater hat seine Gedanken verloren. Wirklich verloren. Das ist wie ein durchgespülter Kopf. Verstehst du?«

»Ich verstehe.«

»Du verstehst das?«

»Eigentlich nicht.«

»Du hast aber gesagt: Ich verstehe.«

»Ich wollte nicht mit dir streiten. Das mit dem durchgespülten Kopf versteht nämlich niemand.«

»Ich verstehe es doch auch nicht«, sagt David. »Ich denke nur, daß es besser ist, ein paar Sätze zu vergessen, als Gedanken zu verlieren.«

»Ist Rutha lange bei dir geblieben?« fragt Rita.

»Bis ihr Glas leer war«, sagt David

Sie gehen die Straße entlang, Rita auf dem Gehsteig, David auf der Fahrbahn. Eine Katze rennt in einen Garten. Vor den Häusern stehen gelbe Müllsäcke. Es ist zweiundzwanzig Uhr dreißig.

»Denkst du, daß sie von nun an jeden Abend zu dir kommt?« fragt Rita.

»Das weiß ich nicht. Sie sagte, daß sie mich liebt.«

»Wann hat sie das gesagt?«

»Gestern abend.«

»Kurz bevor sie gegangen ist? Oder mitten, als sie da war? Oder am Anfang?«

»Sie hat es mir von der Straße aus ins Fenster gerufen.«

»Du lügst. Rutha würde nie ›Ich liebe dich‹ von der Straße aus in dein Fenster rufen.«

»Das hat sie auch nicht. Nein, das hat sie wirklich nicht. Sie sagte: Wir lieben uns.«

»Das ist etwas völlig anderes.«

»›Wir lieben uns‹ heißt auf alle Fälle, daß Rutha mich auch liebt. Es heißt also das Gleiche wie ›Ich liebe dich‹. Es ist sogar besser als ›Ich liebe dich‹. Wenn einer sagt: ›Ich liebe dich‹, dann sagt er ja eigentlich, daß er nicht weiß, ob ihn der andere auch liebt. Darum hat sie gesagt: ›Wir lieben uns‹.«

»Du lügst wieder, David. Solche Szenen gibt es in amerikanischen Filmen. Rutha mag keine amerikanischen Filme. Wenn ich etwas mit Sicherheit über Rutha sagen kann, dann, daß sie keine amerikanischen Filme mag.«

»Nur weil in amerikanischen Filmen das Leben so überzuckert wird, muß das wirkliche Leben nicht ausschließlich mit nüchternen Handlungen kontern.«

»Sag, daß du gelogen hast!«

»Ich habe gelogen.«

»Das sagst du nur, damit ich zufrieden bin.«

»Gibt dir das ein Gefühl der Zufriedenheit, wenn ich dir sage, daß sie nur einen Joint bei mir geraucht hat, ohne ein Wort von Liebe zu sprechen?«

»Ja. Es beruhigt mich.«

David schaut sie von der Seite an. Rita reißt ein Blatt von einem Baum, der sich zur Straße neigt, und rollt das Blatt zwischen ihren Fingern.

»Es beruhigt mich, weil ich dann weiß, daß sich nichts verändert«, sagt sie.

»Menschen verändern sich ständig«, sagt er.

»Gewisse Sachen verändern sich nie«, sagt sie. »Und wenn sie sich doch verändern, verliere ich das Gleichgewicht.«

Lange Pause.

»Warum gehst du nach rechts?« fragt Rita. »Bei der großen Runde biegen wir doch immer erst bei der nächsten Straße nach rechts ab.«

»Ich teste dein Gleichgewicht«, sagt David.

Sie gehen. Im schwachen Licht sehen sie aus wie ein breiter Körper mit zwei Köpfen, beide Köpfe etwa gleich weit oben.

Die Geschichte von Leo Lionni

Zwei Männer sitzen auf einer Parkbank. Der eine schon länger als der andere. Sie trinken Kaffee aus einer Thermoskanne. Der Kaffee schmeckt zu bitter. Der eine Mann heißt Leo Lionni, und der andere Mann wurde mir nicht vorgestellt. Leo Lionni schlägt dem Mann ohne Namen vor, daß sie sich Geschichten erzählen. Sie sitzen da und denken. Leo versucht, eine Geschichte zu erzählen, aber nach dem ersten Satz vergißt er den zweiten Satz. So hängt sein einziger Satz in der Luft, und Leo wird verlegen. Er greift nach dem Satz und versucht, ihn zu schlucken. Aber Herr Lionni hat einen kleinen Magen. Schon nach den ersten zwei Worten kann er nicht mehr. Dabei wäre es gar kein langer Satz gewesen. Ein einziger Beistrich nur war in dem Satz.

»Ich werde so tun, als hätte ich den Satz nicht gehört«, sagt der Mann ohne Namen, um Leo Lionni zu helfen. Leo, voll Hoffnung, Verzagtheit, Neubeginn und Enttäuschung, ist tief gerührt. Und daraus entstand die folgende Geschichte:

Es treffen aufeinander ein Mann und eine Frau. Es war kein Zufall und war keine Verabredung. Es ist eine leise Begegnung.

Sie kommt zu früh, er verspätet sich. Sie riecht nach einem Parfum, das er nicht kennt. Er reist aus Berlin an und sie aus den Bergen.

Sie treffen sich in Wien vor dem Stadtpark, Eingang Ringstraße, gegenüber vom Kino. Er wird sich an ein rotes

Kleid erinnern. Sie wird sich an seine Hände erinnern, die auf seinen Knien lagen.

Sie steht, und er sitzt auf einer niedrigen Mauer.

Er hatte eine lange Beziehung mit einer Produzentin, deren Traum es war, Regisseurin zu sein. Alles war Film in ihrem Leben. Er sagt: »Es war.« Aber er schläft noch bei ihr im Bett. Das Bett ist zu klein für ihn. Er kann sich nicht ausstrecken in dem Bett. Die Produzentin zupft sich die Augenbrauen und trinkt eine bis zum Rand volle Tasse Milchkaffee, während er, halbwach, vor dem Computer sitzt und auf dem leeren Bildschirm Tiger und kleine Mäuse sucht.

»Ich glaube, sie hat mich nie geliebt«, sagt er im Stadtpark von der Mauer herunter.

»Das kann ich mir nicht denken«, flüstert die Frau, die neben ihm steht.

Sie hatte eine lange Beziehung zu einem Masseur, der sie liebte, wenn sie einen verspannten Rücken hatte. Ansonsten war er kalt. Er berührte sie nicht mehr, und sie fror. Und sie friert. Eines Morgens zog sie sich einen warmen Mantel an und verließ den Masseur mit zwei Schachteln mit Büchern und einer Tasche voll kleiner unwichtiger Dinge. Sie zog zu einer Freundin, die sah aus wie eine Puppe. Manchmal noch traf sie den Masseur. Sie tranken einen Kaffee. Er wollte sie wieder zurück. Sie schenkte ihm eine blaue Murmel, die vergaß er mitzunehmen, als sie sich verabschiedeten. Sie sah von der Straße aus die kleine Murmel auf dem Tisch im Kaffeehaus liegen, und sie war sich sicher, nicht zu ihm zurückzukehren.

»Ich will nicht mehr so frieren«, sagte die Frau, die im Stadtpark neben der Mauer steht.

»Wenn du einen warmen Mantel hast, wirst du nicht frieren«, flüsterte der Mann von seiner Mauer herunter.

Die Frau verliebte sich in den Mann auf der Mauer. Und der Mann auf der Mauer verliebte sich in die Frau, die neben ihm stand.

Sie trafen sich im Kaffeehaus. Sie schenkte ihm ein kleines Buch aus schwarzem Leder, und er lächelte, wenn sie sich schwarzen Kaffee bestellte.

Sie trafen sich nach der leisen Begegnung bei der Mauer noch ein oder zwei Mal. Es wurde keine Liebe aus den beiden. In seinem Kopf war noch die Produzentin, und in ihrem Kopf war noch der Masseur. Im Herzen waren sich die Frau und der Mann sehr nahe. Aber die Umstände machten kein Paar aus ihnen. Sie sagte die falschen Worte, und er hatte Angst, einen Schritt zu tun.

Sie verloren einander aus den Augen. Sie wurden Arbeitskollegen.

In der Nacht, wenn sie am Fenster steht, wünscht sie sich, er möge seinen kleinen Finger bewegen, als Zeichen, daß er an sie denkt. Damit sie weiß, ob dieses Kennenlernen noch weitergeht oder ob es bei dieser Mauer geblieben ist und sie auf einen anderen Mann, er auf eine andere Frau wartet.

Was er sich denkt, weiß ich nicht. Er ist manchmal die ganze Nacht im Schneideraum seiner Schule, und es macht ihm Spaß, im Dunkeln die leeren Gänge abzutasten und Filme vor sich zu sehen, die sonst keiner sieht.

Und sie mag es, ihre Lieblingswörter laut vor sich herzusagen.

Diese Geschichte erzählte Leo Lionni dem Mann ohne Namen, nachdem er seinen ersten halben Satz geschluckt hatte.

Auf die Frage, was aus den beiden jetzt wird, zuckte Leo Lionni mit den Schultern, trank einen Schluck Kaffee aus der Thermoskanne und sagte: »Das weiß man nicht.«

»Werden sie sich wieder bei der Mauer treffen?«

»Am Sonntag vielleicht«, sagte Leo. »Sie wird am Sonntag vor derselben Mauer sein. Am Sonntag um acht Uhr.«

»Und er?«

»Das weiß man nicht. Manche Geschichten wiederholen sich. Andere nicht.«

»Woher wird er wissen, daß sie da ist?«

»Ein Tiger flüstert es ihm ins Ohr, wenn er schläft.«

»Ein Tiger im Traum, das ist selten«, sagte der Mann ohne Namen. »Und wenn der Tiger ihm nicht im Traum erscheint? «

»Dann würde sie wissen, daß sie nicht weiter auf ein Zeichen warten muß«, sagt Leo Lionni.

Die Gräfin

Sie sagt: »Mich kennt ganz Wien.«

Sie sagt: »Ich bin Schauspielerin.«

Sie sagt: »Früher war ich berühmt. Ich!«

Sie ist über siebzig. Sie hat lange Haare, noch recht dicht, kleine Hände, kleine Füße. Aber sie hat große, weiche Ohren, die sind im Laufe des Lebens immer weicher und größer geworden. Eines Tages sah sie einem Mann im Gesicht an, daß er sich vor ihren Ohren ekelte. Sie trägt einen langen Mantel. Immer. So mißt man die Figur vom Boden bis zu den Schultern. Der Mantel hat einen Samtkragen.

In einem Café in der Vorstadt setzt sie sich an den Tisch zu zwei Studentinnen. Die Menschen in diesem Café nehmen sie nicht ernst. Haben sie nie.

»Sie lebt auf der Straße«, sagt der Kellner zu der einen Studentin. Die bestellt ein Stück Sachertorte und ein Glas Wasser. Diese Studentin hat Liebeskummer.

»Wir nennen sie Gräfin«, sagt der Kellner zu der anderen Studentin, während er die Sachertorte und das Glas Wasser auf den Tisch stellt.

Die andere Studentin muß lachen. Sie reißt den Mund weit auf beim Lachen. Sie hat einen schönen Mund, denkt sich der Kellner. Und daß er den gern haben würde.

»Ich war wunderschön«, sagt die Gräfin. »Ich!«

Die Studentinnen nicken.

»Wie Marlene Dietrich«, sagt die Gräfin.

Sie sagt noch: »Ich hatte viele Männer.« Den Kummer wegen ihrer Ohren erwähnt sie nicht.

Die Studentinnen bestellen ein großes Bier für sie.

Die Gräfin sagt: »Danke. Aber Bier ist kein Getränk für eine Dame.«

Der Kellner schüttet das Bier in den Ausguß und bringt der Gräfin ein Glas Rotwein.

Die eine Studentin ißt ihre Sachertorte und benötigt dafür keine fünf Minuten. Die andere Studentin reißt beim Lachen den Mund weit auf. Immer wieder. Immer wieder. Der Kellner kann ihren Gaumen sehen. Und das weiche Zäpfchen am Ende.

Die Gräfin trägt einen langen Mantel mit einem roten Samtkragen.

Sie sagt: »Sie sagen Gräfin zu mir.«

»Frau Gräfin«, sagen die Studentinnen, die unglücklich Verliebte und die Lachende.

Die Gräfin trinkt ihren Wein und raucht ihre Zigarette.

Sie sagt: »Ich bin eine Gräfin. Ich!«

Altes Fleisch

Sie hat zwei Badewannen voller Geschirr. Alles verschimmelt. Ein süßer Duft steht in ihrer Welt. Die Dinge duften über ihr Ende hinaus.

Sie hat Fleisch von 1986 im Gefrierfach. Das wollte sie ihrem Hund heute morgen zum Frühstück geben. Damit er das Gefrorene knackt wie einen geruchlosen Knochen.

Sie verriegelt die Tür.

Kinder dürfen keine Schokolade von ihr essen. Ihre Schokolade ist abgelaufen. Man warnt.

Sie lebt allein mit ihrem Hund.

Der Hund ist fünfzehn Jahre alt.

Ihr lieber Mann verstarb im März 1996 an plötzlichem Herzversagen.

Ein Jahr hat die Tochter bei ihr gewohnt. Da herrschte nicht Krieg, aber sie gingen auch nicht fröhlich nebeneinander durch den Tag. Dann ist die Tochter wieder zu ihrem Mann zurück. Beide sind schwere Menschen, die sich beim Essen nahe sind und durch den Mund atmen. Der Mann hat in der Zwischenzeit gehaust. Die Tochter brauchte Urlaub und Freundinnen, um aufzuräumen.

Der Hund hat einen zu großen Kopf und die Frau zu wenig Geld für Hundefutter. Bevor sie ins Bett geht, ißt sie zwei geriebene Äpfel.

Sie hat ein Foto an der Badezimmertür hängen. Eine Frau mit weißen Rosen und gelbem Kleid ist auf dem Foto zu sehen. Die Frau auf dem Foto verzieht das Gesicht, und neben ihr steht ein großer Mann mit Schaffnerkappe. Wer könnte ihm auf dem Bild ansehen, daß einst sein Herz versagen wird?

Ihr Mann war Schaffner. Er ist in dem Zug von Wien nach Zürich gefahren. Auf dem Abschnitt Wien–Innsbruck. Dreimal in der Woche. Manchmal ist sie mitgefahren. Vorne in der Lokomotive. Sie hatte ihr gelbes Kleid an, und manchmal bekam sie von ihm weiße Rosen geschenkt. Alles war schwarz, nur sie, sie war in Gelb und Weiß. Das fiel auf und wurde erwähnt.

Eigentlich hat er mir nie Blumen geschenkt, sagt sie und lacht schräg auf den Teppich nieder, wo der Hund liegt, und sie sagt zu sich selbst: »Das war nur wegen dem Foto.«

Weiße Rosen machen sich schön auf einer Fotografie. Sie ist manchmal mit ihm mitgefahren. Ganz vorne in der Lokomotive. Hat mit dem Lockführer geredet und auf ihren Mann gewartet, der durch die Wagen ging und die Fahrkarten zwickte.

»Ich war stolz, wenn er mich mitgenommen hat«, sagt sie zum Küchentisch und reibt zwei Äpfel auf einen Unterteller.

Heute hat sie dem Hund das Fleisch von 1986 gegeben.

Der Hund ist daran gestorben.

Renata Theobaldi

Renata Theobaldi ist vierunddreißig. Sie trägt ihre Haare in Zöpfen und färbt sie jeden zweiten Mittwoch rostrot. Weil sie das »irgendwie schick findet«. Renata Theobaldi ist eine Gegnerin von genauen Bezeichnungen. Die Worte »irgendwie«, »so zirca«, »im Grunde«, »in der Art«, »ungefähr in dieser Gegend«, »ungefähr in dieser Richtung«, »irgendeiner«, »oder so« benutzt sie jede Stunde und nützt sie ab wie ein Ikea-Sofa. Sie wolle sich nicht genau festlegen, sagt sie zu ihrer Mutter.

»Und im Grunde ist das auch verständlich«, sagt sie und rührt in einem Topf brauner Erbsensuppe.

»Was, bitte!« schreit die Mutter. »Was ist verständlich?« Bei jedem Satz muß die Mutter nachfragen. Sie will Genaues wissen oder gar nichts. »Was bitte, Renata, ist im Grunde verständlich?«

Verständlich war es bestimmt. Renata hatte drei grausame Männerbeziehungen hinter sich und eine grausame Hundebeziehung. Eines Tages dachte sie: Ich muß zu einer komischen Person werden, das ist meine Rettung. Ich muß Geschichten über mich ausstreuen. Die Geschichten sollen weitererzählt werden. Wenn sie es werden, dann bin ich da. Sonst bin ich nicht da. Aber Geschichten werden nur weitererzählt, wenn sie komisch sind. Also muß ich von mir als einer komischen Person erzählen. Sonst bin ich nicht da. Das ist verständlich. – Das meint sie. Aber sie erklärt es ihrer Mutter nicht.

So entstanden die Geschichten über Renata Theobaldi.

Zum Beispiel:

Der Hund zog den kürzeren, als er nach drei Monaten, in denen er Frau Theobaldi auf gemeinste Art und Weise sekkiert hatte, in eine Wurst biß. In eine Wurst zu beißen ist für einen Hund nichts Außergewöhnliches, sagen Sie? Da haben Sie recht. Was Sie nicht wissen, ist, daß die Wurst vergiftet war. Vom Anfang bis zum Ende war sie vergiftet. Mit Strychnin. Frau Theobaldi versteckte sich hinter dem Küchenvorhang, als ihr Hund in die vergiftete Wurst biß. Der Hund hieß Herr Karl. Aber nicht, daß der Name etwas bedeutet hätte. Der Hund hieß aus Bosheit Herr Karl. Frau Theobaldi wollte das so. Aber es spielt keine Rolle mehr. Der Hund ist tot, und Zeugen seiner Ermordung gibt es keine.

Eine Nachbarin berichtet, es sei ihr komisch vorgekommen, daß Frau Theobaldi sich in der Nacht vom 25. auf den 26. Dezember in einem Bikini zu *La Cucaracha* tanzend im Garten aufhielt. Das habe sie mit ihren eigenen Augen gesehen, weil sie nicht schlafen konnte. Ich kenne die Nachbarin von Frau Theobaldi. Sie ist eine alte, ehrliche, nach Kernseife riechende Frau. Es entspricht der Wahrheit, daß Frau Theobaldi in der Nacht, im Winter, im Bikini, im Garten, zu *La Cucaracha* tanzte. Dieses Ritual vollzog sie, nachdem sie ihren Hund mit Strychnin vergiftet hatte. Aus Freude über ihren Sieg.

Das war die Hundegeschichte.

Bei den Männern waren die Geschichten trauriger.

Ihr erster Mann hieß Otto Semper. Ein großer, schlanker Mann mit roter Krawatte und Ohrenbart. Die Beziehung war von Anfang an ein Desaster. Herr Semper und Renata Theobaldi siezten einander, weil jeder von beiden zu stolz war, dem anderen das Du anzubieten. Bei ihrer Hochzeit tauschten sie keine Ringe aus. Otto Semper schenkte Renata Theobaldi einen Laptop. Marke Macintosh, Power Book 180. »Das ist praktischer«, sagte er, worauf Renata Theobaldi ihn als unromantischen Regenschirm bezeichnete und sich vierundzwanzig Stunden ins Klo einsperrte. Die vierundzwanzig Stunden überlebte sie nur, weil ihre Cousine Dorothea sie mit Punschkrapfen aus dem Café Aida versorgte. Die Punschkrapfen lieferte sie prompt mit einem Klopfzeichen.

Ein normaler Mann würde vor dem Klo sitzen und mit seiner Frau sprechen. Sich entschuldigen und den Laptop gegen Ringe eintauschen. Aber Otto Semper dachte nicht daran. Aus Bosheit kaufte er ihr noch einen Drucker dazu und schob die Rechnung unter der Klotür durch.

Sie fragen sich, warum die beiden heirateten, wenn von Anfang an der Haß regierte? Das fragte ich mich auch, und Renata Theobaldi gab mir diese Antwort:

»Wir waren beide so allein. Wir wußten vor unserer Ehe nicht, was wir mit uns anfangen sollen. Ich frisierte die Barbiepuppen meines Nachbarkindes. Und er lag nur im Bett und schaute sich Filme an, bei denen im Hintergrund gelacht wird. Ich und Otto, wir haßten einander von Anfang an, aber so hatten wir etwas zu tun. Jemanden zu hassen ist viel Arbeit, und so ging die Zeit vorbei.«

Aber als sie nach vier Ehejahren nur noch schriftlich miteinander verkehrten – in dieser Zeit kam ihr der Laptop sehr gelegen –, wurde es Renata Theobaldi zu langweilig, und sie verließ Otto Semper in einer nebeligen Nacht. Auf dem Fahrrad.

Von da an hatten sie keinen Kontakt mehr.

Dorothea sei es gewesen, die Frau Theobaldi zwei Jahre später berichtet habe: »Ich habe deinen Otto Semper in mottenzerfressenen Kleidern und mit einer Chirurgenmaske vor dem Gesicht im Stadtpark gesehen. Er schrie revolutionäre Parolen und lachte hysterisch.«

Renata Theobaldi ist eine komische Person geworden.

Die Stadt

Die Stadt ist ein Dorf. Irgendwann wurde aus dem Dorf eine Stadt, und weder Mensch noch Dorf wußten warum. Das Dorf liegt an einem See. In der Nacht hört man Betrunkene, Fliegen, Verliebte und Frösche. Das Dorf hat einen Bahnhof und ein paar Geschäfte. Neben dem Bahnhof ist eine Baustelle. Am Tag arbeiten die Männer mit ihren braunen Rücken. Die Frauen bringen Essen in Silberpapier, oder sie grüßen mit einem Taschentuch. Selten geht ein Mädchen vorbei. Am Abend sitzen die Männer auf den schweren Stahlröhren. Sie trinken Bier, reden über das Wetter, eine andere Baustelle und über Frauen. Selten über die eigene. Oft von den Frauen, die nachts leicht bekleidet durch die Straßen gehen.

Es gibt eine Kirche mit einem alten Kirchturm, Ratten in alten Wohnungen, schreiende Kinder und weinende Mütter.

Früh am Morgen werden Kühe durch das Dorf getrieben, da schläft die Stadt noch. Milchflaschen klirren in den großen Taschen der müden Mütter.

Rutha arbeitet nachts.

Rutha geht früh Morgens in einem roten Kleid und einer Semmel im Mund durch die Straßen, an der Baustelle und am Bahnhof vorbei. Die Männer von der Baustelle erkennen Rutha an ihren Schritten. Keiner hat so früh am Morgen so müde Füße wie Rutha.

Jacob wird am Bahnhof stehen. Jacob wird alt sein. Jacob wird sich nur langsam bewegen. Er wird wenig reden, weil Reden seine Zeit durcheinander bringt. Wenn er anfängt zu reden, wird er nicht wissen, wie lange es dauert, bis das Ende kommt. Jacob wird unsicher sein und auf die Uhr sehen.

Es gibt einen Geiger. Er spielt in einer kleinen Wohnung. Die Miete ist teuer und die Akustik schlecht. Dafür bekommt er jeden Morgen ein Frühstück. Das Frühstück bringt ihm eine junge Frau mit schmalen Schultern und hoher Stirn. Sie heißt Lili. In der Nacht tanzt sie vor dem Spiegel. Der Musiker lächelt, und Lili bleibt kurz in seiner Tür stehen.

Aufmerksam ist er, mein Liebling. Sehr aufmerksam.

Ich wollte mir etwas zu trinken bestellen. Ein Getränk, das zu meiner brennenden Zigarette paßt. Mein Liebling ist gegangen und hat es für mich bestellt.

Einer fragte mich, was ich für eine bin.

»Was bist du für eine?« fragte mich ein großer Mann. Er roch nach einem Flugzeug-Parfum, das man beim Bipa kaufen kann.

»Ich bin angeschossen worden. Ich bin eine mit einer Kugel im Bauch«, sagte ich.

Seine Zähne waren dunkel. »Eine Kugel im Herzen habe ich, von den Frauen«, sagte er.

Dann machte er seinen braunen Mund zu.

Mein Liebling brachte mir das Getränk, das zu meiner brennenden Zigarette paßte. Er trank Bier aus der Flasche. Keiner kann einen so großen Schluck Bier aus einer Flasche nehmen wie er. Er hat eine strenge Nase und gekritzelte Falten auf der Stirn. Er trägt eine Schildkappe. Damit seine Gedanken nicht hinaus- und keine anderen Gedanken hineinspringen können. Er hat schlanke Finger und saubere Fingernägel. Mit dem Kopf macht er Bewegungen zur Musik. Links, rechts, links, rechts, rechts. Links, rechts, links, rechts, rechts. Die Augen hat er dabei geschlossen. Er wäre aufgeschmissen ohne Musik, sagt er. Das geht uns allen so.

An seinem Hals hängt eine Kette. Ein Lederband mit einer Fratze als Anhänger. Die Fratze filtert seine Gedanken, und in seinen Kopf fließt der unverdünnte Sirup.

Ich beobachtete ihn. Dann bin ich aufs Klo gegangen, um zu schauen, wie ich mit Glas und Zigarette aussehe. Und dann stellte ich mich wieder zu ihm.

»Siehst du ihn?« fragte er.

»Wen?«

»Den mit den beiden Damen.«

Ein junger Mann. Vielleicht siebzehn. Umkreist von zwei Damen. Vielleicht vierzig und fünfzig. Seine Augen waren wie Teller. Die eine schleckte ihm das Gesicht bis zur Nase ab.

Die Band hieß *Das Pop*. In Leuchtschrift stand *Das Pop* auf einer Leinwand. Der junge Mann, der abgeschleckt wurde, ließ sich abschlecken. Er hatte Telleraugen, und *Das Pop* spielte »Everybody Loves Somebody«.

»Ein Call-Boy«, sagte mein Liebling.

»Bestimmt?«

»Bestimmt.«

»Ich habe noch nie einen gesehen.«

»Der ist einer.«

»Ja, der ist einer. Ist der einer?«

»Er arbeitet. Das ist Arbeit.«

»Er hat Telleraugen«, sagte ich.

»Er ist auf einem Trip«, sagte mein Liebling.

»Und das Pop spielt Everybody Loves Somebody«, sagte ich.

»Verlogene Bagage«, sagte mein Liebling.

Ich hätte gern rote Schuhe, die beim Tanzen lärmen.

Hinter mir brüllte einer gegen *Das Pop* an: »Ich habe gestern meine Wäsche gewaschen und vergessen, sie aus der Maschine zu nehmen. Die ganze Nacht war die Wäsche in der Maschine. Heute morgen hat sie gemuffelt. Man muß nasse Sachen gleich aufhängen, sonst fangen sie an zu stinken. Ich habe die Sachen ein zweites Mal gewaschen, mit weniger Waschmittel und bei einem leichteren Gang, damit die Wäsche nicht eingeht. Jetzt ist mir gerade eingefallen, daß ich die Wäsche schon wieder vergessen habe, und frage mich, ob ich sie ein drittes Mal waschen soll.«

»Darf ich auch so etwas sagen?« hörte ich einen anderen hinter mir sagen.

»Ja, klar«, sagte der mit der stinkenden Wäsche.

»So etwas, was mir im Kopf ist, eigentlich aber unwichtig ist?«

»Ja, klar!«

»Ich wohne in einem Haus zur Untermiete«, brüllte nun auch er gegen *Das Pop* an. »Meine Oma wohnt im ersten Stock. Sie ist über siebzig und ist schlecht auf den Beinen. Sie vermietet mir zwei Zimmer. Sie ist ganz scharf auf die Billawerbung, die jede Woche gratis ins Haus kommt. Andere Leute kleben sich einen Keine-Werbung-bitte-Sticker auf den Briefkasten, und sie ist ganz scharf darauf. Ich meine den Prospekt mit den Produkten im Sonderangebot. Am Samstag vormittag setzt sie sich mit einer Tasse Kaffee an den Küchentisch, raucht eine Falk und unterstreicht die billigsten Angebote mit roter Farbe. Sie macht ein richtiges Ritual daraus. Sie raucht nur eine Zigarette in der Woche, und die beim Angeboteanstreichen. Man würde meinen, sie geht mit den rot angestrichenen Zetteln zum Billa einkaufen. Das macht sie aber nicht. Sie legt jede Billazeitschrift, die sie bearbeitet hat, in das Regal im Schlafzimmer. Sie besitzt schon Hunderte von diesen Zeitungen. Sie sammelt die Angebote wie andere den *Standard*. Ich fragte sie, warum sie das macht. Sie weiß es nicht, sagt sie. Meine Oma weiß aber, wieviel ein Liter Milch vor drei Jahren gekostet hat und wieviel er jetzt kostet. Sie weiß, wie das Sonderangebot von Waschmittel Mitte August und Ende Dezember war.«

Er machte eine Pause.

»Das war mir im Kopf«, sagte er.

»Hast du das gehört?« fragte ich meinen Liebling.

»Mir hat vorhin einer erzählt, daß du ihm erzählt hast, daß dir jemand in den Bauch geschossen hat«, sagte er.

»Ja, das stimmt«, sagte ich.

Wir hielten uns an den Händen, mein Liebling und ich, und gingen durch den Call-Boy, die beiden Frauen, die umgekippten Barhocker und *Das Pop* hindurch und hinaus ins Freie.

Ein Freund

Ein Freund hat den besten Freund betrogen.

Es fing an mit Gesprächen, die Frau fühlte sich frei und bei sich selbst, und dann wurde ein Verhältnis daraus. Sie nannten es ein Verhältnis, weil sie sich vor einem eigenen Wort dafür genierten. Er kaufte dem Kind heimlich Spielsachen. Über das Kind flog alles auf. Daraufhin verließ der beste Freund seine Frau und sein Kind, und er betrank sich und riß sich an seinen eigenen Locken, und der Freund zog in den Nächten zu der Frau und dem Kind.

Die zwei Freunde redeten nichts mehr miteinander. Der eine hatte kein schlechtes Gewissen, denn der andere war sehr laut geworden und hatte Sachen gesagt, die vorher niemand in seinem Kopf vermutet hätte. Der andere hatte auch kein schlechtes Gewissen, er hielt seine eigenen Ausbrüche für verständlich, er war schließlich betrogen worden, und selbst hatte er nie betrogen. So redeten die beiden Freunde nicht mehr miteinander, der eine hieß von nun an der Geliebte, der andere der Betrogene.

Die Frau trägt ihre Haare offen.

Sie läßt sich ihre Fingernägel wachsen und bemalt sie rot.

»Solche Fingernägel stören beim Kinderwickeln«, sagt der Geliebte.

»Halt's Maul!« sagt die Frau, ohne aufzublicken. »Dein Freund liebte lange Fingernägel.«

Der Geliebte geht sich betrinken. Der Betrogene grinst von weitem. Er wohnt jetzt einmal hier und einmal dort. Er läßt sich berichten und grinst.

»Dein Freund ließ mich nie den Führerschein machen«, sagt die Frau und zieht sich mit ihren Zähnen den roten Lack von den Nägeln.

Die Frau macht den Führerschein.

Der Betrogene läßt sich berichten und grinst.

Der Geliebte geht sich betrinken. Und er reißt sich an seinen glatten Haaren, die dünn sind und wenig Farbe haben. Spät in der Nacht schleicht er sich ins Bett der Frau.

»Da kommt ja mein Geliebter«, sagt die Frau.

Das Kind wird fett. Gesund und schön sieht es aus.

»Dem Kind geht es gut«, sagt die Frau und schraubt das Nagellackfläschchen auf und zu.

Das Kind stopft sich den Mund voll Punschkrapfen und spuckt das Ganze auf das Hemd des Mannes, der einmal der beste Freund seines Vaters war.

»Das macht gar nichts«, sagt er.

Sein Hemd hat jetzt rosa Punkte.

Der Geliebte besitzt eine dunkle Zweizimmerwohnung. Die hat er nicht aufgegeben. Einmal am Tag geht er hin. Schaut nach Post. Macht sich selten Kaffee. Am Wochenende nimmt er das Kind zu sich. Damit die Frau endlich einmal Luft holen kann. Er kocht Suppe für das Kind. Suppe gibt nicht solche Flecken, weiß der Geliebte.

Das Kind lacht und spielt mit den leeren Bierflaschen. Die Händchen sind feucht vom eigenen Mund.

Der Geliebte hustet und gibt das Kind um sechs Uhr wieder ab.

»Es gab Suppe«, lacht die Frau und schaut auf das Hemd des Geliebten. Der steigt ins Auto und fährt in seine dunkle Wohnung zurück.

Der Betrogene schaut auf einen Sprung bei seiner Frau

und seinem Kind vorbei. »Nur so.« Er tut absichtlich wie ein Besuch. Aber dann bügelt er in der Küche.

Das Kind stopft sich den Mund voll.

Die Frau schüttelt ihre Finger, um den Nagellack zu trocknen.

»Schön haben wir's«, sagt die Frau.

Der Mann grinst.

Sein bester Freund sitzt in seiner dunklen Wohnung und trinkt. Er findet nur Gedanken, die ihm bekannt vorkommen. Die er von anderen her kennt. Als es Nacht geworden ist, wundert er sich nicht. Es ist schon wieder Nacht geworden, denkt er. Das könnte jeder denken. Inzwischen wünscht er sich nicht mehr, etwas Besonders zu sein.

Ein Freund hat seinen besten Freund betrogen.

Talent zum Glück

Ein unbekanntes Dorf in einem kleinen Land. Das Dorf besteht aus ein paar einsamen Häusern, die sind umgeben von Wiesen und mächtigen Bäumen. Dazwischen liegen graue Wege wie verlorene graue Haarschleifen.

Das Dorf besitzt einen Bahnhof. Der ist mit einem Schalter ausgestattet. Hier kauften wir unsere Fahrkarten. Dann stehen noch zwei Bänke da, auf die wir uns setzten, wenn wir auf den Zug warteten. Die Bänke sind mit Kugelschreiber beschrieben, Liebesrufe, und sind mit Köpfen bekritzelt, deren Augen groß und dunkel sind. Hier warteten wir – auf einen Zug, auf ein Mädchen, auf den Abend. In diesem Dorf leben nicht viele Menschen, die warten, und nur wenige Züge halten hier.

Hinter dem Schalterraum befindet sich das Zimmerchen für den Fahrdienstleiter. Ein Fenster, ein Tisch, eine Lampe. Eine Weltkarte an der Wand und eine Matratze am Boden. Der Fahrdienstleiter heißt Bruno. Er ist schon vierzig Jahre alt, für uns war er ein älterer Mann, ein Mann mit gepflegtem Äußeren und einem Dreitagebart. Er trägt eine blaue Uniform, hat eine rote Mütze auf dem Kopf, wenn er ins Freie tritt. Unter seinem Arm klemmt eine schwarze Ledertasche. Darin ist alles, was er braucht, um nichts falsch zu machen.

Neben dem Bahnhof befindet sich ein Bordell. Das Haus ist mit Plastikherzen geschmückt, um den Eingang wurde eine Veranda gebaut. Früher war es ein Haus wie unseres, jetzt ist es eine Zuckertorte, die mit Liebe gebacken wurde.

Im Bordell lebt die dicke Chefin mit rostroten Haaren. Ihre Augen sehen von nahem feurig aus, von weitem aber müde und alt. Sie ist schon fünfzig. Unter ihr arbeiten sechs Frauen, die sich um das Wohlergehen der Männer kümmern. Die Frauen leben schon lange hier, die Freier sind Freunde oder Ehemänner geworden.

Im Sommer sitzen sie gemeinsam auf der Veranda und trinken Zitronenwasser aus violett schimmernden Krügen. Die Frauen sind gut erzogen, die rostrote Chefin sagt: »Nach alter Schule.« Man spricht auf der Straße keinen Mann an, heißt das. Die Männer wissen, und die Männer kommen.

Eine der Frauen kam vor Jahren und brachte ihren Zuhälter mit. Der ist hier ein alter Mann geworden, ein depressiver Mann, den die Chefin nicht fortschicken konnte, der heute genug hat von Frauen, der heute genug hat vom Schreien, der genug hat vom Zuhauen und vom Leben. Die Frauen hören auf die Chefin und achten auf sich selbst, und der Zuhälter repariert verstopfte Abflüsse und verbindet Wunden, die von Schlägern geschlagen wurden. Der Zuhälter hat sich niemals beklagt.

Das Bordell hat den Namen: *L'Etranger*. Mit roter Leuchtschrift steht *L'Etranger* auf der Hauswand über der Veranda. Die Leuchtschrift spiegelt sich im Fenster des Bahnhofs. Bruno liebt es, in der Nacht durch sein Fenster die Leuchtschrift zu betrachten. Er rückt seinen Stuhl im Zimmer zurecht, so daß er nur die Leuchtschrift sehen kann. Die Leuchtschrift und um sie herum den dunklen Himmel.

Bruno hat es mir einmal erzählt: Er stelle sich vor, er wäre Fahrdienstleiter in New York. Er lerne, sagte er, im Licht der

Leuchtschrift Englisch und Französisch aus zwei Wörterbüchern und zwei Romanen.

Bruno tut so, als wäre er Fahrdienstleiter in New York. Er übersetzt Zugansagen ins Französische und ins Englische. Noch nie war ein Engländer oder ein Franzose oder gar ein Amerikaner in diesem Dorf.

Die Frauen vom Bordell sitzen auf ihrer Veranda und hören die fremden Durchsagen und amüsieren sich wie bei einem leichten Lied.

Bruno verkauft auch Zigaretten und Kaffee, Kaugummi und Taschentücher. Er darf das nicht, er verdient nichts dabei, er tut es für die Frauen.

Im Bordell arbeitet Lili. Sie ist eine gepflegte Frau Mitte vierzig, ihre Haut schimmert seidig von erstklassigem Puder. Die Wimpern sind angeklebt, und ihre Hüften stecken in zu knappen Röcken. Sie ist ohne Frage eine Dame. Aber sie fragt trotzdem: »Bin ich eine Dame?« Und Bruno antwortet: »Das bist du, bei Gott.« Ihr schöner Gang wird von den Männern im Dorf gern gesehen und von den Frauen mit neidvollem Blick verfolgt. Am Abend singt sie aus dem Fenster.

Lili paßt in Brunos Stadt. Er hat noch nie wirklich eine New Yorkerin gesehen, aber in der Nacht, am Fenster, unter der Leuchtschrift ist Lili für ihn der absolute Inbegriff aller Schönheit.

Lili bringt Bruno am Tag warmes Essen, und Bruno betrachtet sie in der Nacht.

Sie führen eine Liebesbeziehung, er der Zarte, sie die Schüchterne, und sie sprechen über das Weite und das Fremde.

Bruno möchte weg. Lili hat ein bißchen Geld. Sie will mit

ihm. Lili spart für Bruno und spart für sich selbst. Das Bordell geht besser als der Bahnhof, und Brunos Lohn ist klein.

Ich habe Lili und Bruno mittags auf einer der Bänke in Brunos Schalterraum sitzen sehen, sie aßen gemeinsam und zogen gemeinsam Bilanz.

Bruno will weg, weil es ihm hier zu eng ist.

»Ich bekomme keine Luft«, sagt er, und Lili nickt, obwohl sie schon Luft bekommt.

Lili will weg, weil Bruno weg will. Ohne Bruno wäre es ihr hier zu eng.

Eines Mittags hatten Bruno und Lili genug Geld, und sie beschlossen aufzubrechen. Bruno sperrte zum letzten Mal die Tür seines Bahnhofs ab. Dazu war er tagsüber nicht berechtigt. Er riskierte es für ein neues Leben.

Bruno und Lili verabreden sich auf der Veranda. Bruno ist zu früh da. Er sieht auf die Uhr. Es ist erst Viertel vor. Lili hat noch zu tun. Bruno sieht zum Himmel, er sieht auf den Boden.

Da hält ein neues, dickes Auto vor ihm. Aus dem Auto blickt eine Frau mit Sonnenbrille. Sie blickt gerade in Brunos Fernwehaugen.

Sie fragt Bruno auf französisch. »Wo ist die nächste Stadt?«

Er fragt auf französisch: »Wie groß soll sie sein?«

Die Frau riecht nach Veilchen.

»So groß wie möglich.«

»Hier gibt es nur kleine in der Nähe.«

Bruno lächelt. Er ist nervös. Bruno gibt Antwort. Die Frau lächelt. Und fragt weiter. Bruno ist stolz auf seine französischen Sätze.

Lili küßt ihre Freundinnen und packt ihre Schminksachen

in einen rosa Koffer mit Herzen. Ihre Wangen sind rot. Lili tritt auf die Veranda. Sie sieht Bruno, wie er in das fremde Auto steigt. Er schaut nicht zu ihr herüber.

Das französische Auto fährt davon. Lili setzt sich auf ihren Koffer und sieht zu den Bahngleisen und sieht hinauf in den Himmel.

Am nächsten Tag traf ich Lili. Sie saß hinter dem Schalter des Bahnhofes. Sie hatte eine rote Mütze auf dem Kopf und trug eine blaue Uniform. Sie lernte Französisch und Englisch aus Brunos Büchern, und sie verkaufte Zigaretten und Kaffee, Schokolade, Kaugummi und Taschentücher, Cola und Kondome.

Die rostrote Chefin schickt die Kundschaft zum Bahnhof. »Dort kriegt man alles.«

Ein schwarzer Käfer

Rutha sitzt in der Küche. Mit dem rechten Fuß öffnet sie den Kühlschrank und greift mit der rechten Hand nach einer Dose Cola. Das kann sie. Das macht sie wie ein Instrument zum Öffnen und Greifen. Sie reißt die Dose mit dem Daumen auf. Sie trinkt schnell. Rutha hält sich die kalte Dose an die Stirn. Es ist heiß.

Jacob sitzt auf seinem schwarzen Koffer in seinem weißen, leeren Zimmer. Die Tür steht offen. Jacob schaut in die Küche. Jacob sieht Ruthas Rücken, der stark und zart ist zugleich. Er zündet sich eine Zigarette an und wischt sich mit einem Taschentuch über die Stirn.

Rutha sagt: »Heute ist Montag.«

Sie steht auf, ihre Hände liegen noch einen Moment lang auf der Tischplatte, sie holt einen Kalender und setzt sich wieder. Wie eine kleine Arbeit. Mit einem Rotstift kreist sie alle Montage im Jahr ein.

»Heute ist Montag. Irgendwann spielt es keine Rolle mehr«, sagt sie.

Jacob steht auf.

Jacob geht zu Rutha. Er legt eine Hand auf ihren Rücken. Er weiß nicht, ob er einen Gegendruck wünscht oder nicht. Sie preßt die leere Cola Dose zusammen. Sie dreht sich um und schließt die Augen.

»Es tut mir leid«, sagt er und öffnet das Fenster.

Beide sehen auf die Straße hinunter. Die Straße ist müde. Ein alter Mann zieht einen Holzwagen hinter sich her.

Rutha raucht eine Zigarette, und Jacob raucht bei ihr mit.

»Er fährt um drei«, sagt er.

»Wer fährt um drei?« fragt sie gereizt.

»Der Zug«, sagt er. »Ich habe gehört, er soll zwanzig Stunden fahren, ohne anzuhalten«, sagt er noch.

»Das wäre schön«, sagt sie, und sie denkt sich, er wird nichts essen im Zug.

Rutha lächelt, und Jacob lächelt zurück. Sie machen eine Pause, und die Pause gehört nur ihnen. Eine Katze rennt über die Straße. Die Katze ist schwarz, und Ruthas Augen sind grün.

»Ich kaufe mir neue Pflanzen«, sagt sie.

»Das wäre schön«, sagt er.

Jacob wird neue Sprachen lernen und in Waschsalons seine Wäsche waschen. Er wird Kaugummi kauend vor der Waschmaschine sitzen. Eine Frau wird den Waschsalon betreten, und Jacob wird ihr einen Kaffee aus dem Automaten ziehen, und er wird den Kaffee bezahlen. Vielleicht wird er die Frau küssen. Manchmal wird er Rutha eine Karte schreiben. Hier ist es noch heißer, wird er schreiben. Rutha wird Erbsen aus dem Eisfach holen und die Karte auf den Kühlschrank kleben. Mag Jacob, wenn es heiß ist? wird sie sich denken.

»Die Pflanzen stelle ich in das leere Zimmer«, sagt Rutha.

Jacob dreht an einem kleinen Radio. Rutha sieht ihm zu. Sie will Dinge sagen, die nichts bedeuten und in die man nichts hineinlegen kann.

»Die Nachrichten noch«, sagt Jacob, und seine Augen schämen sich.

Warum schämt er sich? denkt Rutha.

Jacob ist mit seinem Kopf schon weg. Rutha kann ihren Kopf nicht ordnen. Manche Gedanken kleben wie ein Kaugummi im Kopf, und so viel Staub pickt an ihnen, daß man nicht erkennen kann, was für Gedanken es sind. Es ist mühsam, die Gedanken wegzukratzen. Sie sind hinterher unbrauchbar. Man kann sie nicht mehr herrichten. Es bleibt eine Narbe an der Stelle, und jeder neue Gedanke hat es schwer, diese Narbe zu überdecken.

»Bleib doch da«, sagt sie leise.

»Ich kann nicht.«

»Ich gehe mit.«

»Nein.«

»Ich würde nicht mitgehen, Jacob.«

»Würdest du nicht?«

»Du mußt keine Angst haben.«

»Angst?«

»Es ist gut, daß du gehst, Jacob. Du brauchst keine Angst zu haben, daß ich es nicht gut finde. Ich finde es gut, daß du gehst, Jacob.«

Rutha beißt sich auf die Lippen.

Rutha wird keine Pflanzen in das leere Zimmer stellen. Sie wird es versuchen, aber die Wohnung wird sie traurig machen. Rutha wird umziehen und in einem Abendkurs Spanisch lernen. Einmal in der Woche wird sie ins Kino gehen. Ein großer Mann wird irgendwann einmal im Kino vor ihr sitzen. Er wird vorsichtig husten und sich zu ihr umdrehen. Er wird Rutha anlächeln, und Rutha wird nicht wegsehen.

Der Sprecher im Radio spricht langsam und schlampig. Als wüßte er, daß ihm niemand zuhört.

Rutha sagt: »Hast du ein Buch mit?«

»Musik«, sagt Jacob.

»Ich würde ein Buch mitnehmen«, sagt sie. »Wahrscheinlich wird ein Buch nicht genügen. Nimm noch ein zweites mit und ein drittes!«

»Ich kann mir welche kaufen.«

»Du wirst die Sprache nicht verstehen.«

»Ich werde sie lernen.«

Es ist still. Das Radio spielt *La Paloma.* Rutha wippt mit den Füßen, und Jacob nickt mit dem Kopf. Jeder sieht in eine andere Richtung. Ruthas Bewegungen sind schneller. Der Tag wechselt die Schicht mit dem Abend.

Es gibt die Fresser und jene, die sich fressen lassen. Die Fresser haben keinen Punkt auf der Stirn, und die, die gefressen werden, behaupten, nichts zu spüren. Auf der Straße geht ein altes Ehepaar mit Hund. Die drei sehen einander ähnlich. Der Mann atmet wie der Hund, und für die Frau ist das Atmen der beiden der Sekundenzeiger in ihrem Leben. Die beiden sind ein Instrument zum Durchhalten. Jacob würde gerne wissen, wie sie zusammengesetzt worden sind, so daß nicht ein Organ zu viel ist oder eines fehlt.

Jacob und Rutha beginnen zu tanzen. Sie dreht sich im Kreis, und er steht in der Mitte.

Er sagt: »Von *La Paloma* gibt es über vierzigtausend Versionen.«

Sie sagt: »Das glaube ich nicht.«

Jacob nimmt seinen Koffer aus dem Zimmer, das jetzt weiß und leer ist. Rutha steht in der Küche. Sie wippt mit den Füßen. Sie sieht zur Decke. Rutha denkt sich: Langeweile ist das riskanteste Gift.

Jacob gibt ihr die Hand.

Rutha sagt: »Die Langeweile ist ein schwarzer Käfer, der Löcher durch Körper frißt.«

Er geht, und sie zerbricht.

Vom Fenster aus sieht sie ihm nach. Jacob spürt ihren Blick im Nacken. Mit der rechten Hand wischt er sich den Blick vom Nacken. Seine Schritte werden schneller.

Rutha sitzt in der Küche und schneidet Zwiebeln. Er wird im Zug nichts essen, denkt sie bei sich.

Pyjamawelt voller Schuhverkäuferinnen

Den ersten Schritt habe ich heute bereits getan: Ich bin aufgestanden, habe meine Haare gewaschen und mir etwas anderes als einen Pyjama angezogen.

Heute ist Mittwoch. Das hat mir Susanne am Telefon mitgeteilt: »Heute ist Mittwoch, du solltest wieder arbeiten gehen.«

Aber das wäre ein weiterer Schritt. Ich fühle mich viel zu müde, um arbeiten zu gehen. Susanne sagt, ich bemitleide mich. Jährlich werden in Österreich dreißig Prozent der Frauen verlassen. Ich bin keine Ausnahme. Ich bin nichts Besonderes. Aber arbeiten kann ich nicht.

Ich schreibe ihm einen Brief. Vierzehn Briefe, sauber und kantig in Kuverts verpackt, liegen auf meinem Schreibtisch. Ich schreibe für mich. Er soll nicht denken, daß ich Briefe an ihn schreibe.

Ich war einkaufen. Die Leute in den Geschäften haben mich angestarrt. Alle. Habe ich etwas auf der Nase?

»Habe ich etwas auf der Nase?« habe ich einen Buben mit wahnsinnigrotem Dreirad vor dem Supermarkt gefragt. Er hat mich angesehen, als hätte ich etwas auf der Nase.

Susanne teilt mir mit, ich habe Verfolgungswahn. Ich habe mir neue Schuhe gekauft, die teuersten, die im Laden waren. Die Verkäuferin hat mir eine Schuhcreme geschenkt. Macht sie das bei jedem Kunden? Oder hat sie sich gedacht, das ist eine von den dreißig Prozent? Ich schenke ihr eine Schuhcreme, damit sie wieder glücklich ist.

Vielleicht sollte ich anfangen zu joggen. Meine Füße

würden automatisch zu seiner Wohnung rennen. Und das restliche Ich würde über den Füßen schwanken wie ein Paket auf dem Gepäckträger. Ich würde in meinem wahnsinniggelben Jogginganzug verschwitzt vor ihm stehen und sagen: Tut mir leid, meine Füße. Meine Füße, meine Füße sind zu dir gerannt. Ein Song.

Was wäre mit Kochen? Ich belege einen Kochkurs. Wie die Frau Fenkart, die wir immer ausgelacht haben. Ich werde zu einer dicken Frau Fenkart. Ich würde ihm ein Foto von mir schicken und dazuschreiben: Dafür bist du verantwortlich.

»Ich wäre nur noch aus alter Treue bei dir geblieben«, hat er gesagt. Ich hätte nichts dagegen gehabt, wenn er nur aus alter Treue bei mir geblieben wäre. Ich hätte es ja nicht gewußt. Außerdem: Was ist alte Treue? Gibt's auch eine neue? Wäre die besser? »Du hättest in einer Scheinwelt gelebt«, hat Susanne gesagt. »Lieber in einer Scheinwelt leben als in einer Pyjamawelt«, habe ich geantwortet. Darauf hat Susanne nichts mehr gesagt. Sie war in Disneyland, aber noch nicht in der Pyjamawelt.

Als ich ihn zum erstenmal sah, das war in der Straßenbahn, fielen mir Haselnüsse ein. Gut sieht er nicht aus, da muß ich ehrlich sein. Er hat mich immer zum Lachen gebracht. Aber das allein würde nicht genügen. Jemanden zum Lachen bringen, genügt in Familienfilmen, in denen zu den Augen der Süßen und Schwachen die Musik komponiert wurde.

Ich sitze auf dem Boden und ordne meine Bücher nach Größe und Farbe. Schade, daß Bücher keinen Geschmack haben. Gib mir das Buch mit dem Kiwigeschmack, ich stelle es zu den Büchern mit Apfel- und Zitronengeschmack. Ich habe ihn heute gesehen. Im Drogeriemarkt. Zwischen Feinwaschmittel und Zahncreme. Er hatte seinen schwarzen Anzug an und seine schwarze Ledertasche unter dem Arm. Er war also arbeiten. Du warst arbeiten, ich nicht, habe ich mir gedacht. Du bist nicht verlassen worden, ich schon. Du gehörst zu den Männern, die nicht verlassen werden. Wieviel Prozent sind das? Ich sollte etwas zu ihm sagen, dachte ich mir. Wenn ich jetzt nichts sage, dann steht er vielleicht bei der Kassa hinter mir, und dort muß ich etwas sagen. Bei der Kassa reden sogar Menschen miteinander, die sich noch nie gesehen haben, und ihr Gespräch entsteht einzig, weil sie ein gleiches Haarshampoo verwenden. Vielleicht hat er mich bereits gesehen, habe ich mir gedacht. Aber wieso sagt er dann nichts? Noch verstecke ich mich hinter dem Waschmittel. Wenn ich meinen Kopf hebe, sieht er mich. Ich habe meinen Kopf gehoben, und er hatte mich in seinen Augen.

Er hat mich gefragt, wie es mir geht. Er brauchte keine Antwort. Er wußte ohnehin alles. Daß ich nicht arbeiten war und daß ich auch sonst immer in der Wohnung bin. Er hat geredet, als wäre ich einer seiner Sozialfälle. Jetzt gibt er mir bestimmt gleich seine Visitenkarte. Wenn Sie mit mir reden wollen, rufen Sie mich an.

»Ich bin kein Sozialfall«, habe ich gesagt. »Ich war krank. Darum war ich zu Hause. Reine Grippe.«

»Das hat mir Susanne gar nicht mitgeteilt.« Reine Grippe braucht keinen so sorgenvollen Ton.

Ich werde bei Susanne klingeln und sie zur Rede stellen. Meine Freunde sind auch deine Freunde, so war es früher bei uns. Dieses Früher wünsche ich mir nicht zurück. Er hat sich mit Susanne zum Tennis getroffen, und ich bin mit Helmut manchmal einen Kaffee trinken gegangen. Helmut ist vierundzwanzig und hatte noch nie eine Frau. Außerdem riecht er nach Fisch und hat eine starke Betonung auf dem R. Ich habe mit Helmut nichts mehr zu tun. Paul mit Susanne aber noch. Vielleicht haben sie ein Verhältnis. Um Gottes willen.

»Geht es dir jetzt wieder besser?« hat er gefragt über den Weißen Riesen hinweg.

»Ja«, habe ich gesagt.

Ich bin dann eine Stunde lang mit meinen zwei Einkaufstaschen durch die Gegend gerannt. Und dann bin ich wieder in meine Pyjamawelt zurückgekehrt.

Medizinberg

Er geht jeden Tag auf den Schloßberg. Weil ich dann weiter weg bin und hinunterschauen kann. Weil ich nicht mittendrin bin und Luft holen kann, sagt er. Er sitzt auf der Ruine und liest ein Buch. Wenn ich es gelesen habe, komme ich wieder herunter, dann ist wieder etwas in meinem Kopf.

Er hat eine Schildkappe auf dem Kopf. Damit die Gedanken nicht herausfallen und ich den Leuten in die Augen schauen kann, sie mir aber nicht, sagt er.

Er war in Mexiko. Jetzt ist er wieder da. Er war lange in Mexiko. Er hat gekündigt bei seiner Arbeit. Sie schrieben ihm ein Zeugnis und verstanden nicht, warum er geht. Er hat sein Zimmer aufgeräumt und den Zimmerschlüssel bei seinen Eltern abgegeben. Sie verstanden nicht, warum er geht. Seine Freunde dachten sich immer, daß er eines Tages weggehen wird, aber verstanden haben sie es auch nicht.

Mit einem kleinen Rucksack und Augen wie Nägel ist er in das Flugzeug eingestiegen. Er konnte kein Spanisch. Meistens war er allein unterwegs. Er hat Spanisch gelernt, und Mexikaner zeigten ihm, wie man mit dem Mund eine Mango schält. Um Geld zu verdienen, arbeitete er als Tellerwäscher, Zeitungsverkäufer oder als Zuhörer.

Er war Autostopper. Manchmal mußte er fünf bis sechs Stunden auf ein Auto warten, dann wartete er. Er schrieb in einen kleinen Block, der so klein war, daß man ihn in die Hosentasche stecken konnte, rauchte Zigaretten und hörte Musik, kaufte Zigaretten und Batterien. Er war in Dörfern mit nur wenigen Einwohnern. Nach einer Zeit kannte ihn das ganze Dorf, dann packte er seinen Rucksack und zog wieder weiter.

Zuhause meldete er sich nicht oft. Er sagte auch niemandem, wann er wieder kommt. Er war einfach wieder da. Am selben Abend ging er noch auf den Schloßberg und schaute hinunter.

Weil ich nicht mittendrin bin und Luft holen kann, sagt er.

Auf dem Schloßberg trifft er manchmal eine Frau. Sie reden nie miteinander. Sie nicken einander zu.

Sie war zwölf Jahre alt, als ihre Mutter starb. Das war die Vertreibung aus dem Paradies. Mit zwanzig Jahren heiratete sie einen Mann, der sie kaputt machte. Übrig blieben zwei Kinder, zwei Schachteln Zigaretten am Tag, Kaffee und eine kleine Wohnung mit gelben Wänden.

Sie fing an, halbtags zu arbeiten, und kochte den Kindern am Abend Apfelmus.

Sie nähte Vorhänge für die Wohnung mit den gelben Wänden und färbte den Haaransatz jeden Monat schwarz.

Ich bin weggefahren und kann über sie schreiben. Ich war in der Wüste und am Meer, froh weg zu sein. Es ist leichter zu denken, wenn man seinen Kaffee selbst bezahlen muß.

Sie war oft traurig. Manchmal weinte sie beim Kochen in das Apfelmus hinein. Sie hat mit den Kinder in der Küche Rock 'n' Roll getanzt und hat die Bücher in den Regalen geordnet, wie es die Profis in der Landesbibliothek tun. Sie hat Jahre später wieder geheiratet. Die Wohnung mit den gelben Wänden wurde abgerissen, weil sie so alt war, daß niemand mehr darin wohnen wollte.

Sie ist umgezogen mit ihren zwei Kindern und bekam noch zwei. Sie fand einen Freund, einen kleinen, schroffen

Berg, auf den sie jeden Tag hinauflief, oben Zigaretten rauchte, um den Kopf auszulüften.

Der neue Mann war ganz wunderbar. Die kleinen Kinder hatten blonde Locken, und die beiden älteren sind ins Leben gesprungen. Sie fing an zu zeichnen.

Sie war oft traurig, manchmal weinte sie beim Kochen in das Apfelmus hinein.

Ich bin weggefahren und kann über sie schreiben. Ich war in der Wüste und am Meer, froh weg zu sein.

Es ist leichter zu denken, wenn man seine Zigaretten selbst bezahlen muß.

Ich bin eine Diebin

Ich soll keine Löcher in die Luft starren, sondern lieber etwas Vernünftiges machen! Kochen zum Beispiel. Hat jemand Lust auf Schinken mit Ei? Niemand. Also, warum darf ich nicht Löcher in die Luft starren. »Weil es unhöflich ist«, sagt er. »Weil du mir damit den letzten Nerv raubst«, sagt er.

Ich bin eine Diebin.

Als ich sechzehn war, habe ich in einem Einkaufszentrum blaue Turnschuhe geklaut. Nach fünf Tagen habe ich sie verschenkt, weil sie bei jedem Schritt *wir sind geklaut* gerufen haben. »Du benimmst dich wie eine Fünfzehnjährige«, hat er gesagt.

»Mit fünfzehn habe ich mich in einen italienischen Bauarbeiter verliebt. Mit sechzehn wurde ein Verhältnis daraus«, habe ich ihm geantwortet.

»Das glaube ich dir nicht«, hat er gesagt.

»Dazu bist du auch nicht verpflichtet«, habe ich gesagt. Dann sind wir wieder zurück ins Esszimmer geschlendert. Er schenkt mir zum Start unseres Lebens eine Wohnung, durch die man schlendern kann.

»Du bist ganz blass, ist alles in Ordnung, mein Kind?« hat meine Mutter gesagt. Ich bin vierundzwanzig, sie ist sechsundvierzig. Meine Eltern sind zu Besuch. Ich bin vierundzwanzig, sie ist sechsundvierzig, aber ich bin immer noch ihr Baby.

»Du solltest Fleisch essen«, sagt mein Vater.

»Oder wenigstens Milch trinken«, sagt meine Mutter.

»Habe ich alles schon versucht«, sagt er und lächelt. Ich lächle auch und sage, daß ich ab jetzt Fleisch in Milch essen werde.

»Was für ein Kleid möchtest du bei deiner Hochzeit tragen?« fragt meine Mutter.

»Ein enges«, sage ich.

»Es wird weiß sein«, sagt er.

»Ihr habt ja noch Zeit«, sagt mein Vater.

»Wofür?« frage ich.

Ich weiß nicht, warum wir heiraten. Er weiß es bestimmt. Mein Vater weiß es auch. Meine Mutter auch. Aus Liebe würden sie sagen. »Ja, natürlich, aus Liebe.« Ich bin der Thunfisch in der Pralinenschachtel.

Begegnet sind wir uns auf der Herrentoilette eines Kunstcafés. Den Namen habe ich vergessen. Ich habe die Tür verwechselt. Ich war in Gedanken. Ich bin oft in Gedanken, um nicht immer da sein zu müssen, wo ich gerade bin. Er hat mich darauf aufmerksam gemacht. Ich hätte es eine halbe Minute später selber gemerkt. Aber da hätte er mich schon eine halbe Minute früher darauf aufmerksam gemacht. Ich bin der Hase, er ist der Igel. Ich habe mich bedankt, und er hat mich zum Kaffee eingeladen. Zum Abschied fand er mich attraktiv, und seine Visitenkarte hat er unter meine Serviette geschoben. Ich renne davon, und wenn ich ankomme, wartet er bereits auf mich.

Ich habe ihn angerufen. Nicht gleich am nächsten Tag, weil ich das nie mache, aber gleich am übernächsten. Er hatte ein rotes dickes Auto. Nicht, daß ich mich bei Autos auskenne oder Männer mit Autos bevorzuge. Ein Auto hat jeder. Rote sind auch nicht selten. Rote dicke etwas seltener. Ich erinnere mich, weil es an diesem Tag sehr heiß war, und das Auto eine Klimaanlage hatte, und ein turnschuhblauer Bus an uns vorbeigefahren ist mit hundert Leuten hinter den Fenstern, und ich mir gedacht habe, daß so ein klimatisiertes Auto viel feiner ist als ein vollgestopfter Bus, besonders im Juli. Vier Monate später haben wir uns verlobt. In der nächsten Zeit werden wir heiraten. Die nächste Zeit ist lang oder ist kurz. Heute sind meine Eltern zu Besuch. Ich bin glücklich.

Ich bin glücklich.

»Bist du glücklich?«

»Nein.«

»Ich glaube schon. Ich glaube schon, daß du glücklich bist, meine ich. Verstehe das bitte nicht im Befehlston! Soviel weiß ich auch, daß Glück nicht befohlen werden kann. Ich meine damit, daß Frauen, bevor sie heiraten, immer in ein Gefühlsloch fallen. Das ist ganz normal. Wie später bei den Geburten. Heute fällst du, und morgen fliegst du.«

»Ich falle nicht, und fliegen tu ich auch nicht.«

»Mach einen Ausflug. Mit Sibille. Oder mit Margot. Oder mit Celina. Oder mit Rutha. Oder mit Heidrun. Oder mit Sarah.«

»Mein Ausflug beschränkt sich auf einen einzigen Berg, und der bist du. Sibille hat damit nichts zu tun. Margot hat damit nichts zu tun. Celina hat damit nichts zu tun. Heidrun hat damit nichts zu tun. Sarah hat damit auch nichts zu tun.«

So reden wir.

Und dann sagt er: »Aus Liebe. Zum Beispiel. Wir heiraten, weil wir uns lieben.«

»In den italienischen Bauarbeiter war ich verliebt«, sage ich. »Er war meine Liebe, der mit den breiten Schultern. Ich war fünfzehn, er viel älter. Einmal habe ich ihm einen polierten Apfel vor die Tür gelegt. Ich weiß bis heute nicht, ob er ihn gegessen hat.«

»Du warst ein Kind«, sagt er.

Ich stehe auf, um mir einen Löffel zu holen. Ich finde keinen und rühre den Kaffee mit dem Finger um.

»Stimmt«, sage ich. »Aber ich war bedingungslos verliebt. Bedingungslose Liebe.«

»Liebst du mich nicht bedingungslos?«

»Ein Erwachsener liebt nicht bedingungslos.«

»Wie denn?«

»Er liebt einfach. Jetzt und in der nächsten Zeit.«

Als Rudolf verrückt wurde

(für Oliver)

Rudolf wurde verrückt. Paul meinte, es liege an seinem Namen. Rudolf sei ein Name mit verrücktem Hintergrund. Zu dieser Zeit studierte Paul Philosophie an der Universität Wien. Wir saßen in meiner Wohnung und tranken warmes Bier. Ich trug ein weißes Träger-T-Shirt, und Paul schaute auf meinen Busen, als er sagte:

»Rudolf ist ein Name mit verrücktem Hintergrund.«

Wir lachten alle. Einer fragte, was an einem Hintergrund verrückt sein könne. Paul hob die Arme. Mehr redeten wir nicht über Rudolf. Das nächste Thema war die Farbe Blau.

Rudolf war ein Mathematikstudent im fünften Semester. Er war groß und trug eine Brille mit schwarzem Rand, wie man sie bei der Krankenkassa gratis bekommt. Manchmal ging er mit uns weg. Dann trank er so viel, daß er die Kontrolle über seine Füße verlor. Er war sehr interessiert an Wetterberichten, leichter Musik und Mathematik. Ich weiß nicht, ob ich ihn besonders mochte oder besonders nicht mochte, ich dachte nicht viel über ihn nach. Er war einer der Menschen, die man vergißt, wenn sie die Schuhe anziehen und das Haus verlassen.

An einem Dienstag im Sommer wurde Rudolf verrückt. Wir saßen im Bus. Rudolf zog seine Schuhe und Socken aus. Die Socken stülpte er über seine Hände, die Schuhe stellte er ordentlich auf den Boden. Das alles machte er ohne Kommentar. Sein Gesicht war ernst. Ich wartete auf etwas, aber es kam nichts. Als er ausstieg, klemmte er seine Schuhe unter seinen rechten Arm. Die Socken behielt er über seinen Händen. Das wiederholte sich. Wann immer wir im Bus saßen. Es wurde sein Ritual. Keiner von uns sprach darüber. Sorgen machten wir uns keine. Die Verwunderung war nur am Anfang, aber auch die war nicht so groß, daß ich nach dem Sinn des Ganzen gefragt hätte. Das Ganze hatte keinen Sinn, also brauchte man nicht danach zu fragen. Nur einmal dachte ich, ob das nun der verrückte Hintergrund ist, von dem Paul gesprochen hat.

Dann war Semesterende, und ich begann bei der Wiener Post als Briefträgerin zu arbeiten. Die Arbeit war schlecht bezahlt. Ich machte die Arbeit nur aus einem Grund: Ich wollte einen Alltagsrhythmus. Ich hasse Ausnahmesituationen wie Sommerferien, Sonntage und Weihnachten. Das ist, wie wenn das Schlagzeug plötzlich aufhört. Ich bekomme immer so einen Druck im Kopf. Das wollte ich in diesem Sommer vermeiden. Ich hatte eine Arbeit mit geordneten Arbeitszeiten. Ich hatte eine Ausrede, mich nicht amüsieren zu müssen.

Ich trug auch die Post von Rudolf aus. Das war Zufall. Er wohnte in einem alten Haus in Meidling als Untermieter. Er bekam nicht viel Post. Meistens nur Werbung. Als ich erstmals bei ihm Post austrug, stand er vor seinem Haus und wippte mit seinen Füßen auf und ab.

Er fragte mich, ob es mir etwas ausmachen würde, seine Post an einem durchsichtigen Faden zu befestigen und sie vor sein Haus zu ziehen. Das alles sollte ich so machen, daß man nicht sieht, daß ich es mache. Auch er sollte es nicht sehen. Er selbst würde hinter einem Busch warten und die Post abfangen. Er habe den Begriff *Post abfangen* gelesen und wolle das ausprobieren.

Er sprach ganz ruhig. Der Schlußsatz war: »Ich habe Angst

vor Menschen, und ich versuche den Kontakt zu ihnen, so gut es geht, zu vermeiden.«

Ich wollte sagen, daß ich es bin, die die Post austrägt, und daß er mich doch kennt. Vom Busfahren zum Beispiel. Ich ließ es bleiben. Sagte ganz professionell, daß es kein Problem sei. Ich siezte ihn. Weil er mich siezte. »Ihr Wunsch ist kein Problem«, sagte ich.

Er gab mir Geld für einen durchsichtigen Faden, und wir machten einen fixen Zeitpunkt für den nächsten Tag aus. Ich wollte nicht, daß er lange hinter seinem Busch auf seine Post warten muß.

Das war gut.

Rudolf bekam jeden Morgen seine Post an einem durchsichtigen Faden, ohne daß er mich sehen mußte.

Die Geliebte

Rutha sitzt vor dem Telefon. Sie hat den Hörer in der Hand.

Ihr Opa ist gestorben, einen Monat, bevor sie geboren wurde. An seinem Totenbett sagte er zu der Geliebten, sie soll auf das Kind aufpassen, wenn es auf der Welt ist.

Rutha sitzt vor dem Telefon. Sie hat den Hörer in der Hand.

Rutha ist neunzehn Jahre alt. Sie stellt sich den Opa auf dem Totenbett vor. Eingewickelt in eine blaue Decke mit weißen Schwänen. Der Hals schon schwarz vom toten Blut.

Rutha legt wieder auf.

Mit sechs Jahren war sie bei der Geliebten gewesen, einen Sommer lang, von Anfang bis Ende. Die Geliebte hatte ihr das Schuhebinden beigebracht und dabei die Sommerolympiade im Fernsehen angesehen.

Mit acht Jahren war Rutha an der Nordsee gewesen. Zusammen mit der Geliebten und einem Mischlingshund. Wegen ihrer Bronchien. Die Bronchien waren nicht gut mit acht Jahren. Bei hohem Wellengang stand die Geliebte am Ufer und dirigierte das Meer.

Die Geliebte ist jetzt zweiundachtzig Jahre alt. Rutha hat die Geliebte lange nicht mehr gesehen.

Rutha war in Mexiko. Sie hatte zu wenig Ansichtskarten, um auch der Geliebten eine zu schreiben.

Rutha sitzt vor dem Telefon.

Sie möchte nicht anrufen und von Nachmietern erfahren, daß die Geliebte gestorben ist.

Die Geliebte ist zweiundachtzig Jahre alt und nicht mehr gut auf den Beinen. Die Geliebte hat einen Kalender, mit dem sie italienisch lernt.

Die Geliebte ißt am liebsten Griesmus.

Rutha sitzt vor dem Telefon. Sie hat den Hörer in der Hand. Sie wählt die Nummer.

Rutha raucht eine Schachtel Zigaretten am Tag und färbt sich jeden Monat ihre Haare.

Die Geliebte heißt Margot.

Die Geliebte ist eine alte Dame, die das Meer dirigierte, weil sie meinte, so etwas tun Frauen, die noch nicht wirklich alt sind.

Rutha raucht eine Schachtel Zigaretten am Tag.

»Hallo?«

Über die Frau in dem roten Wollrock

»Ich habe sie gesehen!« sagt sie. »Sie saß auf einer Bank.«

»Wann?« fragt er. »Wann hast du sie gesehen?«

»Gestern abend. Sie trug den roten Wollrock, den ich ihr gestrickt habe.«

»Hat sie dich auch gesehen?«

»Ich habe mich hinter einem Baum versteckt. Ich glaube, sie hat meine Tasche gesehen. Die Tasche war voller Essen. Die Tasche hatte keinen Platz hinter dem Baum. Es war eine Birke. Die Ecken der Tasche hat sie bestimmt gesehen. Aber ob sie die Tasche erkannt hat? Wie soll ich das wissen.«

»Hat sie ein Buch gelesen?«

»Nein.«

»Was hat sie gemacht?«

»Sie saß auf der Bank. Die Hände hatte sie im Nacken verschränkt.«

»Sie hat nichts gegessen?«

»Nein, das habe ich doch gesagt. Ich sagte, sie hat nichts gegessen. Sie saß nur da, sagte ich. Sie hatte die Hände im Nacken verschränkt und saß da. Wie kann sie so essen? Hör auf, mich mit deinem schlechten Gedächtnis zu nerven!«

»Ich habe kein schlechtes Gedächtnis. Ich wollte nur noch einmal fragen. Um sicher zu gehen.«

»Was soll das heißen?« Die Frau hebt die Fäuste zum Himmel. Als würde sie Beistand erflehen. Beistand für ihren Mann. »Was soll das heißen, sag mir! Was für eine Sicherheit soll das sein? Warum willst du sicher sein, daß sie nichts gegessen hat?«

»Man sagt so.«

»Du sagst so. Du bist alt.«

»Du bist älter als ich«, sagt er.

»Wir sind beide alt«, sagt sie. »Die zwei Jahre spielen in unserem Alter keine Rolle mehr. Gibst du mir ein Stück Brot?«

»Wie waren ihre Haare?« will er wissen.

»Gib mir bitte ein Stück Brot!«

»Mit Butter?«

»Mit Käse und Butter.«

»Wie sahen ihre Haare aus?« fragt er noch einmal.

»Gewaschen und schulterlang.«

»Es scheint ihr also gut zu gehen.«

»Ich habe sie nicht gesprochen.«

»Aber es deutet doch alles darauf hin.«

»Was deutet darauf hin?«

»Die verschränkten Hände hinter ihrem Kopf. Das ist die Haltung eines glücklichen Menschen.«

»Woher weißt du das?«

»Aus Filmen. Da ist ja auch nicht alles aus der Luft gegriffen. Und dann die gewaschenen Haare. Unglückliche Menschen waschen sich nicht die Haare.«

»Ich wasche meine Haare auch, wenn ich unglücklich bin«, kontert sie.

»Du hast auch einen Sauberkeitswahn«, kontert er.

»Das ist gelogen«, sagt sie.

»Alte Menschen lügen nicht«, sagt er und grinst. Er will versöhnt sein mit seiner Frau.

»Du hast nur noch graue Haare«, sagt sie und grinst auch. Sie will versöhnt sein mit ihrem Mann.

»Meine Haare sind friedhofsblond«, sagt er und kichert und fragt: »Hat sie noch den Wohnungsschlüssel?«

»Den wird sie nicht mehr haben«, sagt sie.

»Warum nicht?«

»Sie verliert ständig ihre Sachen.«

»Vielleicht sollten wir die Tür auch in der Nacht offen lassen. Wenn wir schlafen, sind wir taub.«

»Sie kommt nicht mehr.«

»Sie hat ihre Bücher hier.«

»Sie wird sich neue kaufen.«

»Aber in ihren Bücher sind Widmungen.«

»Die wird sie vergessen.«

»Vielleicht sollten wir kein Fleisch mehr essen«, sagt der Mann.

»Warum, bitte«, sagt die Frau und hebt wieder ihre Fäuste zum Himmel. »Warum, bitte, sollten wir kein Fleisch mehr essen?«

»Wir leben dann länger.«

»Und was soll das bringen? Was?«

»Sie hätte länger Zeit, um nach Hause zu kommen.«

No One Put Flowers On Flowers

Ein Mann und eine Frau lernen einander kennen. Die Frau heißt Rutha. Der Mann heißt Paul. Sie sitzen in einem Café. Der Tisch ist rund. Ruthas Haare sind frisch gefärbt. Rutha wippt mit ihren Beinen. Sie wippt im Takt. Im Takt zu einem Lied. Das ist in ihrem Kopf. Paul kennt das Lied nicht. Rutha singt ihm vor. Paul wippt mit seinen Beinen. Links, rechts, links, rechts, rechts.

Sie essen Kuchen. Später trinken sie Wein.

Der Abend wird lang. Sie küssen sich auf der Straße. Ein Auto fährt vorbei. Im Auto sitzt Herr Mandel. Herr Mandel schreibt Gedichte für Rutha. Er weiß nicht, wer der Mann an Ruthas Mund ist. Er sieht zu Rutha, und sein Gesicht wird schwer.

Paul verspricht verschwommene Liebe. Rutha lächelt. Ihr Mund ist rot. Sie liebt diese Farbe. Rutha geht. Paul bleibt noch. Er bindet seine Schuhe. Irgendwo waren Zigaretten. Die Zigaretten sind bei Rutha.

Italien

Sein Zimmer ist dunkel. Es ist immer dunkel.

Die Zeit wird mit einem schwarzen Rollo ausgesperrt.

Er sitzt auf einer abgesessenen Couch.

Sitzt man nur Minuten auf dieser Couch, kann man einen genauen Abdruck vom Hintern sehen.

Vor der Couch steht ein Fernseher.

Zwischen Fernseher und Couch steht ein Tisch. Voll mit halbvollen Bierflaschen.

Auf der Couch hockt er, mit einer Zigarette im Mund, einer Zigarette hinterm Ohr und einer Flasche Bier in der Hand.

Seine Füße sind groß und kalt und rot.

Heute muß er nicht arbeiten.

Er wird bis zum Abend vor dem Fernseher sitzen und sich an nichts erinnern.

Er wird so sitzen bleiben. Bewegen nur, wenn es notwendig ist, und es wird nicht notwendig sein.

Um acht Uhr wird er in den Spiegel schauen, die alte Hose anziehen, in den Spiegel schauen und weggehen. Mit Bier im Rucksack und Zigaretten.

Vielleicht wird er ein Mädchen mit nach Hause nehmen.

Vielleicht. Jetzt noch sitzen bleiben.

Fernseher, Bier – ein glücklicher Mann.

Kurz vor acht schläft er ein.

Die Füße werden klein und warm und weiß.

Sein Zimmer steht mitten auf dem Campo di fiori.

Seinen Fernseher tauscht er gegen Pistazien.

Seine Biere bringt er in einen italienischen Souvenirladen.
Der schlafende Berg muß lachen im Schlaf.
Sein Zimmer ist dunkel.
Es ist immer dunkel.
Die Zeit wird mit einem schwarzen Rollo ausgesperrt.

Die Niere

Herr Mandel hat eine Niere bekommen.

Zwei Jahre wartete er darauf.

Er aß nur mageres Fleisch und Weißbrot. Kein Kaffee, kein Alkohol, keine Zigaretten.

Herr Mandel liegt in einem weißen Bett im Krankenhaus.

Gitter sind um ihn herum. Kalte Eisengitter. Wie bei einem Kinderbett, nur kälter und unfreundlicher.

Herr Mandel hätte lieber blaue Gitter um sich herum, dann wäre es ein bißchen wie im Himmel. Ein bißchen ein senkrecht gestreifter Himmel.

Eine Krankenschwester, klein mit weißen Zähnen und weißen Birkenstock, steht vor seinem Bett. Sie riecht nach Desinfektionsmittel.

»Die Operation hätten Sie geschafft«, sagt sie mit Perlweißlächeln in den Raum hinein.

Herr Mandel denkt sich, noch bevor er einschläft, von wem er wohl die Niere bekommen hat.

Im Traum redet die neue Niere mit Herrn Mandel.

Sie reden wie zwei Männer miteinander.

Herr Mandel liegt im Bett, und die Niere sitzt auf der Bettdecke.

Sie reden über die Operation, die die Niere besser mitgekriegt hat. Besser als Herr Mandel.

Als Herr Mandel wieder aufwacht, greift er an die Narbe, unter der seine neue Niere sitzt.

Er hat gelesen, daß die meisten Spendernieren von Toten

aus Verkehrsunfällen stammen. Über sechzig Prozent der Nieren. Woher stammen die anderen knapp vierzig Prozent?

Er stellt sich vor, wie sein Spender unter der Erde grinst, weil ein Organ von ihm weiterlebt. Das fremde Organ lebt weiter und verbindet sich mit den neuen Organen. Und wenn ich einen Verkehrsunfall habe, denkt Herr Mandel, und mein Herz spende zum Beispiel, dann lebt mein Herz weiter und auch ein bißchen lebt die fremde Niere weiter, und so weiter und so weiter. Das wäre eine Möglichkeit, denkt Herr Mandel.

Herrn Mandel wird es ein bißchen schlecht.

Er bestellt bei der kleinen, nach Desinfektionsmittel riechenden Krankenschwester zwei Gläser Nierentee.

Eines für sich und eines für den Spender unter der Erde.

»Auf gute Zusammenarbeit«, sagt Herr Mandel und klopft sich auf seine Narbe, unter der seine neue Niere sitzt.

Schlechte Zähne

Ein Mann hatte schlechte Zähne. Er war lange weg.

Es war kein Geld übrig für einen Zahnarzt und auch keine Zeit.

Der Mann war Gärtner. Er hatte Hände wie Teller und Blumen so zart wie englische Untertassen.

Er lieferte Blumen für Hochzeiten, Begräbnisse, Festtage und Geburtstage.

Er hatte eine so liebevolle Art, mit Blumen umzugehen, daß die alte Frau Horváth, die jeden Tag an der Gärtnerei vorbeiging, um ihren noch älteren Bruder zu besuchen, sich nichts mehr wünschte, als eine zarte junge Blume zu sein in der Obhut dieses Mannes mit den Tellerhänden.

Der Mann liebte eine Frau.

Eine Frau mit großem Mund und kühn geschwungener Nase.

Er schrieb ihr einen Brief.

Am Abend nach Ladenschluß saß er zwischen all seinen Blumen und schrieb: »Liebe Frau Margarete, ich bin kein Mann großer Worte, ich liebe Sie.«

Er befestigte den Brief an einem Feigenbäumchen und stellte es vor ihre Tür.

Drei Tage später bekam er einen Brief zurück:

»Lieber Mann, Sie haben schlechte Zähne. Frau Margarete.«

Der Mann mit den Tellerhänden, der so voller Liebe war, ließ sich seine Zähne richten und schrieb einen neuen Brief:

»Liebe Frau Margarete, meine Zähne sind gerichtet.«

Er bekam einen Brief zurück:

»Lieber Mann, ihre Feigen schmecken vorzüglich. Ich esse jeden Morgen eine, aber ich liebe Sie nicht. Frau Margarete.«

Der Mann ging in den Garten und streichelte mit seinen Tellerhänden die Blumen, die so fein waren wie ein englisches Teeservice.

Alter

Eine alte Frau wohnt im fünften Stock eines noch älteren Hauses. Das Haus ist alt und hat keinen Lift.

Die Frau ist alt und hat keine guten Füße mehr.

Sie braucht eine halbe Stunde von der Haustür bis hinauf in ihre Wohnung.

Der Sohn hat ihr Bergschuhe gekauft mit zwölf Ösen. Die seien für die Füße wie ein Steak für den Magen, sagte er.

Die Frau braucht lange zum Binden.

Wenn sie fertig ist mit dem Binden, hat sie vergessen, was sie machen wollte.

Dann sitzt sie mit ihren Schuhen auf dem Boden und überlegt.

Der Boden ist kalt. Von kalten Böden bekommt sie eine schwache Blase.

Am Abend ist sie müde.

Aber dann, am nächsten Morgen, am nächsten Morgen geht sie hinaus. Sie schreibt sich auf, was sie draußen machen will.

In der Wohnung über ihr wohnt ein kleiner Bub.

Jacob ist acht Jahre alt.

Er braucht knapp zwei Minuten vom sechsten Stock bis hinunter zur Haustür. Von seiner Mutter hat er Turnschuhe bekommen. Mit Klettverschluß, damit auch gar keine Zeit verloren geht.

Am Morgen verläßt Jacob für zwanzig Minuten das Haus.

Er sieht die alte Frau im ersten Stock. Sie hat besorgt, was sie besorgen wollte. Sie war draußen. Sie befindet sich bereits auf dem Rückweg. Wenn Jacob wiederkommt, ist sie gerade im fünften Stock angekommen.

Die alte Frau war verliebt, vor zwei Jahren. In einen alten Mann. Der saß im Rollstuhl. Der alte Mann war ihr zu schnell auf der Straße, und sie verloren sich aus den Augen. Sie hob eine Hand und flüsterte: »Adieu!«

Jacob ist verliebt in ein Mädchen vom ersten Stock. Jacob ist zu jung für sie. Wenn sie geradeaus schaut, fliegt ihr Blick über seinen Scheitel.

Die alte Frau ist dreiundsiebzig.

Das Haus, in dem sie wohnt, ist älter.

Sie findet ihre Schlüssel nicht

Sie trinkt Kaffee. Die Wohnung ist nicht aufgeräumt. Sie sucht ihre Schlüssel. Sie liegen unter der gelben Mappe in der Küche.

Sie schneidet sich ein Stück Schwarzbrot ab und behält es im Mund, während sie die Schuhe anzieht und die Wohnung absperrt.

Sie sitzt im Café, bestellt eine Melange und ein Wasser mit einer Scheibe Zitrone.

Ihre Hände sind schlank und weiß, ihre Haare sind dick und schwarz. Der Kellner liebt sie.

Sein Zimmer ist aufgeräumt. Seine Schlüssel hängen an einem Haken.

Er bringt ihr die Melange und das Wasser und die Scheibe Zitrone.

Sie sagt: »Danke.« Sie bezahlt sofort. Das macht sie immer. Mit der roten Geldtasche in der Hand, die ihr so sehr gehört, wartet sie, bis er die Rechnung fertig hat. Er ist schlecht im Kopfrechnen.

Sie lächelt und gibt Trinkgeld.

Der Kellner liebt sie.

Der Kellner ist schüchtern.

Jeden Tag besucht sie das Café. Jeden Tag möchte er sie ansprechen.

Heute sitzt sie nicht allein am Tisch. Ihr gegenüber hat eine Frau Platz genommen. Mitte Vierzig. Sie trinkt Orangensaft. Frischgepresst und ohne Fruchtfleisch. »Fruchtfleisch klebt an den Zähnen.« Sagt sie. Warum sagt sie das?

Diese Frau Mitte Vierzig liebt den Kellner.

Der Kellner ist Mitte Zwanzig.

Auch diese Frau besucht jeden Tag das Café. Sie nickt der Frau mit den schlanken Fingern und den dicken Haaren zu und weiß, daß der Kellner sie liebt.

Er hat es ihr geschrieben in einem Antwortbrief auf einen Liebesbrief.

Er schrieb: »Ich liebe die Dame mit der roten Geldtasche, die manchmal Ihnen gegenüber sitzt.«

Die Dame mit der roten Geldtasche liebt niemanden. Sie sucht Arbeit und keine Liebe.

Der Kellner liebt die Dame mit der roten Geldtasche.

Die Frau mit dem Orangensaft liebt den Kellner.

Die Dame mit der roten Geldtasche findet ihre Schlüssel nicht.

Frau Simon

Frau Simon wäscht die Wäsche ihrer Kinder.

Jeans mit Schlag, Kapuzenpullover. Unterhosen ihres Mannes. Die Hemden. Die Socken gehören allen. Einmal die einen dem einen, dann die anderen dem anderen. Schwarz oder dunkelblau, aber so dunkelblau, daß sie schwarz sein könnten.

Frau Simon deckt den Tisch.

Messer links. Gabel rechts. Nein, umgekehrt. Oder doch so? Umgekehrt. Oder doch so. Blaurandtassen. Eine Tasse ist angeschlagen, die bekommt sie selbst hingestellt.

Frau Simon betrachtet sich im Spiegel

Körpergroße Spiegel gehören verboten. Nicht für die schönen Kinder, nicht für den schönen Mann, nur für Frau Simon. Der Mann ist auf seine Art schön. Frau Simon hat keine Art.

Ihre Schenkel sind dick und weich, das Gesicht hat sich aufgebläht. Im Bauch trennen sich die Speisen, ein Teil sinkt in die Schenkel, der andere steigt hinauf ins Gesicht. Am Busen vorbei. Was schade ist. Ein weiches T-Shirt über dem Bauch hilft und schützt. Wie ein Zelt.

Rote Knie. Ihre Knie sind kaputt. Sie tragen zuviel. Einmal am Tag die Knie einschmieren mit einer Spezialcreme.

Die älteste Tochter hat die Creme gegen ihre Pickel genommen. »Tschuldigung, Mama.«

»Nützt sie?«

»Sagenhaft!«

Kurz ist es still im Haus.

Frau Simon sieht aus dem Badezimmerfenster zur Schillerallee hinüber.

Alle Bäume kommen ihr wie Selbstmörderbäume vor.

Kalter Wind bläst ihr ins Gesicht. Kalter Wind aus Italien. Ist da eine Tür offen? Durchzug? Oder undicht alles?

Frau Simon muß lachen.

Es wird bald Winter.

Blaurandtassen. Honig. Frisches Brot. Gebügelte Hemden. Sirup. Kalender von der Hypo-Bank.

Die Kinder sind wach. Das gibt Brösel auf der Tischdecke.

Frau Simon wird die Decke aus dem Badezimmerfenster schütteln, wenn alle weg sind.

Die Brösel werden auf die Blätter der Selbstmörderbäume fallen.

Die Kinder, der Mann verlassen das Haus.

Die Tür fällt ins Schloß.

Kurz gibt es Durchzug. Das Haus ist dicht.

Kalter Wind aus Italien.

Frau Simon muß lachen.

Für eine Zigarette 5 Minuten

Ida sitzt kaugummikauend vor der Waschmaschine. Wenn ihre Mutter nicht da ist, raucht sie Zigaretten. Wenn ihr Vater nicht da ist, raucht sie Joints. Wenn niemand da ist, kommt ihr Freund auf Besuch. Ida hört *The Doors* und reißt beim Lachen den Mund weit auf.

Sie möchte nach Afrika, hier ist es ihr zu kalt.

Niemand würde mehr Zigaretten rauchen, wenn die Mutter weg ist.

Niemand würde kiffen, wenn der Vater weg ist.

Der Freund würde sowieso nicht mehr kommen.

Sie würde aufstehen, die Wäsche aus der Maschine nehmen, sie in einen Rucksack packen, den Kaugummi aus dem Fenster spucken, die Schuhe anziehen und gehen.

Später würde sie eine Karte aus Afrika schreiben.

Die Eltern würden lesen: Ich komme wieder, wenn es warm wird.

Die Mutter würde die Karte an den Kühlschrank kleben und Erbsen aus dem Eisfach holen.

Ida würde Sprachen lernen und die Wäsche in Waschsalons waschen.

Sie würde in Afrika vor der Waschmaschine sitzen und Kaugummi kauen.

Sie würde den Kaugummi gegen eine Zigarette eintauschen und die Wäsche in den Rucksack packen.

Sie würde jemanden kennenlernen.

Sie würde eine zweite Karte an ihre Eltern schreiben: Ich komme wieder, wenn es warm wird.

Ida sitzt kaugummikauend vor der Waschmaschine.
Die Mutter kommt in fünf Minuten.
Ida braucht fünf Minuten für eine Zigarette.
Ida sitzt zigarettenrauchend vor der Waschmaschine.

Anzüge

Renata Theobaldi klingelt bei einer Haustür. Sie ist letzte Woche sechsunddreißig geworden. Ihre Haare sind ungeschickt gefärbt. In ihrer rechten Hand hält sie einen roten Koffer. Renata Theobaldi ist Schneiderin für Männeranzüge. Sie besucht nach Arbeitsschluß öfters noch private Kunden, um ein bißchen Zusatzgeld zu verdienen.

Die Kunden sind meist ältere Männer, bierbäuchig, mit komplizierter Figur und starkem Bartwuchs und angefertigten Gesundheitsschuhen.

So ein Mann öffnet Frau Theobaldi die Tür. Sie muß lächeln und tut es. Er denkt, daß sie lächelt, weil sie will, und nicht, weil sie muß. Er bittet sie ins Wohnzimmer. Sie mißt den Mann aus und zeigt ihm Karten mit Stoffmustern. Zu jedem Stoffmuster weiß Frau Theobaldi eine Geschichte. Das ist gut fürs Geschäft. Das Stoffaussuchen sei, sagt sie, der kritische Moment. Manche Männer seien an diesem Punkt vom Geschäft zurückgetreten. Darum die Geschichten.

So beginnen sich Frau Theobaldi und der Mann zu unterhalten. Der Mann – er heißt übrigens Konrad Pöltl – erzählt, er sei durch einen Freund – der heiße übrigens Paul Schäbig – auf sie aufmerksam gemacht worden. Ihm sei der neue Anzug an Paul Schäbig aufgefallen. Eins A. Ein Freund sei Paul Schäbig eigentlich nicht. Nur zweckweise einer gewesen. Sie verstehe, was er meine? Frau Theobaldi versteht nicht. Er habe ein Verhältnis mit der Frau von Paul Schäbig gehabt, erklärt der Mann.

Während Frau Theobaldi mit Nadeln zwischen den Lippen das erste Hosenbein absteckt, erzählt Herr Pöltl von der Frau seines Freundes. Wie sehr er sie geliebt habe. Und sie – ein Feuer, verrückt nach klaren Farben: Lippen rot, Haare schwarz, Haut weiß, Unterwäsche gold. Alles in ihrem Leben habe sie angeschaut wie durch ein Zielfernrohr und angepackt. Davon könne er ein Lied singen. Und dieses Lied würde er gern singen.

Nach getaner Arbeit geht Renata Theobaldi. Sie klingelt bei einer anderen Haustür. Sie mißt den nächsten Mann ab. Es ist Paul Schäbig. Auch er erzählt von der Frau. Sie seien seit zwei Jahren geschieden. Sie lebe jetzt in Prag als Kassiererin in einem Laden, in dem gestohlene Radios verkauft werden. Sein Freund Pöltl, sagt er, habe ein Verhältnis mit seiner Frau gehabt. Nur sei der so blöd gewesen und habe gedacht, er – Paul Schäbig – würde es nicht merken. Er habe es aber gemerkt. Aber Pöltl habe keine Ahnung von seiner Frau. Von ihrem wahren Feuer. Der Pöltl schaue in die Welt wie in einen Schwarzweißfilm. Die Farben seiner Frau, die habe der Pöltl nicht gecheckt. Und ihren Blick habe er unterschätzt.

Nach getaner Arbeit geht Renata Theobaldi zu einem dritten Mann. Auch ihn mißt sie ab. Er heißt Hugo Riebel. Wenn er den Mund bewegt, sammeln sich Spucketropfen in seinen Mundwinkeln. Beim Reden werden sie zu weißem Schaum geknetet. Auch er redet von der Frau. Auch er habe ein Verhältnis mit ihr gehabt, ganz früher allerdings. Er habe sie als erster gekannt, sagt er. Er sei überall der erste, sagt Hugo Riebel. Beim Bockspringen, Sackhüpfen, an der Ampel und eben auch bei dieser Frau.

»Dem Ersten öffnet man sich«, sagt er. »Mir hat sie sich

geöffnet, weil ich ihr Erster war. Fast wäre ich an ihrem Feuer verbrannt.«

Nach dem Gespräch hat Renata Theobaldi Kopfschmerzen.

Dann sitzt Frau Theobaldi mit anderen Frauen an einem langen, langweiligen Tisch. Vor jeder Frau steht eine Nähmaschine. Das ist ihre Arbeit. Die Frauen reden und schauen dabei zu, was ihre Hände tun. Über ihre Männer und Traummänner reden sie. In den kleinen Pausen, die sein müssen, teilen sie Mandarinen und pfeifen dumme Lieder. Frau Theobaldi hat ihren Platz neben einer hochschultrigen, dünnen Frau mit Brille. Die Frau heißt Helga.

Frau Theobaldi und Helga essen in einer Kantine. Vor ihnen stehen Fleischbällchen in roter Soße. Renata erzählt Helga die Geschichte von den drei Männern. Sie finde interessant, was drei Männer über die selbe Frau denken, sagt sie. Wo doch, sagt sie, alle drei sehr eng mit ihr waren.

»Das klingt schön«, sagt Helga.

»Es klang nicht nur schön«, sagt Renata.

»Daß sie eng waren, klingt schön«, sagt Helga.

»Manches hat schön geklungen«, sagt Renata.

Frau Theobaldi erzählt weiter: Sie habe, inspiriert von der Geschichte, ihre drei ersten Männer ausfindig gemacht. Sie habe mit ihnen Kaffee getrunken, und es sei nett gewesen. Aber nur obenhin. Nichts Wirkliches sei herausgekommen. Aber nun: Alle drei habe sie dazu überredet, sich Anzüge machen zu lassen.

»Was hältst du davon?«

»Was soll ich sagen«, sagt Helga.

Renata bittet Helga, zu ihren drei ersten Männern zu gehen, um ihnen die Anzüge anzumessen und um mit geschickten Fragen herauszufinden, was sie von ihrer Renata Theobaldi gehalten haben. Damals. Und was sie heute von ihr halten. Im Rückblick.

Helga will das tun. Es ist ja ein Zusatzgeld für sie. Und Zuhören kostet nichts. Und Fragen auch nichts.

Renata Theobaldi sitzt in einem Kaffeehaus. Sie trinkt Apfelsaft und knabbert an einem Wasserglas.

Helga kommt mit einem Schulheft in der Hand. Das hat sie sich für ihre Aufgabe besorgt.

»Ich vergesse so schnell«, sagt sie.

»Das tut jeder«, sagte Renata. »Lies vor!«

»Ich habe mir alles aufgeschrieben. Nummer eins sagte.«

»Ich will es nicht wissen«, sagt Renata.

»Aber ich habe extra alle besucht.«

»Trotzdem.«

»Aber ich habe extra ein Heft gekauft.«

»Trotzdem.«

»Aber warum auf einmal?«

»Weiß nicht.«

»Aber es ist etwas Gutes«, sagt Helga.

»Ich will nicht.«

»Es ist etwas Schönes.«

»Und der zweite?« fragt Renata.

»Soll ich dir zuerst den zweiten vorlesen?«

»Ist es auch etwas Gutes? Auch schön?«

Helga schaut in ihr Schulheft, blättert drei Seiten. »Das meiste ist schön«, sagt sie.

»Und was sagt der dritte?«

Helga blättert in ihrem Heft. »Beim dritten habe ich fast

gar nichts aufgeschrieben. Ich war schon so müde. Und es war kein gutes Licht. Und er hat so viel erzählt.«

»Der dritte wäre mir am wichtigsten gewesen«, sagt Renata.

Sie steht auf und sagt: »Danke.«

Und geht.

Richard

Jemand fragte nach meiner Familie. Ich fange bei den Toten an und höre bei den Lebenden auf.

Richard setzte sich mit zweiunddreißig in einen Schaukelstuhl und schluckte Schlaftabletten. Das ist alles, was ich sicher weiß.

Bei der Beerdigung war ich ein Kind. Meine Füße steckten in zu engen Schuhen. Die Beerdigung war im Winter. Meine Füße waren wie Eiszapfen. Den Rosenkranz habe ich von den Lippen meiner Mutter abgesprochen.

Richard war mein Onkel. Der Bruder meiner Mutter. Ich dachte nie an ihn. Ich dachte erst an ihn, als ich mehr Zeit brauchte, um meinen Gedanken nachzuhängen. Ich dachte erst an ihn, als ich seine große Liebe kennenlernte. Seine große Liebe lebt in einer Altbauwohnung in Wien. Ihre Haare sind lang und zopfig, ihre Augen blau und ihre Kleider bunt.

Sie zeigt mir ein Bild von ihm. Richard sitzt in einem leeren Zimmer. Vor ihm steht ein Koffer. Auf dem Bild ist er vierundzwanzig.

Die große Liebe hat vor zehn Jahren bei Richards Arbeit angerufen. Da war er schon zwei Jahre tot.

Er war ein großer Mann mit langen Haaren, kaputten Jeans und Lederjacke. Im Sommer füllte Richard eine alte Badewanne mit Wasser. Er schob die Badewanne in den Alten Rhein, dort wo das Wasser flach ist, und setzte sich hinein. Richard konnte nicht schwimmen.

Richard trank viel Rotwein, rauchte viele Joints und noch mehr Zigaretten.

Vor seinem Tod aß er zwei Wochen lang nichts.

Es könnte sein, daß es ein Unfall war. Bei jedem Selbstmord stellt sich zuerst die Frage, ob es ein Unfall war. Der Arzt sagte, ein gesunder Mensch hätte diese Dosis an Schlaftabletten überlebt. Richard hatte ein schwaches Herz.

Seiner großen Liebe hatte er Geschichten geschrieben. Auch noch, nachdem es aus war zwischen ihnen. Er schrieb von einem Zauberer und einem Mädchen.

Als er starb, hatte er eine Tochter und eine Frau. Die Frau war eifersüchtig. Er blieb bei der Frau wegen des Kindes, und er blieb bei keinem wegen der Schlaftabletten.

Ich habe mich nicht dafür entschieden, mich mit Richards Tod zu beschäftigen. Er ist in mein Leben spaziert wie ein fremder Wanderer.

Früher bin ich nicht so süchtig danach gewesen und habe mich nicht an Geschichten aus meiner Familie geklammert. Ich werde mit jeder Geschichte weniger verschwommen.

Wer nichts ist, ist was nicht?

Ich heiße Rutha.

Ich bin klein und habe einen breiten Mund. Meine Mutter schreibt Kinderbücher für Erwachsene. Auch sie: eine kleine Frau, kleine Füße und Hände und kohlrabenschwarzes Haar. Ich wurde viel zu schnell erwachsen. Es ist schwer zu verstehen, daß das Kind irgendwann abfällt wie ein Mantel, der zu klein geworden ist. Ich für meinen Teil finde das Betrug. Niemand hat mich gefragt, ob ich damit einverstanden bin, eine Erwachsene zu sein. Ich wurde über

Nacht zur Erwachsenen. Ich hatte nicht einmal Zeit, das Wort *erwachsen* zwanzig Mal vor mich hin zu sagen. Über Nacht bin ich aus meinem weißen Zimmer geflogen, nach Mexico und von Mexico nach Wien, in ein Zimmer mit roten Wänden. Ich habe begonnen, eine Untertasse zu benützen, wenn ich Kaffee trank. Es gibt ein schönes Geräusch, wenn ich die Tasse auf die Untertasse stelle. Es ist ein Beweiß für mein eigenes Leben. Ich fand ein kleines Café. Ich nahm ein Buch mit, in das ich schrieb. Kaffeetrinken, Schreiben. Eine Künstlerin. Ich durfte schreiben. Ich hatte eine unausgesprochene Erlaubnis dafür, weil ich Kaffee trank und mehr als nötig Trinkgeld gab. Ich mußte nichts reden.

Der Kaffee ist billig, und die Musik im Hintergrund spielt ganz leise, so daß die Gedanken die eigenen bleiben.

So lernte ich einen großen Mann mit großen Füßen und großen Händen kennen. Einen Musiker. Einen Schlagzeuger. Er arbeitete als Kellner in meinem Café. Ich schrieb an einem Drehbuch. Es ging um Menschen, die sich fressen. Es gibt ein Fressen aus Leidenschaft und ein Fressen aus Gier. Es gibt Menschen, die sich selbst auffressen. Sie fangen beim Kopf an, weil der Kopf am schwersten ist, und arbeiten sich vor zu den Beinen und den Händen. Das letzte ist das Herz. Das Herz liegt auf dem Tisch. Ein Mann geht vorbei und steckt es in seine Tasche.

Er fragte nach meinem Drehbuch. Eine Woche später gab ich es ihm, mit einem getrockneten Veilchen auf Seite 26. Ich bekam dafür eine Geschichte. Eine Geschichte von einem kleinen Buben, der auf einem Bauernhof aufwächst. Ein Kind, das in der Schule verprügelt wird und vor dem unberechenbaren Vater Angst hat. Mit dem Erwachsenwerden stirbt der Vater, langsam, an Krebs. Der Bauernhof wird verkauft, und die Mutter hängt schwarze Schleifen um die Bilder des Vaters. Die Familie wird nach dem Tod des Vaters verherrlicht. Als ob es nach dem Tod des Vaters keine Familie mehr gäbe. Keiner spricht von den Faschingsmasken, die die Kinder unter Tränen aufsetzten mußten. Sie fürchteten, daß unter den Masken der sitzt, den die Masken zeigen. Der Bub hat ein Herz für die Musik und Angst davor, nahe bei jemandem zu sein. Hinter der Angst verbirgt sich ein Verlangen nach Nähe. Und so streitet der Kopf mit dem Herzen. Er rennt im Kreis und wird müde.

Es gibt einen Kuß auf einer Straßenbank. Es gibt Gespräche vor dem Fenster. Es gibt lange Nächte und kurze Tage. Er heißt Jacob. Seinen Namen zu schreiben machte mir Freude. Ich schrieb Briefe, drehte mich im Kreis, erzählte Geschichten. Wir gaben uns Mühe, glücklich zu sein. Ich habe kein Talent zum Glück.

Jacob besucht eine Therapeutin. Eine lange Freundin mit einem guten Ohr. Sie sprachen über Beziehungsmuster, reflektierten, und Jacob konnte sich zurücklehnen. Er darf Angst haben, und die Angst bleibt im Raum. Die Angst wird beobachtet. Ich sitze neben ihm auf einem braunen Sofa. Wir trinken kalten Kaffee. Es ist nicht meine Angst. Mein Kopf wird schwer. Ich werde nach meinem Leben gefragt. Ich fange an und stopfe Löcher mit Geschichten.

Zum Abschied bekomme ich eine Umarmung und einen warmen Blick.

Er geht in die eine Richtung, und ich gehe in die andere. Wir haben uns ausgepackt. Der Rucksack ist leer. Die Gegenstände liegen auf der Straße.

Ich gehe viel spazieren, um meinen Kopf von Dingen zu trennen, die nicht hineingehören. Am nächsten Tag war meine Beziehung beendet. Ich serviere mein Herz auf einem Teller, und er rennt in ein leeres Zimmer. Ein Zimmer ohne Möbel. Damit man sich nicht den Kopf anstößt.

Die Therapeutin heißt Ida. Ich melde mich bei Ida wegen einem Einzelgespräch. Sie spricht langsam am Telefon. Ich stehe früh auf. Ich sehe mich im Spiegel. Ich möchte mit ihr über Jacob sprechen. Allein sitze ich auf dem braunen Sofa. Mein Kopf fragt, was ich hier mache, und mein Herz weiß keine Antwort.

Das Gespräch ist ihr unangenehm. Ich zähle im Kopf bis zwanzig.

Ida sieht zum Fenster. »Ich kannte den Richard«, sagt sie. »Deinen Onkel.«

In meinem Kopf hat nichts mehr Platz, wollte ich sagen. Ich bin wegen eines Lebenden zu ihr gekommen, und unterhalten haben wir uns über einen Toten. Ida spricht von einer Liebesbeziehung. Die Beziehung hat nicht richtig angefangen, da war sie schon vorbei. Nach einer Woche wollte Richard sie heiraten.

»Es war mir zu viel«, sagt sie.

Ida zeigt mir Briefe. Lange Briefe auf ausgewähltem Briefpapier. Ich lese die Briefe, und mit jedem Satz zieht sich alles in mir zusammen. Das Geschriebene ist weit weg von mir und doch kenne ich solche Briefe. Ich kenne sie von mir.

Seitenlange Geschichten, und eigentlich möchte man nur einen Satz sagen.

Sie hat ihn nie vergessen. Jahre später war ihr Herz frei für ihn. Da war er schon zwei Jahre tot. Einen Abschied gab es keinen. Richard war ein Einsamer. Es gibt niemanden, der ihn gekannt hat, und niemanden, mit dem sie über ihn sprechen könnte. Sie redete durch mich hindurch. Das Gesprochene galt Richard. Ich war ein Leiter. Ein Leiter direkt zum Himmel.

Meine Mutter ist still am Telefon. Sie kaut Kaugummi. Meine Mutter holt tief Luft, und ich weiß, daß sie den Kaugummi unter den Tisch klebt.

»Ich erinnere mich an Ida«, sagt sie. »Einmal waren sie zusammen bei mir. Ida sagte, daß sie verwelkte Blumen gern hat. Daß sie ihnen zusieht, wie es zu Ende geht.«

Meine Mutter und Richard haben viel gelacht. Meine Mutter reißt beim Lachen den Mund weit auf. Richard kam oft bekifft zu meiner Mutter. Er setzte sich in den Garten, sprach wenig, grinste und fuhr sich durch die Haare.

Wenn der Kopf voll war, dachte er, niemand würde ihn gern haben. Er saß da, den Kopf zwischen den Händen. Er war extrem. Wenn er »niemand« sagte, meinte er keinen Menschen. Es nützten keine schönen Worte. Die Beteuerungen meiner Mutter, man würde ihn doch mögen, nützten nichts. Es ging vorbei, wenn er nüchtern wurde.

Diese Geschichte erzählte meine Mutter am Telefon. Diese Geschichte könnte auch meine sein.

Mein großer Bruder spricht von der angenehmen Art, die Richard Kindern gegenüber hatte. Es gibt Erwachsene, die Kinder wie kleine Hunde behandeln. Sie lassen die Kinder Worte nachsagen, haben ein Tagesprogramm und kreischen mehr als die Kinder.

Richard redete normal mit Kindern. Er war ruhig und

hatte eine tiefe Stimme. Er machte Witze, die die Kinder nicht verstanden, und die Kinder kamen sich erwachsen vor, weil er ihnen die Witze nicht erklärte.

Es gibt Wörter, die zusammengehören. Indien und Kiffen. Vorarlberg und Hausbauen. Still und langweilig. Viel reden und seichtes Wasser. Künstlerin und schön. Künstler und Kaffee ohne Milch und Zucker. Zigarettenstummel und Augenränder.

Ich habe Angst, allein zu sein. Es ist eine Hauptangst. Eine Angst, die von vornherein da ist, ohne daß etwas passiert. Sie schleicht nicht leise um mich herum. Diese Angst sitzt widerlich fett auf meinem Küchentisch und ißt mein ganzes Gehirnbrot.

Jeder Mensch hat gewisse Unebenheiten und Grundfragenringe um seinen Hals.

Ich setzte mich in den Zug und versuchte diese Angst wegzubekommen. Jetzt bin ich da, und ich denke an meine kaputten Sachen und daran, daß auf der Welt ständig Sachen kaputt gehen.

Es bringt mich nicht weiter. Ich stehe auf, rauche eine Zigarette, esse ein Joghurt, versuche zu schreiben und denke an viele …

Frau im Zug

»Darf ich mich zu dir setzen? Ich bin die Ada. Fährt der Zug bis Bregenz durch? Oder muß ich umsteigen? Ich sag's dir, ich bin völlig fertig. Arbeiten, arbeiten, die ganze Woche. Die Birgit, das zweite Zimmermädchen, die ist nur aushilfsweise da, die war krank diese Woche. Ich arbeite im Lech. Sie war krank, und ich mußte ihre und meine Arbeit machen. Acht Badezimmer und neun Klos putzen. Bis zu Mittag habe ich dafür Zeit, und am Nachmittag abstauben, saugen, Betten machen, Fenster putzen. Ich mache alles allein, jeden Tag. Ich bin völlig fertig. Am Montag habe ich verschlafen. Die Chefin meinte, das ist nicht schlimm, nur habe ich dafür den ganzen Vormittag umsonst arbeiten müssen. Ich sage dir, ich bin völlig fertig.«

Sie stieg in Langen am Arlberg zu. Eine Frau um die Dreißig, groß, ziemlich dick, kurze fettige Haare, runde Augen, Basilikumreste zwischen den Zähnen, rauhe, kaputte Hände.

»Magst du eine Zigarette von mir?« fragt sie.

Sie raucht Hunderter-Marlboro-Light. Das sind Zigaretten, die fast doppelt so lang sind als die normalen. Ich muß sie nach der Hälfte löschen, weil mir sonst schlecht wird.

»Aber jetzt fahre ich nach Hause«, sagt sie. »Von Montag bis Freitag abend arbeiten, und am Wochenende fahre ich nach Hause. Zu meiner Schwester. Meine Schwester hat vier Kinder und einen Mann, der mich wahnsinnig macht. Ich habe keine Kinder, und mein Mann ist nach Ungarn gefahren, um seine Familie zu besuchen. Das war vor acht

Jahren. Ich habe ihn nie wieder gesehen. Ich möchte keinen Mann mehr. Ich möchte auch mit keinem mehr schlafen. Ich kenne einen Mann oben im Lech. Aber wir reden nur. Nur reden. Er arbeitet im gleichen Hotel wie ich. Am Abend kommt er immer in mein Zimmer. Aber wir reden nur. Nicht, daß er es nicht versucht hätte, aber ich mache das nicht mehr. Der Chef hat sich bei mir aufgeregt, weil er meint, ich gehe mit dem Mann ins Bett. In einem Hotel arbeiten ist beschissen. Ich wohne bei meiner Schwester. Ich liebe meine Schwester. Ihr Mann macht mich wahnsinnig, und ihre Kinder sind undankbar. Sie ist die einzige, die mir geblieben ist. Ich wohne bei ihr zu Untermiete. Von dem Geld, das ich ihr jeden Monat gebe, kauft sie Hosen für die Kinder. Solange sie so klein sind, brauchen sie ständig neue Sachen, und Alkohol kauft sie für ihren Mann.«

Die Frau redet schnell. Raucht eine Zigarette nach der anderen. Sie erinnert mich an eine Figur aus einem Jim-Jarmusch-Film. *Stranger than Paradise.*

»Sie erinnern mich an eine Filmfigur«, sage ich.

»Ich mag gern Filme«, sagt sie. »Ist es eine Figur aus einem alten Schwarzweißfilm? Ich liebe Schwarzweißfilme. Die ganz großen am meisten. Weil sie fast immer tragisch sind. Wenn ich so einen Film sehe, weine ich über den Film, und habe keine Zeit, über mein Leben zu weinen.«

»Es ist nur ein kleiner Film«, sage ich. »In dem Film kommt eine Ungarin vor, an die erinnern Sie mich.«

»So, nur ein kleiner Film«, sagt sie.

Sie ist enttäuscht, weil sie mich nicht an eine Hauptrolle in einem großen Schwarzweißfilm erinnert. Wir schauen beide aus dem Fenster und reden kein Wort. Berge, Straßen, Menschen fahren an uns vorbei. Ich stelle mir vor, daß der große Berg eine Frau im Mantel ist. Wenn sie ihn auszieht, bleibt ein einsames, ungarisches Mädchen in Schwarzweiß übrig.

»Aber ein Schwarzweißfilm ist es«, sage ich und bin überrascht, daß es wie eine Entschuldigung klingt.

»Ja«, sagt sie. »Ich komme auch aus Ungarn. Wie mein Mann. Und wie deine Filmfigur.

Ich habe gut Deutsch gelernt. Gestern habe ich mir eine Haarfarbe gekauft. Für sechzig Schilling. Ich kaufe nicht viel für mich. Das meiste Geld, das ich verdiene, gebe ich meiner Schwester. Gegessen habe ich diese Woche nicht viel. Ich kaufe nicht viel für mich.

Ich fahre heim.

Ich lege mich in die Badewanne, färbe meine Haare. Das mache ich für mich. Ich gehe am Samstag immer spazieren. Am See entlang. Ich komme aus Bregenz. Meistens in der Nacht. Dann geht es mir richtig gut. Meine Hände tun mir für kurze Zeit nicht weh. Dann geht es mir richtig gut, wenn ich am See spaziere.

Weißt du, ich möchte keinen Mann mehr. Ich würde schon einen kriegen. Meinst du, ich würde noch einen kriegen? Aber ich möchte nicht mehr. Verliebt sein ist schön, aber was danach kommt ist Scheiße.

Ich spare mir immer etwas Geld. Jeden Monat ein bißchen. Damit ich mir ein Auto kaufen kann. Ich würde gerne mit dem Auto zur Arbeit fahren. Das ist weniger umständlich.

Ich bin die Ada. Ich rede viel zu viel. Bei der Arbeit kann ich nicht reden. Ja, Herr Chef, gleich, Frau Chefin, das ist nicht reden.

Ich muß aussteigen. Ich bin die Ada.«

Sie ist weg.

Von draußen klopft sie gegen das Zugfenster. Ich öffne das Fenster.

»Ist sie hübsch?« fragt sie.

»Wer?« frage ich.

»Deine Filmfigur.«

Ich kann keine Antwort geben, weil der Zug abfährt.

Der mit den schwarzen Haaren und den vielen Tätowierungen

1

Der mit den schwarzen Haaren und den vielen Tätowierungen, ich denke, er ist allein. Es gibt Menschen, die wirklich allein sind, niemanden haben, mit dem sie Kaffee trinken können. Und es gibt Menschen, die sich das Alleinsein klauen, um allein einen Kaffee trinken zu können. Ich denke, er ist gern allein. Liest Franz Kafka auf englisch, trinkt Bier aus der Flasche, hat einen schwachen Sonnenbrand auf dem Rücken.

Ich sitze im Café, beobachte Menschen. Bestelle noch eine Tasse. Es ist ein Café in Zipolite. Zipolite ist ein kleiner Ort am Meer in Mexiko. Ich mag das Café, weil Kerzenhalter in Form von Madonnen auf den Tischen stehen, und der Kaffee so viel kostet wie bei uns ein Kaugummi.

Ich habe ein Buch vor mir, in das ich schreibe, damit sie nicht fragen. Kaffeetrinken, schreiben. Eine Künstlerin. Ich darf schreiben. Ich habe eine unausgesprochene Erlaubnis dafür. Ich gebe mehr Trinkgeld als nötig. Ich muß nichts reden.

Zwischen mir und dem mit den schwarzen Haaren und den vielen Tätowierungen sitzt ein weiterer Gast. Er betrachtet mich. Er rahmt mich mit seinen Augen ein und nagelt mich an seine Wand. Ich würde lieber an der Wand von dem anderen hängen, dem mit den schwarzen Haaren und den vielen Tätowierungen. Der hat bestimmt ein kleines Zimmer. Die kleinen Zimmer sind schneller voll.

Es redet mich aber nicht der eine an, sondern der andere, der Betrachter, der kleine, dünne mit der eckigen Nase, der zwischen mir und Kafka sitzt. Der Mann, der mich an die Wand nagelt.

Er sagt: »Darf ich mich zu Ihnen setzen?«

Er sitzt bereits, als er fragt. Macht es sich gemütlich, macht breite Arme, zündet sich eine Zigarette an. Seine Nase wirkt runder, wenn er den Mund bewegt.

»Sie sind sehr schön. Sind Sie eine Künstlerin?«

Künstlerin und schön. Gehört zusammen. Weiß man.

Ich sage: »Ich bin eine Wachsfigur.«

»Das ist komisch«, sagt er und lacht, und ich kann seine Zähne sehen. Was ich nicht will.

Er beugt sich zu mir, wie wenn er mir eine geheimnisvolle Botschaft ausrichten möchte, flüstert mit vielen Betonungen: »Ich hatte eine Freundin aus Polen. Sie war Künstlerin. Zumindest gab sie sich Mühe, eine zu sein. Sie malte. Landschaften. Ausschließlich Landschaften. Keine Ahnung, warum. Ich sagte zu ihr, sie soll ihre Bilder an Touristen verkaufen. War das schon eine Beleidigung? Was meinen Sie? Sie hat durchgedreht. Madame meinte, ihre Bilder seien zu schade dafür. Sie war überhaupt unberechenbar. Einmal hat sie mir einen Farbtopf mit grüner Farbe nachgeworfen, weil ich sagte, in ihren Bildern sei zuviel Blau. Aber schön war sie. Unbeschreiblich schön. Wie ein Gemälde. Es gibt nur einen Unterschied – Gemälde sind einfach nur schön, sie aber meinte, sie müsse auch noch viel reden. Müsse. Müsse eine Künstlerin sein. Deswegen habe ich die Beziehung beendet.«

»Ich bin empört«, sage ich. Und ärgere mich. Ich möchte nicht einmal verteidigen, wen er verletzt.

»Ich bin nur ehrlich«, sagt er. »Vielleicht ist es das, was Sie unter empörend verstehen: Ich bin empörend ehrlich.«

Ich finde widerlich, wie zufrieden er ist, widerlich, wie er seinen Kaffee trinkt, widerlich, wie er lacht, widerlich, wie er seine und meine Zigaretten raucht.

Der andere, der mit den schwarzen Haaren und den vielen Tätowierungen, schreibt in seinen Kafka hinein. Ich denke, er macht das für mich. Ich werde rot im Gesicht, und es fällt mir noch schwerer, den einen zu ertragen.

»Sind Sie lange in Mexiko und wie lange am Meer?« fragt er. Sein vorletzter Zahn rechts unten hat ein Loch, grau und gelb.

»Ich recherchiere«, lüge ich.

»Worüber?«

»Über Menschen in Extremsituationen.« Lügen kann ich, ohne rot zu werden.

»Warum sind Sie dann am ruhigsten Platz von Mexiko? Hier gibt es keine Menschen in Extremsituationen.«

»Es gibt mehr Freaks, als man denkt«, sage ich und sollte gar nichts mehr sagen.

Der Mann mit den schwarzen Haaren und den vielen Tätowierungen beachtet mich nicht, und ich ärgere mich, weil ich seinetwegen rote Backen bekommen habe. Mit ihm würde ich gerne reden.

»Wie alt sind Sie?« fragt mich der, mit dem ich nicht gern rede.

»Dreiundzwanzig«, lüge ich.

»Ich auch«, lügt er.

Begeistertes Ausatmen auf beiden Seiten. Warum habe ich die Luft nicht angehalten!

»Ich fahre morgen nach Sn. Cristobal, dann nach Palenque in den Dschungel«, sagt er.

»Ich auch«, sage ich.

Er platzt fast vor Begeisterung. Fast jeder, der Mexiko bereist, macht diese Route.

»Wir könnten zusammen reisen?« sagt er.

Ich bin verblüfft, daß wir schon so alte Bekannte sind, und sage nichts.

Alle drei Minuten zündet er sich eine Zigarette an. Er ist zufrieden. Weil er so einer ist, ist er mit sich zufrieden.

»Wir sind uns sehr ähnlich, das habe ich schon bemerkt«, sagt er.

Ich bin aus Wachs und schmelze in der Sonne dahin. Ich stelle mir vor, daß der Mann mit den vielen Tätowierungen aufsteht, zu mir kommt, den Kafka auf den Tisch legt und sagt: Fühlen Sie sich bedrängt, meine Dame? Der Kafka ist für Sie, ich habe die schönsten Stellen angestrichen.

Der Mann neben mir wiederholt seine Frage: »Wir könnten ...« – diesmal läßt er hier eine Pause – »zusammen reisen?«

»Vielleicht«, sage ich.

»Treffen wir uns morgen hier um die gleiche Zeit«, er schaut in großem Bogen auf seine Uhr, »14:35, und besprechen alles Nötige.«

Ein genauer Mensch. Ein so genauer Mensch, daß ich das Gefühl habe, ihm meine Versicherungsnummer geben zu müssen, für den Fall, daß mir bis morgen etwas passiert und ich mein Gedächtnis verliere.

»Morgen Abend können wir bereits fahren«, sagt er.

Er steht auf und gibt mir die Hand.

»Raoul. Sehr angenehm.«

»Mira.« Sage ich.

In dem Buch, das ich gerade lese, geht es um eine Mira, die den Großglockner besteigt.

»Bis Morgen!«

Er ist weg.

Der Mann mit den vielen Tätowierungen bezahlt. Ohne Trinkgeld. Steht auf, nickt dem Kellner zu. Kurz schaut er in meine Richtung. Er fotografiert mich mit seinen Augen. Ich werde wieder rot im Gesicht, und bin ganz kurz sehr glücklich, und er geht.

Ich sitze allein im Café. Der Kellner benimmt sich langweilig. Er steckt neue Kerzen in die Köpfe der Madonnen und räumt meine Tasse ab. Sie war noch halb voll.

Ich halte die Verabredung nicht ein. Ich sehe den Mann am nächsten Abend in Begleitung einer älteren Dame mit rotem Hut, wie sie mit Rucksack in einen Bus Richtung Sn. Cristobal einsteigen.

Ich winke. Er versucht, mich nicht zu bemerken.

Den Mann mit den schwarzen Haaren und den vielen Tätowierungen habe ich in Zipolite nicht mehr gesehen.

2

»Wir sind in ein Hotel gegangen. In Sn. Cristobal«, sagt sie. »Ich bin halbe Mexikanerin. Ein vornehmes Hotel, mit Dusche. Und Banjo. Was heißt Banjo auf deutsch?«

»Klo«, sage ich.

»Klo«, sagt sie. »Und Fernseher mit Kabelanschluß. Das Hotel hieß *del Rio. Hotel del Rio.* Ein hartes Bett. Ich mag harte Betten. Zuhause habe ich eine ausgelatschte Matratze. Ich habe oft Rückenschmerzen deswegen. Es roch nach Veilchen, das Bett. Vielleicht habe ich es mir auch nur eingebildet, um alles schöner zu machen. Vielleicht sage ich es auch nur, weil es fein und frisch klingt. Er hat mit mir geschlafen, ich war auf einer Veilchenwiese. Fünfzehn Minuten, dann habe ich mich wieder angezogen, und er ist eingeschlafen.«

»Woher kannst du so gut deutsch?« frage ich.

»Findest du, ich kann gut deutsch, ja?«

»Das Wort ausgelatscht. Das ist ein deutsches Wort«, sage ich. »So reden nur die Deutschen. Ich rede nicht so. Ich würde dieses Wort nie sagen. Ich mag es nicht. Es ekelt mich an. Ich glaube, die Deutschen ekeln sich nicht vor diesem Wort.«

Sie lächelt, bevor sie antwortet. Ich habe sie um zwei Uhr in der Nacht beim *Burger-King,* zwei Blocks vor dem Hotel *del Rio,* kennengelernt. Ich habe mir die Zunge am heißen Kaffee verbrüht, als sie sich einen Hamburger bestellte.

»Mein Vater ist Deutscher«, sagt sie. »Aus Karlsruhe. Ist es schön dort? Ich war noch nie in Europa. Mein Vater hat als Wasserträger in Wuadley gearbeitet. Wuadley ist in der Wüste. Kennst du Wuadley?« fragt sie mich.

Ich nicke.

»Dort hat mein Vater meine Mutter kennengelernt. Nach Sn. Cristobal sind wir gezogen, weil wir eine Wohnung mit Dusche gekriegt haben. In der Wüste gibt es so etwas nicht. Wir haben uns Eimer über den Kopf geschüttet. Mein Vater ist Deutscher. Von ihm kommt wahrscheinlich das Wort ausgelatscht. Von wem sonst. Es muß von ihm sein. Hast du gut geschlafen auf deiner ausgelatschten Matratze? Das kann man doch so sagen?«

Sie hat sich zu mir gesetzt. Ich war allein, habe gelesen. »Der Fänger im Roggen«. Ich kenne Holden Caulfield auswendig. Und es war mir recht, die Geschichte aus meinem Buch durch ihre Geschichte zu ersetzen.

Es ist zwei Uhr morgens. Ich bin völlig fertig, weil ich zuvor acht Stunden im Auto gesessen habe. Ich hatte einen *ride* von Zipolite nach Sn. Cristobal bekommen. Ich hatte mir mein Geld gespart, um quer durch Mexiko zu fahren. Sechs Monate bin ich nun schon weg von zu Hause.

»Es hat nach Veilchen gerochen, zumindest habe ich mir das eingebildet«, sagt sie. »Eine Nacht im *Hotel del Rio* kostet 105 Pesos. Er muß zahlen.«

Sie hat langes, dunkles Haar, zu einem Zopf zusammengebunden, dunkle, stechende Augen und ein Muttermal auf dem linken Nasenflügel.

»Ich bin keine Hure, wenn du das meinst«, sagt sie. »Man könnte es meinen, ja? So, wie ich erzähle? Er ist mein Freund. Schon seit zwei Jahren. Unsere Beziehung besteht aus einmal in der Woche fünfzehn Minuten und Betten mit Veilchengeruch. Er bringt mich zum Lachen, wenn er mir den BH aufmacht, und zahlt mir das Essen.«

Ich weiß nicht, was ich sagen soll. Wir sitzen am Fenster, die Veilchenfrau und ich. Ich sehe zur Straße, während wir miteinander reden. Mir fällt ein Mann mit schwarzen Haaren und vielen Tätowierungen auf. Ich sehe nur seinen Rücken, aber ich bin mir ganz sicher, er ist mein Mann aus Zipolite. Ich möchte aufstehen und zu ihm gehen. Aber ich kann die Veilchenfrau nicht sitzen lassen. Wenn er es ist, lasse ich sie sitzen und gehe zu ihm. Ich muß ihr erklären, warum ich so schnell aufbreche, und dann ist er vielleicht schon verschwunden. Wenn er es ist, lasse ich die Veilchenfrau ohne Erklärung sitzen und gehe zu ihm. Es ist unwahrscheinlich, daß ich ihm ein drittes Mal über den Weg laufe. Sn. Cristobal ist eine große Stadt, und wer weiß, wie lange er noch hier ist. Ich lasse die Veilchenfrau sitzen und gehe zu ihm. Was ist, wenn er eine Freundin hat? Und was ist, wenn er eine eifersüchtige Freundin hat? Was ist, wenn sie sich auch in Sn. Cristobal aufhält? Dann bringe ich ihn in eine blöde Situation. Ich erlöse ihn von der Eifersüchtigen. Das mache ich.

Er dreht sich zu mir, so daß ich in sein Gesicht sehen kann. Er ist es nicht. Er sieht ihm nicht einmal ähnlich.

Ich lade uns auf zwei Kaffee ein, die Veilchenfrau und mich, und verbrühe mir wieder die Zunge. Sie ist allein. Ich bin allein. Ich bin weit weg von der warmen Küche meiner Mutter und meinem Mann mit den vielen Tätowierungen. Sie ißt den Hamburger in zwei Bissen.

3

Ich sitze in einem Café in Sn. Christobal, trinke, rauche, Kaffee, Zigaretten. Ich habe das Buch vor mir, in das ich schreibe, damit sie nicht fragen. Heute bin ich zu müde zum Schreiben. Heute sollen sie nicht fragen, weil ich müde bin.

Kurz bevor ich nach Mexiko fuhr, ist Felix auf den Strommast der ÖBB geklettert und hat an die Leitung gegriffen.

Ich habe ihn vor drei Jahren vor einem Cola-Automaten im Messepark in Dornbirn kennengelernt. Er behauptete, alle Bestandteile von Coca-Cola zu wissen. Ich glaubte es ihm nicht. So lernten wir uns kennen.

Wir gingen in ein Café. Es war Sommer, am 24.6. um halb vier. Wir saßen draußen. Neben der Straße. Er und ich. Das weiß ich deshalb so genau, weil ich mir ein paar Tage zuvor eine Uhr mit Datumsanzeige gekauft habe, und sogar Tauchen kann man mit ihr. Die Verkäuferin sagte, es könne ein Auto über meine neue Uhr fahren, und sie würde nicht kaputt gehen. Das habe ich am 24.6. ausprobiert, in dem

Café neben der Straße, habe die Uhr unter den Reifen eines parkenden Autos gelegt, das ist dann abgefahren, und seither funktionierte die Datumsanzeige nicht mehr.

Felix und ich sahen uns oft. Nicht regelmäßig, aber doch oft. Wir sind in meinem Zimmer gesessen, haben uns Heine-Gedichte vorgelesen und Joints geraucht. Obwohl das nicht optimal zusammenpaßt. Oder wir spazierten auf den Schloßberg. Er legte sich auf die große Wiese mit ausgestreckten Armen und sang mir alle Lieder vor, die er kannte.

Einmal fragten wir beim Hohenemser Bahnhof, wie weit wir mit zweihundert Schilling kommen. Bis nach Telfs-Pfaffenhofen, das ist eine Station vor Innsbruck, sagte der Fahrdienstleiter. Also sind wir bis eine Station vor Innsbruck gefahren mit unserem Geld. Es war Winter und so kalt, daß unsere Augen zusammengeklebt wären, wenn wir sie zugemacht hätten. Wir haben eine Nacht in dem kleinen Warteraum von Telfs-Pfaffenhofen verbracht und sind am nächsten Tag von Telfs-Pfaffenhofen zurück nach Hohenems gefahren.

Irgendwann haben wir uns aus den Augen verloren, der Felix und ich. Ich bekam später eine Karte von ihm aus Wien: »Diesmal bin ich weiter gekommen.« Stand darauf. Das war das Letzte, was ich von ihm gehört habe.

Leute sagten, er wollte sich umbringen. Nein, sie fragten mich: »Kann es sein, daß der Felix sich umbringen wollte? Du hast ihn ja gekannt.«

Ich habe nichts gesagt. Aber gedacht habe ich mir: Der Felix, der wollte sich bestimmt nicht umbringen.

Wieder andere meinten, er sei betrunken und zugeraucht gewesen. Ein paar tuschelten nach seiner Beerdigung, es sei eine Mutprobe gewesen. Ich weiß es nicht. Fest steht, daß er an einem Samstag auf den Strommast der ÖBB geklettert ist und an die Leitung gegriffen hat.

Das alles fällt mir wieder ein in dem kleinen Café in Sn. Christobal. Eine Zeitlang dachte ich mir, ich bin herzlos und gefühlskalt, weil ich nicht an ihn denken konnte. Für mich war er einfach weg. Weiter weg als Telfs-Pfaffenhofen. Aber eigentlich nicht viel weiter weg.

Ich bestelle mir noch einen Kaffee. Felix heißt der Glückliche. Das denke ich mir und bin endlich zufrieden.

4

Den Mann mit den schwarzen Haaren und den vielen Tätowierungen treffe ich in dem Café, in dem mir Felix einfällt. Er sitzt ganz hinten an einem kleinen Tisch und liest wieder ein Buch. Diesmal kann ich nicht erkennen, was für ein Buch es ist. Ich müßte meinen Kopf verrenken, um den Buchdeckel zu sehen, und das wäre zu auffällig.

Ich trinke meinen Kaffee ex und möchte meinen Mann ansprechen. In Zipolite hat er mich fotografiert mit seinen Augen. Vor ein paar Tagen habe ich mir eingebildet, ihn zu sehen, und jetzt ist er hier. Ich stehe auf, überlege mir beim Gehen, was ich zu ihm sagen soll, überlege, was für eine Sprache er spricht. Bevor ich zu Ende gedacht habe, stehe ich vor seinem Tisch.

»Hallo!« Ich habe mich für Englisch entschieden. Wegen dem englischen Kafka. Ist auch die einzige Fremdsprache, die ich wirklich kann. »Hallo! Ich bin Rutha. Ich heiße gar nicht Mira. Das habe ich nur zu dem Mann in Zipolite gesagt, weil ich ein Buch gelesen habe, in dem eine Mira vorkommt.« – Was rede ich eigentlich!

Er schaut von seinem Buch auf.

»Entschuldigung, was hast du gesagt?« fragt er.

Er spricht gebrochenes Englisch. Ich bin wieder aus Wachs und wünsche, ihn nie angesprochen zu haben.

»Entschuldigung«, sagt er. »Ich spreche nur schlecht englisch.«

»Aber du liest englisch.«

»Ja.«

»Wir haben uns in Zipolite in dem Café mit den Madonnen als Kerzenhalter gesehen«, sage ich. »Ich bin zwei Tische von dir entfernt gesessen.«

»Ich kann mich nicht erinnern«, sagt er.

Mit dieser Antwort habe ich nicht gerechnet. Er weiß nicht und hat nie gewußt, wer ich bin. Warum habe ich erwartet, daß er mich kennt? Ich rege mich auf, daß ich so blöd bin! Daß ich mir eingebildet habe, er würde die schönsten Stellen im englischen Kafka für mich anstreichen!

Er gibt mir Feuer und fragt, woher ich komme.

»Aus Europa«, sage ich. »Aus Österreich.«

»Ich komme aus Israel und spreche nur schlecht englisch«, sagt er.

Ich bleibe bei seinem Tisch stehen, ziehe an meiner Zigarette. Ich möchte mich nicht setzen. Wir sagen kein einziges Wort. Was für ein Wort auch? Es verbindet uns keine Sprache, kein Erlebnis. Nur Dinge in meinem Kopf, von denen er nichts weiß.

»Ich gehe wieder«, sage ich.

Er nickt mir zu und liest in seinem Buch weiter. Ich bezahle meinen Kaffee, mit Trinkgeld. Es hat angefangen zu regnen, und morgen regnet es bestimmt auch noch.

Ich habe vergessen, auf den Buchdeckel zu schauen.

Weißer VW

»Also. Noch einmal von vorne. Was war für ein Tag?«

»Mittwoch.«

»Welches Datum?«

»Es war der 17. Juli.«

»Erzähl mir die ganze Geschichte noch einmal von vorne! Und laß nichts aus!«

»Du kennst die Geschichte.«

»Sie wird genauer, je öfter du sie erzählst. Wie bei einem Foto. Es wird genauer, je öfter du denselben Gegenstand fotografierst. Das wird dir jeder Fotograf bestätigen. Versuche ein scharfes Foto zu machen!«

»Es war Mittwoch. So gegen acht Uhr. Abends. Ich war arbeiten. Arbeiten war ich bis sechs Uhr. Ich arbeite im Schulheim Mäder als Zivildiener. Dann ging ich noch zu einem Freund. Bier trinken. Einen Joint rauchen.«

»Also du bist nicht gleich nach Hause gegangen?«

»Nein. Das habe ich doch gesagt.«

»Gut. Weiter!«

»Dann bin ich heim.«

»So gegen acht?«

»Genau. Ich sah schon von weitem das Rettungsauto vor unserer Tür. Ich dachte mir, das ist die Oma in dem Rettungsauto. Jetzt holen sie die Oma ab.«

»Warum warst du dir sicher, daß es deine Oma ist, die abgeholt wird?«

»Sie ist siebenundneunzig. Wir haben uns alle gedacht, daß sie bald sterben wird. Im Haus brannten alle Lichter.

Mein Bruder saß am Küchentisch, und meine Schwester saß auf dem Boden. Meine Schwester ist neun Jahre alt. Sie ist ziemlich sensibel. Sie weint die ganze Zeit. Ich dachte mir, bitte, fang nicht an zu weinen. Die Luft im Raum war abgestanden. Dreckiges Geschirr stand überall herum. Auch vor dem Radio. Und der Parkettboden war voll Schuhabdrücken von den Rettungsmännern. Die können ja nicht jedesmal zuerst die Schuhe ausziehen, bevor sie jemanden abholen, meistens ist es ja dringend.

Meine Mutter ist eine ordentliche Frau, aber sie ist für vier Wochen auf Kur gefahren. Wir waren allein mit unserer Oma. Lea, Fritz und ich.

Also, ich dachte mir, Lea, fang nur nicht an zu weinen, wenn du mich siehst. Und klammer dich nicht an mir fest, nur weil ich der Älteste bin. Ich hasse Anklammern. Ich hasse trösten. Ich kann das nicht. Am wenigsten bei meiner Schwester. Außerdem war ich zugeraucht.

Sie weinte nicht. Sie machte nur so ein Gesicht, als ob sie gleich weinen würde. Mein Bruder war schneller. ›Die Oma hat sich übergeben‹, sagte er. ›Mehrere Male. Ihr ganzes Zimmer ist verkotzt. Dann haben wir die Rettung gerufen‹, sagte er.

›Das ist nur passiert, weil wir ihr nichts Richtiges zu essen gegeben haben‹, sagte meine Schwester.

Ich habe ihr gesagt, daß es nichts mit dem Essen zu tun hat. Jedenfalls wahrscheinlich nicht. Daß sie alt ist, und daß jeder irgendwann stirbt. Spätestens mit siebenundneunzig. Da hat sie endlich angefangen zu heulen. Was mit uns los ist, hat sie geschrieen. Das wir Herzen aus Stein haben. Und sie mit ihren neun Jahren habe mehr Gefühl als wir beide zusammen. Stimmt eh.«

»Was hatte die Oma gegessen?«

»Ich weiß es nicht mehr.«

»Versuch dich zu erinnern!«

»Ich war den ganzen Tag arbeiten. Ich habe keine Zeit für aufwendiges Essen. Lea und Fritz hatten schulfrei. Ich habe ihnen am Vortag eine Pizza gekauft und gesagt, sie sollen den Pizzarand abschneiden und wegwerfen oder selber essen. Weil der Rand für die Oma zu hart ist. Dann war noch Joghurt im Haus und Pudding und Wurst und Mozarella. Was sie von den Sachen noch gegessen hat, außer der Pizza, meine ich, weiß ich nicht.«

»Was habt ihr dann gemacht?«

»Ich habe zu Fritz gesagt, er soll einen Kübel mit Wasser füllen, und Lea habe ich ein Wurstbrot gemacht. Dann sind wir in Omas Zimmer und haben die ganze Kotze aufgewischt. Ich dachte, Lea fängt wieder an zu weinen oder sie graust sich, aber sie war ganz still. Wir haben geputzt, sicher eine Stunde. Dann war alles sauber. Wir haben noch gesprayt. Fichtennadeln oder so.

Fritz sagte zu mir, wir sollten etwas machen, was Lea gefällt. Er ist auch ein feiner Kerl. Ein einfühlsamer, ruhiger Mensch. Ich dachte mir, ich bin der einzige, der kein Kreuz auf dem Rücken hat. Wir spielten Monopoly, bis Lea müde wurde. Wir haben sie ins Bett getragen und zugedeckt. Ich stellte ihr ein Wasser ans Bett.«

»Wie spät war es?«

»Elf. Oder Zwölf. Uhrzeiten merke ich mir schlecht. Ich rief im Krankenhaus an. Sie schläft, sagten sie am Telefon. Wir sollen am nächsten Tag anrufen. Solche Antworten gibt man nur Kindern oder halben Erwachsenen. Unprofessionell und abwimmelnd war der Arzt am Telefon. Das sagte ich zu Fritz, und er sagte, ich habe eine Paranoia vom Kiffen. Ärzte seien immer so, auch zu Erwachsenen. Weil Ärzte viel verdienen und Menschen zusammenflicken, sei das eine völlig verständliche Arroganz, sagte er. Wir stritten in der Küche. Leise, um Lea nicht zu wecken. Fritz war leise. Ich hätte am liebsten den Tisch gegen die Wand geschlagen. Einfach, weil dann Krach in unserem Haus gewesen wäre.«

»Wann ist Fritz ins Bett gegangen?«

»Nach einer halben Stunde streiten gab es nichts mehr zu reden. Fritz und ich reden selten miteinander. Er interessiert mich nicht wirklich und ich ihn auch nicht. Er ist ein guter Mensch. Ich bin kein guter Mensch. Er spielt Fußball und benützt Haargel. Mehr kann ich über ihn nicht sagen. Und daß er halt mein Bruder ist. Also, Fritz ist nach einer halben Stunde auch ins Bett gegangen.«

»Und du?«

»Ich habe auf dem Balkon eine Zigarette geraucht und an das Geld gedacht.«

»Was für Geld?«

»Meine Oma hat Geld. Ein blaues Sparbuch mit roten Ecken. Viel Geld. Gespart hat sie immer. Das Sparbuch liegt unter ihrer Matratze. Ein blödes Versteck, finde ich. Jede ältere Dame mit Sparbuch versteckt es unter der Matratze. Das habe ich zu ihr gesagt, aber sie hört schlecht. Ich habe ihr sicher schon hundert andere Plätze für das Sparbuch vorgeschlagen, aber sie meint, sie würde alle neuen Verstecke gleich wieder vergessen. An das Versteck unter der Matratze sei sie ein Leben lang gewöhnt.

Ich rauchte eine Zigarette und rechnete mir aus, wieviel Geld ich bekommen würde, wenn sie stirbt. Sie hat dreißigtausendfünfhundertdreiundzwanzig Euro auf ihrem Sparbuch. Lea würde am meisten bekommen, weil sie der Schatz ist. Unsere Mutter würde das Geld aufbewahren, bis Lea achtzehn ist, und eine neue Stereoanlage fürs Wohnzimmer kaufen. Fritz bekommt auch einen großen Anteil, weil er studieren möchte, und ich bekomme am wenigsten. Weil sich bei mir eine Investition nicht lohnt. Davon gehe ich aus. Ich gehe davon aus, daß ich nichts kriege, dann bin ich nicht deprimiert, wenn es so weit ist. Ich schätzte, ich bekomme fünftausend Euro. Mit fünftausend Euro würde ich mir einen gebrauchten VW-Bus kaufen. Einen weißen VW-Bus. Weiße Autos werden beim Zoll am wenigsten gefickt. Hinten wäre eine Matratze zum Schlafen und ein Koffer mit meinen ganzen Sachen. Mehr als einen Koffer brauche ich nicht. Das Geld, das dann noch übrig ist, nehme ich als Startkapital für meine Reise. Ich fahre weg mit einem weißen VW-Bus, wenn ich das Geld bekomme. Das ist fix. Nach Spanien.«

»Warum nach Spanien?«

»Hier ist es mir zu kalt.«

»Was war dann?«

»Ich bin ins Zimmer meiner Oma und habe das Sparbuch aus dem Versteck genommen. Ich habe mir nochmals die Zahlen angesehen. Dann bin ich ins Bett.«

»Bist du fertig?«

»Ich bin fertig.«

Herr Edgar Mandel

Herr Edgar Mandel ist dreiunddreißig Jahre alt. Er ist mittelgroß und normal aussehend. Nicht schön, aber auch nicht häßlich. Auf Frauen wirkt Herr Mandel schüchtern. Guten Freunden fällt auf, daß Frauen, die länger als eine Stunde mit ihm reden, hinterher völlig fertig sind und versichern, nie seinen Namen gewußt zu haben.

Herr Mandel studierte Mathematik und Germanistik in Hamburg. Er wohnte jahrelang in einer Männer-WG. Heute leidet er an Putzsucht. Sein Lieblingsgebiet ist das Abstauben. In seiner Freizeit, wie Herr Mandel das nennt (Freizeit ist ein Wort ohne Arbeit, deshalb liebt er das Wort und betont es sehr stark, damit es sich von den anderen Wörtern unterscheidet), in seiner Freizeit belegt er Kochkurse und Seminare für Männer mit starkem Bartwuchs.

Bis vor einem Jahr unterrichtete Edgar Mandel als Vertragslehrer Deutsch und Mathematik an einem Gymnasium in Esslingen. Er hatte eine kurze Affäre mit Lisa Kreutz, einer Schülerin seiner Abiturientenklasse. Das erzählte er ganz aufgeregt seinem Sportkollegen Hans Neumeister im Turnsaal, als sie gerade dabei waren, eine dicke blaue Turnmatte zu den Kletterstäben zu befördern. Hans Neumeister versprach, niemandem etwas zu sagen. Am nächsten Tag bestellte der Direktor, ein ernster, kleinkarierter Mann, Herrn Mandel in sein Büro und riet ihm, unverzüglich seinen Job zu kündigen. Das Gespräch dauerte fünf Minuten. Herr Mandel hatte Schwierigkeiten, sich zu konzentrieren, weil ihn die Karovorhänge im Büro des Direktors so sehr verunsicherten, daß er unter seinen Sessel kroch und am Ende vom Schulwart herausgezogen werden mußte.

Herr Mandel war sich sicher, sein Turnkollege habe dem Direktor von seiner kleinen Affäre berichtet. Herr Mandel hatte mehrere Wochen Mordalbträume, in denen sein Ex-Kollege Hans Neumeister die Rollen der Enthaupteten, Erwürgten, Zerstückelten, Gegrillten und Ersäuften spielte. Herr Mandel hatte zu dieser Zeit Augenränder, wurde dick (immerhin verspeiste er zwei Packungen Langnese-Vanilleeis am Tag) und ging aus dem Haus, nur um die Post zu holen und einzukaufen. Sein Zimmer wurde nicht mehr gelüftet, und seine Haare wurden spröd und langweilig.

In der Nacht konnte man Herrn Mandel zu dem Haus von Hans Neumeister schleichen sehen, wie eine Nachbarin mir berichtete. Herr Mandel versteckte sich hinter einem Baum und fluchte an die zwanzig Minuten auf das Haus und das Auto und die Familie des Hans Neumeister in der Hoffnung, seine Flüche würden eines Tages zu einem einzigen großen, bösen Fluch werden und zum Ende von Hans Neumeister. Zugegeben, Herr Mandel ist abergläubisch. Das liege an seiner Mutter und an seinen sechs Schwestern, wie er später seinem Therapeuten erzählte. Wie viele Menschen zog auch Herr Mandel seine Kindheit als Grund für sein fehlgeschlagenes Leben heran. Seine Mutter neigte zu Wutausbrüchen, bei denen sie alles Mögliche kaputt schlug. Das erklärt auch die Erbschaft, die Herr Mandel nach dem Tod seiner Mutter antrat: eine Sammlung von zerbrochenem Geschirr nebst elf Mappen mit Kaffeerahmdeckelchen.

Sein Vater hingegen war ein stiller, verschüchterter Mann, der die Angewohnheit hatte, seine Hände über den Kopf zu halten, wenn er Antworten auf Fragen gab. Er redete nur, wenn er gefragt wurde. Seine Antworten waren immer kurz und undeutlich. Mit den Händen über dem Kopf habe er wie eine Figur von Samuel Beckett ausgesehen.

»Ich spielte zu Hause *Warten auf Godot*«, erzählte Herr Mandel seinem Therapeuten. »Meine Mutter war Pozzo, mein Vater war Lucky, ich war ein Wanderer. Obwohl in *Warten auf Godot* gar kein Wanderer vorkommt.«

Herr Mandel verbrachte seine Kindheit in einer Dreißig-Quadratmeter-Wohnung zusammen mit Pozzo und Lucky. Das war die Wahrheit.

Ansonsten lügt Herr Mandel. Nur was seine Kindheit anbelangt, ist er sehr genau. Da muß er nichts dazu erfinden. Da muß er sogar Sachen weglassen. Untertreiben muß er bei seiner Kindheit, um nicht Hobbypsychologen zum Opfer zu fallen.

Sonst lügt Herr Mandel. Er kauft beim Markt eine Melone und sagt zu seiner Cousine am Telefon, er habe eine Ananas gekauft. Seiner Cousine ist es egal, ob Herr Mandel eine Melone oder eine Ananas kauft. Herr Mandel ist ihr egal. Herr Mandel aber denkt sich: Wenn ich eine Melone kaufe, ist es bestimmt das Falsche, und deshalb sage ich lieber Ananas. Eine Ananas ist vielleicht neutraler. Eine Melone ist wie ein Ausweis zu meinem Herzen. Wenn ich sage: Ich habe eine Melone gekauft, wissen alle, was los ist.

Herr Mandel sitzt heute in seinem Garten und trinkt Kaffee aus einer klinisch gereinigten Tasse. Er ist weitgehend gerettet. Er ist eine komische Person, und er sieht nicht unglücklich aus.

Wer nichts ist, ist was nicht?

Ich bete.

Ich stelle mir den Himmel als eine Garderobe vor. Darin haben die Engel ihre Requisiten. Und die Seelen ziehen sich als Menschen an, bevor sie geboren werden.

I'm too young to feel so old.

Ich drohe zu zerplatzen. Aber ich sollte nicht platzen. Du kannst mir die Luft abschnüren. Fangen wir an.

Das Werkzeug ist vorbereitet. Ich werde nicht zerplatzen. Heute an diesem wunderschönen Tag voller großer Kugeln und Luft für alle achtzig Prozent. Heute werde ich leben. Und die Kugeln werden mit meinen Fingern spielen, bis sich das graue Schaf am Ende der Straße darin spiegelt.

Ich glaube an Bäume aus Schokolade.

Ich glaube an Musik, die tote Körper zum Tanzen bringt.

Ich glaube an natürliche Drogen.

Ich glaube an offene Fenster.

Ich glaube an Spinnen, die im Badezimmer zu Feen werden.

Ich glaube an rote Wände.

Bewerft mich mit Farbe. Aber bitte mit grüner Farbe.

Ich glaube an grüne Farbe. Ich wasche meinen Rücken mit grüner Farbe.

Können Worte nie so stark wie Waffen sein?

Formen sich Worte aus dem Kopf von geistreichen Hitzköpfen im Hinterhof eines leeren Gehäuses ohne Kern?

Wer vergißt und wer behält Gedanken?

Sind sie austauschbar gegen alles Ganze und Große?

Geht irgendwo immer etwas kaputt?

Freuen wir uns über Wintermode im Sommer, getragen von blauen Chinesen, badend in weißer Milch?

Essen wir ständig, ohne aufzunehmen, was das Blut braucht?

Ist die Dichtung der Dichter ständig unterdrückt in der öffentlich offenen Welt der zerbrechlichen Zerbrecher des falschen Systems? (Felix sagt ja.)

Weihnachtliche Weihnachtsgrüße von weinenden Weicheiern aus Weimar.

Amen.

Vom Mann, der sich in alle Richtungen dreht

Der Mann geht die Breitenseerstraße hinauf und die Breitenseerstraße hinunter.

Ich sitze vor dem Kino und rauche eine Zigarette.

Der Mann bleibt vor einer Gärtnerei stehen und redet mit der Frau, die die großen Blumentöpfe in den Laden rollt. Der Mann nickt und geht weiter.

Ich höre die Frau mit den Blumentöpfen zum Gärtner sagen: »Ruhelos ist er, der Mann, seit seine Frau gestorben ist.«

Der Gärtner bewegt seinen Mund. Ich kann nicht hören, was er sagt.

Ich denke mir, er sieht aus wie eine fleischfressende Pflanze, der Gärtner.

Ich sitze vor dem Kino in der Breitenseerstraße und rauche eine Zigarette. Ich sitze auf dem Randstein.

Der unruhige Mann geht noch eine Länge. Er dreht sich in alle Richtungen. Sein Oberkörper dreht sich in alle Richtungen. Seine Beine gehen. Ich denke mir: Wie ein Ruderer sieht er aus.

»Ruhelos ist er, der Mann«, sagt die Frau mit den Blumentöpfen.

Ich stehe auf. Im Winter auf Böden sitzen ist schlecht für die Blase.

Der Ruderer bleibt stehen. Er bückt sich. Ich denke mir: Er bindet sich die Schuhe, wie ein Fisch sieht er aus.

Die Gärtnerin schließt den Laden ab. Der Gärtner bewegt seinen Mund.

In fünf Minuten beginnt die nächste Vorstellung. Ich gehe ins Kino zurück. Ins Warme.

Der Ruhelose macht noch eine Runde. Er dreht sich in alle Richtungen.

Eine Frau geht ohne Schirm im Regen

Eine Frau geht ohne Schirm im Regen. Den Bahnsteig geht sie hinauf und den Bahnsteig geht sie hinunter.

Sie ist groß und rot im Gesicht. Ihre Hände sind groß, vergraben in den Manteltaschen. Man sieht den Manteltaschen an, daß die Hände groß sind. Der Mantel ist schwarz mit braunen Streifen. Die Streifen laufen quer über die Figur.

Ihre Haare sind naß, der Regen rinnt in den Kragen.

Ein Mann steht am Bahnsteig im Regen. Seine Haare sind schwarz mit weißen Punkten. Das sind die Schuppen. Das Schuppenshampoo hat der Mann in der Tasche verwahrt. Die Tasche klemmt unter seinem Arm. Sie ist aus dunklem Leder. Er hat Gefühle gegenüber diesem Stück.

Er schaut auf die Uhr, und die Frau fragt ihn, wie spät es ist. Er hat es vergessen und schaut auf die Uhr.

Die Zeiger der Uhr sind dünn. Die Frau ist groß und stark. Der Mann schiebt seinen Pullover über die Uhr, vergräbt die Hände in den Manteltaschen.

Der Mann heißt Berger und arbeitet als Anlagetechniker bei der Firma Zumtobel. Die Frau heißt Irma und hat zwei Kinder. Eines vom ersten, das zweite vom zweiten Mann.

Der Zug hat fünf Minuten Verspätung.

Der Mann heißt Berger, die Frau Irma, der Mann schiebt die Ärmel seines Pullovers über die Uhr.

Niemand hat dies alles gesehen.

Ein Brief an dich

Du siehst traurig aus. Ich schreibe dir einen Brief.

Nach einer zweimonatigen Sommerpause stand ich wieder im Kino in der Breitenseerstraße. Das Kino ist frisch gemacht und grün gestrichen worden. Es roch nach grüner Farbe, stickiger Luft und nach altem Kino. Die Sitze im Kinosaal haben kleine Nummern aus Messing bekommen. Ein neuer Anfang. Ich schloß die Augen.

Ich sehe Hunderte von Menschen auf den Kinostühlen sitzen. Wahre Hunderte. Popcornessend. Ein Liebespaar sitzt beim Eingang. Er schaut sie von der Seite an. Sie hat sehr blonde Haare und sehr rote Stiefel. Er macht sich deswegen Sorgen. Ein dicker Mann versucht, seinen noch dickeren Bauch zu plazieren. Eine Familie mit blauen Augen sitzt in der ersten Reihe. Die Kinder rutschen auf ihren Stühlen und kauen Kaugummi und blasen ihn zu roten Kugeln auf. Buster Keaton springt über die Leinwand oder wird von fahrbaren Untersätzen über die Leinwand getragen. Musikalisch begleitet von einem rüstigen Mann mit steifem Hemdkragen. Er spielt Klavier. Die Menschen klatschen und werfen Popcorn durch die Luft.

Ich öffnete meine Augen. Der Saal war leer. Die Kinofrau stand neben mir. Das ist die Wirklichkeit.

»Ich mache mir Sorgen«, sagt sie. »Vielleicht habe ich mich verausgabt.«

Da habe ich mir gedacht, daß jetzt nichts mehr so sein wird, wie es war. Ich habe an diesem Tag aufgehört, im Kino zu arbeiten. Ich fühle mich ohne Haut.

Es ist schwer zu verstehen, daß das Kind irgendwann abfällt wie ein Mantel, der zu klein geworden ist. Diesen Satz habe ich so oft gesagt. Zu Leuten, die ich kaum kannte. Zu Freunden. Zu meinem Spiegelbild im Badezimmer. Nachts unter der Zudecke.

Ich habe mich mit dem Gedanken, kein Kind mehr zu sein, versöhnt. Im Kino. In dem traurigen Kinosaal habe ich es begriffen.

Als Kind war die Welt um mich herum wie ein bunter Film, und ich war eine Schwarzweißfigur in der Welt. Wann immer ich versuchte, bunt zu werden, wurde die Welt um mich herum schwarzweiß. So war ich nie, wie die Welt war.

Du hast in deinem Lebenslauf gesagt, daß die Geschichten da sind, wenn man ganz bei sich ist. Ich finde diesen Gedanken wunderschön.

Ich hätte dir von Hand einen Brief geschrieben. Aber ich habe eine schreckliche Schrift.

Es ist schön, wenn die Sonne kurz da ist und den Rücken streift.

Alles beginnt

Eine Frau sitzt auf einer Parkbank. Ihre Hände liegen auf den Knien. Ihr Blick ist starr nach vorne gerichtet. Sie wirkt wie eine Statue, so traurig, ohne Ende traurig.

Ein Mann kommt über die Wiese auf sie zu. Er setzt seine Füße vorsichtig ins Gras. Dicht hinter ihr bleibt er stehen und hält ihr mit seinen Händen die Augen zu.

Sie rührt sich nicht von der Stelle.

Der Mann steigt über die Parkbanklehne und setzt sich neben die Frau. Er beugt sich nach vorn und stützt die Ellbogen auf die Knie. Sie beachtet ihn nicht. Sie sitzen nebeneinander, zwischen ihnen ist ein kleiner Abstand, Platz für eine Tasche zum Beispiel, für ein Buch, einen Stadtplan, eine Mütze im Winter.

Der Mann nimmt die rechte Hand der Frau zwischen seine Hände.

Die Frau läßt es geschehen.

Der Mann läßt die Hand der Frau wieder los. Er dreht sich zu ihr, streichelt ihr Gesicht. Die Frau bleibt regungslos.

Er flüstert ihr etwas ins Ohr. Er erzählt ihr vielleicht einen Witz. Er lacht.

Sie starrt geradeaus. Der Mann verzweifelt. Sie sieht nicht, daß er verzweifelt.

Er dreht sich von ihr weg. Enten landen auf dem Weiher. Hinter den Bäumen wächst das Hilton in den Himmel.

Der Mann durchsucht seine Jackentaschen. Aus der rechten zaubert er eine zierliche Plastikblume. Er dreht sie zwischen seinen Fingern, dann steckt er sie der Frau ins Haar.

Die Frau läßt es geschehen. Der Mann durchsucht erneut seine Taschen. Er tut aber nur so, als ob er sie durchsucht. Er weiß ja, was er sucht. Und er weiß, wo er es findet. Er hat nun einen roten Luftballon in der Hand. Er bläst ihn auf.

Die Frau sieht ihm von der Seite zu. Als er ihren Blick bemerkt, dreht sie sich sofort wieder weg. Der Mann legt den Luftballon in den Schoß der Frau. Sie ist eine sitzende Statue, traurig, ohne Ende traurig.

Er wartet auf eine Antwort. Er bekommt keine Antwort. Wenn ich nur eine Idee hätte, ich würde ihm helfen.

Er lehnt sich zurück und beginnt, seine Lippen mit einem himbeerroten Lippenstift zu bemalen.

Die Frau lächelt. Der Mann kniet sich neben die Frau. Er gibt ihr einen Kuß auf den Mantel. Und einen Kuß auf den Mund. Nun sind ihre Lippen rot, und ein Fleck ist auf ihrem Mantel. Der Mann nimmt aus seiner Jackentasche einen Spiegel und reicht ihn der Frau. Sie betrachtet sich – und nun! –, nun beginnt sie zu lachen. Der Mann lacht auch.

Sie geben sich einen langen Kuß.

Der Luftballon schwebt auf den Boden. Die Frau hebt ihn auf und legt ihn neben sich auf die Bank.

Der Mann ergreift die Hand der Frau und zieht sie zu sich. Sie umarmen einander und gehen zusammen aus dem Bild. Die Enten starten auf dem Weiher. Das Hilton steht ihrem Flug im Weg. Sie heben sich darüber hinweg.

Auf der Bank liegt der rote Luftballon.

»Wenn ich bei Susanne bin«, sagt der eine, »rauche ich eine neue Zigarettenmarke. Als Tarnung. Wie findest du das?«

»Das ist ekelhaft«, sagt der andere.

»Warum?« sagt der eine. »Ich bin eben vorsichtig. Ich will keine Spuren hinterlassen. Rita kennt nur die eine Sorte, die andere kennt sie nicht. Sie würde von der neuen Sorte nie auf mich schließen.«

Der andere sagt: »Ich habe Rita gesprochen.«

»Nein. Wirklich?« Das macht den einen nervös. »Ich meine«, sagt er, »hat sie mit dir oder du mit ihr?«

»Sie hat mit mir gesprochen.«

»Das ist furchtbar. Das ist in der Tat furchtbar. Was hat sie gesagt? Sie fühlt sich einsam? Und sie wartet? O Gott! Wenn Einsamkeit und Warten zusammenfallen ... Das hat sie gesagt? Daß diese zwei Dinge bei ihr zusammenfallen? Ich weiß es, das hat sie gesagt. Weil es ja wahr ist. Mein Gott! Oder hat sie einen Verdacht? Was hast du gesagt? Hast du gesagt, daß ich weiß, daß sie sich einsam fühlt und wartet?«

»Ich sagte: Du bist überarbeitet.«

»Überarbeitet? Ich bin überarbeitet? Warum bin ich überarbeitet? Ich bin ja gar nicht überarbeitet.«

»Im Rausch der Arbeit. Das sagte ich zu Rita.«

»Sonst nichts?«

»Es ist mir schwer gefallen, sonst nichts zu sagen.«

»Du hast nichts gesagt, oder? Gar nichts. Auch nicht, daß ich überarbeitet bin. Obwohl das eigentlich nicht schlecht wäre. Für wen arbeite ich schließlich?«

»Nein, ich habe nichts gesagt. Es ist mir aber schwer gefallen, nichts zu sagen. Rita macht sich Sorgen. Ich sagte, sie muß sich keine Sorgen machen. Sie sagte: Schwör mir, daß ich mir keine Sorgen machen muß.«

»Und hast du?«

»Wie ein Schwein kam ich mir vor. Sie rief mich an mit ihrer großen Stimme und seufzte und war völlig fertig. Sie seufzte, machte eine Pause und seufzte wieder. In der Pause zwischen dem ersten und dem zweiten Seufzer wußte ich, daß sie von dir sprechen möchte. Das hat wiederum mich völlig fertig gemacht. Rita kennt mich. Wir sind Freunde, sozusagen.«

»Erzähl! Warum erzählst du nicht! Du läßt dich immer unterbrechen.«

»Ich fing an zu schwitzen. Mein T-Shirt bekam Schweißflecken. Und am Abend wollte ich noch weg, und ich rieche leicht, das weißt du, und ich hatte keine Zeit mehr, mich umzuziehen. Ich mache dir daraus keinen Vorwurf. Ich fing an zu schwitzen, weil ich nicht lügen kann. Ich meine, ich kann lügen, aber nicht in so heiklen Situationen. In so einer Situation kann auch eine gute Lüge falsch sein. Du bringst mich in eine zielscheibenartige Position, weißt du das? Du triffst dich mit einer anderen Frau, und automatisch muß ich mit dir mitlügen. Warum ist das so, frag ich mich. Du triffst dich mit Susanne Miederer. Was für ein Name! Susanne Miederer! In einem Hotelzimmer, während ich deine Frau am Telefon tröste. Ich sage, daß du ein Arbeiter bist, ein Arbeitstier. Ein Arbeitstier mit einem Hang zum Einzelgängertum.«

»Aha. Glaubt sie das?«

»Nein. Sie kennt dich ja. Sie meint, ich spinne.«

»Ich fühle mich schuldig. O Gott! Die Schuld hängt wie ein Strick um meinen Hals!«

»Du wirst anstrengend.«

»Ich fühle mich so schuldig, daß ich jeden Morgen zur Strafe drei kleine Löffel rotes Tabasco zu mir nehme, ohne anschließend Wasser zu trinken. Ich schlafe nicht mehr. Und wenn ich doch einschlafe, dann nur mit einem unbequemen Kopfpolster.«

»Du übertreibst. Wie du alles übertreibst. Wie du immer alles übertreibst. Man kann fremdgehen. Aber man muß es nicht übertreiben.«

»Die Untreuen leiden mehr als die Betrogenen. Ich renne von Susanne zu Rita und umgekehrt. Wechsle meine Zigarettenmarken. Rauche zwei verschiedene Marken. Und logischerweise doppelt so viel. Während Susanne schläft und Rita sich die Haare färbt, erstelle ich Zeitpläne zwischen Arbeit und zwei Frauen. Außerdem gibt es etwas, was dich interessieren könnte. Ich war beichten.«

»Wann?«

»Gestern abend. Ich habe dem Pfarrer alles erzählt. Mehr als ich dir je erzählen würde.«

»Mehr als wahr ist, denke ich.«

»Nur die Wahrheit. Aber die ganze Wahrheit.«

»Wenn du mit der ganzen Wahrheit dein ganzes Leben meinst, ist das eine entsetzliche Vorstellung.«

»Es war mir ja auch sehr peinlich.«

»Es muß dir nichts peinlich sein.«

»Ich habe geweint.«

»Das ist peinlich.«

»Das Gespräch dauerte fünfundvierzig Minuten. Alte Frauen klopften mit ihren Handtaschen gegen den Beichtstuhl, um meine Beichte zu unterbrechen. Weil sie auch bereuen wollten. Wahrscheinlich hatten sie es sogar nötiger als ich. Man sieht das dem Menschen nicht unbedingt an. Es war eine Warteschlange wie beim Supermarkt. An dieser Stelle weinte ich.«

»Und der Pfarrer?«

»Du wirst es nicht glauben.«

»Was?«

»Er weinte auch. Es rollten ihm Tränen über die Backen.«

»Eigenartig.«

»Findest du?«

»Ja. Er ist immerhin ein Profi.«

»Ich fühlte mich in diesem Moment sehr eng verbunden mit Gott.«

»Noch eigenartiger. Ich finde, du solltest Susanne Miederer verlassen.«

»Es hat nichts mit Susanne zu tun.«

»Es hat nur mit Susanne Miederer zu tun.«

»Nein, das ist es nicht. Die Frauen sind es nicht. Ich bin es. Ich werde alt. Ich zerfalle, zerbröckle, löse mich auf, verschimmle. Meine Haare sind grau. Alle. Ich schaue in den Spiegel, und mir wird bewußt, daß ich nie einen Tanzkurs besucht habe, nie richtig unter freiem Himmel Sex hatte und nie ein richtiger Raucher war, einer mit achtzig, hundert Stück am Tag, so einer.«

»Ich werde auch alt.«

»Du wirst anders alt. Viel stilvoller.«

»Na ja.«

»Doch. Doch.«

»Meinst du?«

»Bestimmt.«

»Wenn du meinst.«

»Ohne diese Leidenschaften, die zwar schön sind, aber auch kindisch. Für die anderen jedenfalls schauen sie kindisch aus. Für einen selber sind diese Leidenschaften natürlich wunderbar. Und die anderen sind einem ja eh wurscht. Und daß sie einen kindisch finden, ist nur der Neid. Ich habe dir doch von der jungen Schauspielerin erzählt.«

»Ja.«

»Sie heißt Lili. Wie Lili Marleen. Sie schwört, daß es ein Zufall ist. Ich habe ihr gesagt, daß ich selbstverständlich glaube, daß es ein Zufall ist, daß sie heißt wie Lili Marlen, da fand sie, daß ich Charme habe ...«

»O Gott.«

»So sehe ich es auch.«

Jacob Corena

Eine Frau steigt in Hohenems aus dem Zug. Der Zug kommt aus Wien. Die Frau heißt Rosa. Sie trägt ein olivgrünes Wollkleid und einen schweren Koffer.

Ein Mann wartet am Bahnhof. Er begrüßt Rosa mit Handschlag, und Rosa küßt ihn auf den Hals.

Sie sehen dem fahrenden Zug nach. Der Mann heißt David. Sie sind Freunde. Sie sind hier aufgewachsen. Vor fünfzehn Jahren, im Sommer, legten sich fünf Kinder gegenseitig Knöpfe auf die Augen. Rosa und vier Buben. Rosa ist gekommen, weil sich einer der Freunde umgebracht hat. Er hieß Jacob Corena.

David und Rosa gehen enge Straßen entlang zum Haus des Toten.

In der Mitte steht ein Glastisch. Voll mit leeren Bierflaschen und gefüllten Aschenbechern. Auf einer Couch sitzen zwei Männer. Georg und Manuel. Sie trinken Bier und rauchen Joints. Neben Georg liegt seine Krawatte. Rosa wird liebevoll begrüßt. Seit vielen Jahren sind sie wieder zusammen.

Sie sprechen wenig. Ein paar Sätze über die Beerdigung und über den Selbstmord.

David zieht einen Brief aus seiner Hemdtasche und legt ihn auf den Tisch.

Es ist Jacobs letzter Wille.

Rosa liest laut vor: »Mein letzter Wille: Einer von euch soll die Oma mitnehmen. Sie hat niemanden.«

Es ist ganz still im Raum. Dann ganz laut.

Die Oma ist dreiundachtzig. Jacob lebte alleine mit ihr in dem Haus.

Sie gehen eine Treppe hinunter zum Schlafzimmer der Oma.

Sie sitzt auf ihrem breiten Bett. Auf den Knien hält sie einen kleinen Koffer. Sie hat sich hergerichtet. Glänzende Schuhe und weiße saubere Haare. Eine Brosche steckt neben dem Kragenknopf.

Sie küßt Rosa auf die Stirn.

Dann gehen sie wieder hinauf und machen die Tür hinter sich zu und fangen an, sich gegenseitig ihr Leben zu erzählen. Und warum die Oma gerade in dieses Leben nicht paßt.

Rosa arbeitet in einer Wiener Filmfirma als Cutterin. Sie ist fast nie zu Hause. Zweizimmerwohnung im dritten Bezirk. Im sechsten Stock. Ohne Lift. Die Oma wäre immer allein. Vor Wien würde sie sich fürchten. Wenn Rosa nachts nach Hause kommt, ist sie fertig und müde. Und ungerecht. Sie würde der Oma nur mit halbem Ohr zuhören können. Das würde die Oma merken. Außerdem liebt Rosa einen verheirateten Mann. Schwierig. Er ist Schauspieler. Schwierig. Jeden Mittwoch besorgt er ihr Theaterkarten. Eine Reihe vor ihr sitzt seine Frau.

Manuel ist Schichtarbeiter in der Firma Julius-Blum-Beschläge. Er hat schon eine Oma. Die Mutter seiner Frau. Sie lebt im oberen Stock. Ihre Stimme ist hoch, und wenn sie unglücklich ist, wird die Stimme noch höher, und mit den Knöcheln klopft sie auf den Küchentisch. Es geht nicht: Sie wäre eifersüchtig. Weil sie eine eifersüchtige Frau ist. Manuel ist so wenig wie möglich zu Hause. Nach der Arbeit trifft er sich mit Georg zum Biertrinken. In der Nacht steht er vor seinem Haus und wartet, bis die Lichter gelöscht sind. Um keinem von der Familie zu begegnen. Manchmal lernt er ein Mädchen kennen. Nie richtig. Verschwommen nur. Manuel hängt mit seiner einen Seite in der Firma Julius Blum und mit seiner anderen Seite im verschwommenen Leben.

Georg ist ein Gauner. Er nimmt, was der Tag ihm bietet. Er lebt von einer rothaarigen Frau. Sie arbeitet in einem Versicherungsbüro und macht ihm am Morgen das Bett. Zu Weihnachten verkauft er geschnitzte Engel auf dem Weihnachtsmarkt. Sonst repariert er die kaputten Radios der Umgebung. Am Samstag fährt er in die Schweiz, am Sonntag kommt er mit zwanzig Gramm Gras zurück. Einen Teil von dem Gras füllt er in kleine Plastiksäckchen ab und verkauft sie, das meiste raucht er selbst. Er kennt Probleme mit der Polizei. Er kann reden, das reißt ihn meistens heraus.

Es wäre unverantwortlich, Jacobs Oma in einer Kifferwohnung unterzubringen.

David war bis vor zwei Jahren freier Mitarbeiter beim ORF. Hörspiel. Seit zwei Jahren ist er selbständig. Ganz selbständig. Hörspiel gibt's nicht mehr. Er arbeitet an einem Roman über einen Mann, der sein Kurzzeitgedächtnis verloren hat. Das ist nichts Originelles. Den Rest versucht er, originell zu gestalten. Seine Freundin ist Schauspielerin am Landestheater. Eine glückliche Beziehung. Wenn sie auf Theaterproben ist, kocht er und kauft ein. Meistens ist David geistesabwesend. Georg und Manuel sind bei ihm, wenn sie nicht nach Hause wollen. Die Frauen rufen dann bei David an, und David erfindet Geschichten, hinter denen er seine Freunde versteckt.

»Dagegen ist nichts einzuwenden«, sagt Georg.

»Nicht das Geringste«, sagt Manuel.

Rosa nickt.

David nimmt die Oma, und die anderen stehen an der Haustür und schauen den beiden nach.

Wir alle wollen an nichts denken

Zwei Menschen. Ein Mann und eine Frau. Paul. Mechaniker. Repariert kaputte Maschinen und kaputte Leben. Rutha. Sie hat Angst, allein zu sein.

Die Geschichte begann auf einer Landstraße. Paul und Rutha warteten, daß sie jemand mitnimmt. Sie küßten sich.

Dann erlebten sie in Wien eine unglückliche Beziehung. Rutha lag viel im Bett. Sie weinte viel und kiffte viel. Sie ging zum Arzt wegen Nerventabletten. Sie fühlte sich allein. Sie bat Paul, ihr Leben zu reparieren.

Paul konnte nicht mehr. Er mochte die Beziehung nicht mehr. In einem Wutanfall trampelte er auf einem fremden Auto herum. Sie führten Gespräche in der kleinen Küche. Jeder führte seines. Vor sich hin.

Paul sagte: »Wir dürfen uns nicht auffressen.«

Rutha ging weg. Für eine Zeit. Sie traf sich mit Männern. Sie rauchte viel und machte alles viel zu viel.

Manchmal kam sie. Sie stritten sich. Sie liebten sich. An einem Abend gab es einen großen Streit. Der Küchentisch war mit Filzstift beschmiert. Paul schlief am Küchentisch. Rutha rüttelte ihn. Sie fragte nach dem Tisch. Was das soll. Paul lachte. Rutha sagte, daß es ihr Tisch sei. Sie zündeten sich gegenseitig an. Paul steckte einen Geldschein in Ruthas Unterhose. Das sei das Geld für den Tisch. Rutha schlug zu. Paul griff in sein Gesicht. Rutha verließ die Wohnung.

Rutha räumt ihr Zimmer aus. Sie nimmt die Bilder von den Wänden. Sie sieht schlecht aus. Paul sitzt auf einem Stuhl und legt die Nägel in eine Schachtel. Zu sorgfältig für Nägel. Er sieht schlecht aus.

Paul sagt, daß er bald geht. Aber ganz weg.

Sie trinken Wein. Sie tanzen und lachen. Sie reden über die Zeit, als sie per Anhalter nach Italien, nach Spanien, nach Deutschland gefahren sind. Sie rechnen nach. Ohne Druck und ohne Zähne. Sie sind sich uneinig, wie viele Kilometer sie zusammen per Autostopp zurückgelegt haben. Rutha schätzt viel zu viel, Paul schätzt viel zu wenig. Daraus wird der Streit.

Rutha nimmt das Küchenmesser und setzt sich auf den kalten Küchenboden.

Am nächsten Tag saß ich wieder in meinem Café. Die Kellner kannten mich bereits. Sie grüßten mit einem Finger. Der, der die Kerzenstummel aus den Köpfen der Madonnen kratzt, brachte mir einen Kaffee negro.

Ich las Kurzgeschichten einer Finnin.

Ich war begeistert von der Geschichte eines Mannes, der putzsüchtig ist. Er ist verrückt. Wenn sein Vater auf Besuch kommt, muß er einen weißen Mantel und einen Mundschutz tragen. Ich schätze, der Mann war sehr verrückt. Die Geschichte hat ein tragisches Ende.

Ein Mann verkaufte Spielsachen und Hamakas an den Tischen. Ich kaufte ihm einen gläsernen Elefanten ab. Ich weiß nicht, was ich damit anfangen soll. Ich stelle ihn in ein Regal, er wird staubig, und irgendwann sauge ich ihn ein, und der Staubsauger geht kaputt.

Ich kaufte ihm die Glasfigur ab, weil er schöne Hände hatte, und er setzte sich zu mir und bestellte sich ein Aqua de Limon.

Er sagte: »Ich bin mein ganzes Leben unterwegs.«

Er sagte: »Ich bin aus dem Bauch meiner Mama gekrochen, direkt in ein Tuch, das sie vor ihren Bauch gebunden hatte. Und mit mir um den Bauch ist sie von Mexiko nach Guatemala getrampt, und von dort nach Peru und nach Kolumbien.«

Er sagte: »Früher bin ich viel getrampt. Meistens allein. Allein ist am besten. Aber nur, wenn du ein Mann bist. Am besten, wenn du ein Mexikaner bist.«

Er war Mexikaner und vielleicht so alt wie mein ältester Bruder. »Sind Sie Deutsche?« fragte er mich.

»Ja«, sagte ich.

»Dann können Sie mein Leben retten. Haben Sie eine Stunde Zeit? Es wäre wichtig für mich.«

Für mich war es ein gutes Gefühl, wichtig zu sein.

»Ja«, sagte ich.

»Ich habe ein Glück, daß ich Sie getroffen habe.«

»Wobei kann ich Ihnen helfen?« fragte ich.

Ich verstand seine Antwort nicht. Ich legte Geld für meinen Kaffee auf den Tisch und stand auf.

Er hielt mir seine Hand hin. »Ich heiße Pablo.«

»Ich heiße Rutha.«

Pablo war klein und hatte lange Haare, die Spielsachen trug er in einem Tuch um den Rücken. Wir gingen am Strand entlang. Vorbei am Roca Blanca, morgens ist er weiß, am frühen Abend schwarz. Schwarz wegen der Vögel. Und weiß wegen ihrer Scheiße.

Wir gingen auf einem sandigen Weg. Wir kamen an einem Laden vorbei. Er war blau angestrichen, in der Tür stand eine wuchtige Frau mit Ohrringen, die waren gelb, man sollte gold sagen.

Pablo winkte der Frau zu. »Wir müssen trinken«, sagte er zu mir. »Maria! Maria!« rief er.

Wir betraten den Laden. Die Regale waren bis auf Chips, Bier und Kaugummi leer.

Pablo sagte: »Sie spricht deutsch« und zeigte mit dem Finger auf mich. Bewegte den Finger, als stochere er in etwas Weichem.

Maria nickte mit Kopf und Schultern und sagte immer wieder: »Bueno. Que bueno.«

Sie roch nach Puder und Schweiß. Sie gab mir die Hand und lachte, und Pablo lachte auch, und ich lachte auch. Und wir standen eine ganze Weile so da und lachten. Ich dachte, sie warten auf etwas, aber ich wußte nicht, worauf. »Werde ich jetzt schon gebraucht?« fragte ich. Sie verstanden nicht und nickten und lachten. Es kam nichts heraus dabei.

Pablo nahm sich eine Literflasche Bier aus einem Regal. Pablo zeigte auf die Bierflasche, und die Frau mit den Ohrringen lachte nicht mehr. Als wir gingen, gab sie mir nochmals die Hand. Und sah mich an, als ob ich an irgend etwas schuld wäre.

»Wäre ich hier schon gebraucht worden?« fragte ich Pablo, als wir wieder draußen waren.

»Sie ist meine Schwester«, sagte Pablo.

»Sie meint, ich trinke zuviel«, sagte er.

»Sie meint, du wirst uns Glück bringen«, sagte er.

»Weil du deutsch sprichst«, sagte er.

Wir gingen den sandigen Weg weiter, und Pablo machte beim Gehen die Bierflasche mit den Zähnen auf. Ohne anzugeben. Ich kenne sonst keinen, der so etwas macht, ohne angeben zu wollen. Auf dem Weg waren Hunde. Magere, um deren Köpfe Fliegen kreisten. Pablo nahm das Bier in die rechte Hand. Mit der linken Hand zündete er sich eine Zigarette an, alles mit nur einer Hand: Zigarette halten, Streichholzschachtel öffnen, Streichholz anzünden. Ich kenne keinen, der so etwas macht.

Er gab mir das Bier und die Zigarette.

Ich dachte an meine Freunde in Vorarlberg. Ich dachte, daß ich ihnen eine Literflasche mexikanisches Bier mitbringen könnte, aber ich war mir nicht sicher, ob man Flaschen im Flugzeug mitnehmen darf. Weil eine Flasche auch als

Waffe gelten kann. Man kann mit einer Flasche jemandem auf den Kopf schlagen oder man kann der Flasche den Bauch abschlagen und jemanden mit dem Flaschenhals erstechen.

Auf beiden Seiten des Weges wuchsen Mangobäume. Pablo zeigte mir, wie man mit dem Mund eine Mango schält, ohne ein klebriges Gesicht zu bekommen.

Es war heiß. Die Sonne brannte auf meinen Rücken, und ich versuchte, nur im Schatten der Mangobäume zu gehen.

Eine Frau kam uns entgegen. Sie hatte eine Tonvase mit Wasser auf dem Kopf und vier Kinder an ihren Seiten. Pablo pfiff der Frau nach, und die Kinder drehten sich um.

»Warst du in der Wüste?« fragte er mich.

»Ja. In Wuadley.«

»So weit in den Westen bin ich noch nie gekommen«, sagte er. »Viele Drogen in der Wüste.«

»Und viele Geister sind in der Wüste«, sagte er.

Wir gingen trinkend und rauchend an einer kleinen Siedlung vorbei. Kinder standen vor einem Cola-Automaten. Eine alte Frau mit einer roten Schürze verkaufte Bananenmilch und Melonenwasser.

Ich hatte mein Bier. Irgendwo lief ein Radio mit mexikanischer Musik. Männer saßen auf einer Holzbank und rauchten Pfeife. Einer rief mir etwas zu. Ich konnte es nicht verstehen. Aber Pablo verstand es, und er rief etwas zurück. Es klang wie der Refrain aus einem Lied. Der Mann habe gesagt, ich hätte einen schönen Hintern, und er, Pablo, habe ihn angeschrieen, was ihm einfalle.

Ein Bub mit Adidaspullover trug einen Stapel Kisten mit Mangos zu der alten Frau in der roten Schürze. Er lief in geknickter Haltung. Den Rücken hatte er nach hinten gelehnt, und sein Kinn lag auf der obersten Kiste. Bei der alten Frau in der roten Schürze stellte er die Kisten ab und zog eine Zigarette aus seiner Socke.

Pablo sagte: »Dort vorne wohne ich.«

Wir gingen ans Ende der Siedlung. Bis zu einer kleinen Lehmhütte. Über die Hütte ragten Bäume. Da war ein Vordach, in einer Hängematte saßen zwei Mädchen und aßen Ceserdias. Dicke Mädchen. Pablo zwickte die dickste in die Backe.

»Das sind meine Kinder«, sagte er.

Die Hütte war kleiner, als sie von außen aussah. Ein alter Mann saß in der Ecke und rauchte einen Joint. Auf dem Boden spielten zwei Kinder mit einer Barbiepuppe. Das eine Kind mit dem oberen Teil der Puppe, das andere mit dem unteren. Eine Frau schnitt auf der Tischplatte einen Fisch auf, und eine andere Frau mit großem Busen und dünnen Haaren drückte ein Baby an ihren Bauch, mit der anderen Hand rauchte sie eine Zigarette.

»Das ist meine Familie«, sagte Pablo.

Und zu seiner Familie sagte er: »Das ist Rutha. Sie spricht deutsch.«

Die Frau mit dem Baby drückte die Zigarette in eine leere Konservendose und räumte Kleider von einem Stuhl. Pablo schob mir den Stuhl zu, und die Frau mit dem Fisch gab mir einen Teller mit Ceserdias.

»Ich bin Pablos Frau«, sagte sie. »Und das ist meine Schwester mit ihren Kindern«, und zeigte auf die Frau mit dem Baby.

»Wir sind sehr glücklich, daß Sie hier sind«, sagte die Schwester, und der alte Mann sagte: »Es ist eine Freude, daß Sie gut deutsch sprechen.«

»Rutha ist Deutsche«, sagte Pablo.

»Österreicherin«, sagte ich.

»Ich gehöre nicht zur Familie«, sagte der alte Mann. »Ich bin nur auf Besuch.«

»Seit fünf Jahren ist er auf Besuch«, sagte Pablo und lachte. Ich lachte auch, und der alte Mann gab mir einen Zug von seinem Joint. Die Frauen lachten nicht.

»Wobei kann ich Ihnen helfen?« fragte ich.

»Sie müssen zuerst essen und trinken«, sagte Pablos Frau.

Es roch nach rohem Fisch, Kräutern und Gras, und ich aß zwei Ceserdias und trank Bier. Die Familie schaute mir zu.

Von der Decke hingen Knoblauch und eine Puppe aus Stroh. Auf einem niedrigen Tisch standen eine Kochplatte und Gläser mit Kräutern. An der Türe klebte ein Bild von der Madonna mit blau-rosa Heiligenschein. Alles war gut. Was ich sah, war gut.

Pablo band sich die Spielsachen vom Rücken und legte sie auf den Tisch. Der alte Mann fing an, mit einem Tuch die Glasfiguren zu polieren.

»Es geht um einen Brief«, sagte Pablo.

»Um genau zu sein, es geht um ein Dokument«, sagte die Schwester, und sie steckte dem Baby ihren Daumen in den Mund.

Pablo holte aus einem blauen Kasten einen Papierumschlag und legte ihn auf den Tisch. Dem blauen Kasten fehlte ein Fuß, ein Buch war darunter geklemmt.

»Nicht auf den dreckigen Tisch!« rief seine Frau.

Sie nahm den Umschlag zwischen die Zähne und putzte mit einem feuchten Tuch den Tisch ab.

»Was ist das für ein Buch?« fragte ich. Ich war aufgeregt und wollte meinen Auftritt hinausschieben. Der Umschlag war das Zeichen für meinen Auftritt. Ich wollte sitzen, eine Weile noch sitzen, ehe ich gebraucht wurde. »Dieses da«, sagte ich und beugte mich vor und wäre fast vom Stuhl gefallen.

»Vom Winde verweht«, sagte die Frau mit dem Baby und kaute Kaugummi.

Sie sagte: »Ich habe es nie gelesen. Keiner von uns hat es gelesen. Mein Mann hat es mir geschenkt, bevor er wegging und nicht mehr zurückgekommen ist. Als er weg war, habe ich mir immer den Buchdeckel angeschaut, und ich wurde ganz traurig dabei. Ich habe ihn immer angeschaut und an meinen Mann gedacht. Auf dem Buchdeckel ist ein Liebespaar abgebildet. Ich habe es immer angeschaut, bis ich hierher gezogen bin, und Pablo hat es dann unter den Kasten geklemmt, als Stütze, weil es ja niemand liest von uns. Er hat es gut gemeint.«

»Es ist ein Buch«, sagte Pablos Frau. »Vielleicht liest es einmal einer. Ich nicht.«

»Ich hätte das Buch eintauschen können. Gegen eine Sonnenbrille«, sagte die Frau mit dem Baby. »Gegen eine Sonnenbrille mit sehr dunklen Gläsern. Ein Tourist auf der Durchreise wollte es haben. Er war am Abend bei uns angekommen. Am Abend fahren bei uns fast keine Autos durch. Da ist er eine Nacht bei uns geblieben. Er wollte das Buch, weil er nichts zum Lesen hatte. Er braucht unbedingt etwas zum Lesen, hat er gesagt.«

»Wir lesen nichts«, sagte Pablos Frau. »Vielleicht liest es einer einmal.«

»Seine Sonnenbrille hätte er mir dafür gegeben«, sagt die Frau mit dem Baby. »Sie stand mir sehr gut, und fast hätte ich es auch gemacht. Aber dann ... Ich meine, ich brauche ja etwas von meinem Mann. Und auch wenn mir das Buch nichts nützt, ist es da.«

»Es nützt ja etwas«, sagte Pablo.

»Ich mache einen Kaffee und dann können wir über das Dokument reden«, sagte Pablos Frau und klemmte den Umschlag wieder zwischen ihre Lippen.

Pablo sagte etwas zu mir, was ich nicht verstand, und er merkte, daß ich es nicht verstand. Er lachte und gab mir noch eine Zigarette.

Der alte Mann baute einen neuen Joint. Er suchte die Samen heraus und zerbröselte das Gras zwischen seinen Fingern. Kein Tabak. Die Kinder bissen auf ihren Lippen herum. Pablos Frau lächelte, und der alte Mann gab mir einen Zug von seinem Joint.

Pablos Frau stellte Tassen auf den Tisch. Auf meinen Platz legte sie den Umschlag.

Die Familie setzte sich an den Tisch, und vor mir lag der Umschlag.

Pablo machte ein ernstes Gesicht und sagte: »Wir sind so froh, daß Sie deutsch sprechen, und wir möchten uns bedanken, weil Sie uns helfen.«

Ich sagte: »Ich weiß nicht, ob ich helfen kann.«

Die Kinder bissen auf ihren Lippen herum. Die Frau mit dem Baby lächelte, und der alte Mann gab mir einen Zug von seinem Joint.

Ich bemühte mich, Pablo zu verstehen. Er redete langsam. Ich schreibe auf, was ich verstanden habe:

Er sagte: »Ein Mann und eine Frau waren bei uns. Sie waren mit einem schwarzen Auto bei uns. Sie schauten sich unser Haus an und das Land hinter unserem Haus. Wir sind stolz auf unser Land. Es ist groß, und wir haben Mangobäume. Aber mit Mangos macht man bei uns nicht viel Geld. Jeder hat Mangobäume.«

»Sie sind lange dageblieben«, sagte seine Frau.

Der alte Mann sagte: »Die deutsche Frau hat laut gelacht, und der deutsche Mann hat wie einer ausgesehen, der sich oft solche Länder anschaut.«

Pablo sagte: »Der deutsche Mann wollte das Land kaufen. Ich fragte ihn, ob wir dann weg müssen aus unserem Haus. Er sagte, für uns würde sich nichts ändern, außer, daß es dann eben sein Land wäre. Er sagte, unser Land sei 25 000 DM wert. Das sind 85 200 Pesos.«

»Der deutsche Geschäftsmann hat es uns ausgerechnet«, sagte die Frau mit dem Baby und zeigte auf ein Blatt mit Zahlen.

Pablos Frau sagte: »Er hat uns das Dokument dagelassen.«

»Es ist ein Vertrag«, sagte Pablo.

»Der deutsche Mann sagte, wir sollen es durchlesen und unterschreiben«, sagte die Frau mit dem Baby.

Pablos Frau öffnete den Umschlag und legte einen Haufen Maschinschreibseiten auf meinen Platz. Ich zählte. Es waren zehn Seiten.

Pablo sagte: »Der Vertrag ist auf deutsch geschrieben.«

Die Familie sah mich an, und ich schaute auf die zehn Maschinschreibblätter nieder. Jede Seite war eng bedruckt.

»Es ist viel zum Lesen«, sagte die Frau mit dem Baby. Das Baby fing an zu schreien, und sie tunkte ihren Finger in den Kaffee und steckte ihn dem Baby in den Mund.

Pablos Frau schenkte mir Kaffee ein, und Pablo klemmte den letzten Rest vom Joint in eine Pinzette und rauchte, bis nichts mehr da war. Er hatte offene Lippen und gelbe Finger. Die Pinzette trug er an einer Schnur um den Hals.

Ich fing an zu lesen. Schon nach einer halben Seite konnte ich mich nicht mehr konzentrieren. Ich verstand wenig. Dann kein einziges Wort mehr. Es hätte ebenso gut Spanisch sein können. Lauter Wörter, die mich nicht mochten. Auf der zweiten Seite tastete ich die Wörter nur ab, bei der dritten Seite tat ich nur noch so, als würde ich lesen, und überlegte mir dabei, wie ich der Familie erklären könnte, daß ich nichts verstand. Pablo blickte mir ins Gesicht, während ich so tat, als ob ich lese, und seine Frau sah mich von der Seite an.

Es war still.

Die Zeilen folgten einander im engsten Abstand. Ich wollte ein interessiertes Gesicht ziehen, aber dann hätte ich ihnen Hoffnung gemacht. Ich versuchte, ein neutrales Gesicht zu machen.

Pablo fing an, mit seiner Frau zu reden. Über Zipolite redeten sie, und daß sich Glasfiguren nicht gut verkaufen, auch an Touristen nicht. Weil niemand ein Andenken möchte, das schnell kaputt geht, und Glasfiguren gehen schnell kaputt.

Sie redeten weiter, und ich verstand nichts mehr. Ich verstand nicht, was geredet wurde, und ich verstand nicht, was ich las. Als hätte ich keine Sprache. Die Frau mit dem Baby legte das Baby auf den Boden und zündete sich eine Zigarette an. Den Rauch blies sie in meine Richtung.

Ich war auf Seite sieben. Ich starrte auf das Blatt, schätzte ab, wie lange man braucht, um so eine Seite zu lesen. Heimlich blickte ich zu Pablo hinüber und zu den Kindern und zu dem alten Mann. Der war eingeschlafen. Und ich hätte auch gerne geschlafen.

Bei der letzten Seite verweilte ich am längsten. Um nicht

fertig sein und dann sagen zu müssen: Ihr habt euch die Falsche geholt.

Am Schluß des Vertrages hieß es: »Gerichtsstand ist München.«

Ich schaute in den kleinen Raum, der voller Menschen war, und ich hätte ihnen gerne etwas erzählt. Ich wäre gern gebraucht worden. Ich wünschte mir, die Frau mit dem Baby hätte mir nicht die Geschichte von dem Buch erzählt. Diese Geschichte erzählt sie bestimmt nicht oft, und sie hat sie mir erzählt, weil sie glaubte, ich könnte ihnen helfen. Ich hatte ihre Geschichten und ihre Gesichter, und ich konnte ihnen nicht helfen.

Ich sagte: »Ich verstehe nichts.«

Das sagte ich nicht gleich. Es waren vielleicht zwei Minuten Pause. Zwei Minuten, in denen ich in meinem Kopf *All along the Watchtower* vor mich her sang, um nicht allein zu sein.

Dann sagte ich: »Ich verstehe nichts.«

»Du sprichst deutsch«, sagte Pablo.

»Der Vertrag ist auf deutsch geschrieben«, sagte seine Frau.

»Ich verstehe die Zusammenhänge nicht«, sagte ich.

Das Wort Zusammenhänge kannte ich nicht auf spanisch und mußte es umschreiben. Ich verstand die Worte ohne ihre Zusammenhänge auch nicht, aber das wollte ich nicht sagen.

Wir saßen da und redeten nichts.

Um meinen Kopf malte ich in Gedanken einen Schutzmantel. Der Mantel war aus schwerem Leder, und ich bekam keine Luft. Ich begann zu schwitzen. Ich stellte mir die Familie verdoppelt vor. Die gleichen Menschen verdoppelt.

Die Doppelten waren den Menschen aus dem Kopf gesprungen. Sie waren etwas kleiner als die Originale. Die aus dem Kopf sagten, was die Menschen sich dachten.

»Sie will uns nicht helfen«, sagte die Frau aus dem Kopf von Pablos Frau.

»Ich finde, du hättest ihr nichts geben sollen von unserem Joint«, sagte der alte Mann aus dem Kopf zum alten Mann.

»Seit wann ist mein Gras auch dein Gras?« sagte der alte Mann.

»Es ist auch mein Gras«, sagte der andere. »Du rauchst es, und ich spüre es. Die Gedanken laufen mir weg, wenn du Gras rauchst.«.

Die Frau mit dem Baby sagte zu der Frau aus ihrem Kopf: »Du bist über den Mann, der dich sitzen gelassen hat, noch nicht hinweg. Immer erzählst du die gleichen Geschichten von ihm. Laß mich an etwas anderes denken!«

»Ich kann nicht«, sagte die Frau mit dem Baby.

Pablo stand bei der Tür, und der Mann aus seinem Kopf saß im Schneidersitz auf dem Boden. Und Pablo sagte zu seinem kleinen Doppelgänger: »Warum hast du gedacht, daß dieses Mädchen uns helfen könnte? Ich meine, sie ist eine Europäerin. Wie kommst du auf die Idee, daß eine Europäerin einem Mexikaner helfen sollte? Ich habe fast vergessen, du sitzt nur in meinem Kopf, während ich Glasfiguren an Touristen verkaufe. Die Hälfte sind Europäer. Und sie schauen mir zu, wie ich die Glasfiguren schleppe, und winken mich weg, wenn ich bei ihren Tischen stehe. Aber du sitzt ja nur in meinem Kopf. Dir tun am Abend nicht die Füße weh.«

Und Pablos kleiner Doppelgänger sagte: »Sie spricht deutsch. Der Vertrag ist auf deutsch. Was sollte ich denn machen? Sie hat gesagt, sie will uns helfen. Was kann ich dafür, daß sie nichts versteht? Was kann sie dafür, daß sie nichts versteht? Der Mensch hat ein Recht, nichts zu verstehen. Deine Hände arbeiten, deine Füße tun weh, und ich denke. Ich denke für alle. Ich habe gesagt, das Land zu verkaufen ist vielleicht keine schlechte Idee. Wenn wir genau wissen, was in dem Vertrag steht. Das habe ich gesagt. Ihr alle hättet unterschrieben, ohne den Vertrag zu lesen.«

Die Familie sah mich an. Auf einer Kiste stand ein Eimer mit Wasser, und an der Wand dahinter hing ein Handtuch an einem Haken. Pablos Frau steckte ihre Arme bis zum Ellbogen ins Wasser. Die Schwester mit dem Baby rührte in einem Topf mit Reis und Bohnen. Sie rührte mit System. Sie schaufelte zuerst alles in die Mitte des Topfes, und dann rührte sie alles an den Rand. Ein bißchen Reis spickte auf die Tischplatte, weil sie so schnell rührte. Sie nahm es mit dem Zeigefinger auf und steckte es dem Baby in den Mund. Das Baby spuckte es aus, und auf dem Kleid der Schwester war ein brauner Punkt. Die Mädchen spielten mit der Puppe, die eine mit dem oberen Teil, die andere mit dem unteren, und Pablo schob einen Glaselefanten von der einen Hand in die andere.

»Ich verstehe nichts«, sagte ich.

Pablo sagte: »Sollen wir unterschreiben?« Er stellte den Glaselefanten zurück zu seiner Herde.

»Ich weiß es nicht. Ich würde nicht unterschreiben«, sagte ich.

»Warum würden Sie nicht unterschreiben? Sie verstehen den Inhalt doch genausowenig wie wir«, sagte Pablos Frau. Sie hielt die Hände nach oben. Das Wasser tropfte auf den Boden.

»Dann kann man nichts machen«, sagte Pablo. Er zündete sich eine Zigarette an und gab sie mir nach zwei Zügen.

»Es tut mir leid«, sagte ich.

»Es muß Ihnen nicht leid tun«, sagte Pablo. Ich nahm ebenfalls zwei Züge und gab die Zigarette wieder an Pablo zurück.

»Wir hatten sie gerne zu Besuch«, sagte Pablos Frau.

»Sie haben eine schöne Familie«, sagte ich.

»Jetzt konnten wir uns alle nicht helfen«, sagte der alte Mann. »Aber der Tag ging trotzdem vorbei«, sagte er und lachte.

»Pablo, du bringst sie doch wieder zurück?« sagte die Frau mit dem Baby und rieb Spucke auf den Fleck. »Ich gebe euch Ceserdias mit für den Weg.«

»Danke für alles«, sagte ich.

»Wir danken«, sagte Pablo.

Pablos Frau packte zwei Ceserdias in das Handtuch, das hinter der Kiste mit dem Eimer Wasser an einem Haken hing. »So bleiben sie warm«, sagte sie und streckte mir das Paket entgegen.

»Der Weg zurück ist meistens kürzer«, sagte Pablo.

»Warum?« fragte ich.

»Ich weiß es nicht.«

»Weil es weniger heiß ist«, sagte der alte Mann.

Als wir gingen, schaute ich noch zur Madonna, die über der Tür hing. Der Heiligenschein leuchtete jetzt rosa, gelb und grün. Die Madonna hatte rote Wangen und ein blaues Tuch über dem Kopf.

Auf dem Weg zurück nach Zipolite kaufte Pablo noch eine Flasche Bier.

Es war noch nicht dunkel, aber der Weg war schon müde. Die Männer saßen noch immer auf der Holzbank und rauchten Pfeife. Der Bub mit dem Adidaspullover hockte neben der Holzbank. Den Adidaspullover trug jetzt ein Mädchen. Sie lehnte zwischen seinen Beinen und schälte eine Mango. Sie war hübsch. Der Pullover war ihr zu groß. Sie war barfuß. Ihre Füße sahen wie Schiffchen aus. Vorne schmal und hinten etwas breiter. Pablo redete mit einem der Männer auf der Holzbank, und ich dachte, das Mädchen hat Füße wie Schiffchen.

Wir gingen an einem großen Stein vorbei. »Pierra del Rossario« stand mit weißer Schrift auf dem Stein.

»Was heißt das?« fragte ich.

»Der Stein gehört Rossario«, sagte Pablo.

»Es heißt, der Stein gehört Rossario?« fragte ich, weil ich mir nicht sicher war, richtig verstanden zu haben.

»Ja«, sagte Pablo.

»Warum gehört der Stein Rossario?«

»Ich nehme an, Rossario hat den Stein gesehen, und er hat ihm gefallen, und weil sonst niemand da war, der den Stein haben wollte, hat er darauf geschrieben, es sei sein Stein. Damit es allen gleich klar ist«, sagte Pablo. »Jeder, der an dem Stein vorbeikommt, denkt sich, für diesen Stein brauche ich mich nicht zu interessieren, denn er gehört Rossario.«

»Es ist ein Stein«, sagte ich. »Es gibt viele, die gleich sind.«

»Ich verstehe es auch nicht«, sagte Pablo. »Bei einer Frau würde ich es verstehen.«

»Ja«, sagte ich.

»Möchtest du Bier?«

»Ja.«

»Es ist aber warm.«

»Das macht nichts.«

»Das Bier wird viel zu schnell warm«, sagte Pablo. Er gab mir die Flasche und zeigte auf das Etikett: »Sol ist das beste gegen Durst. Sol und Aqua de Limon. Sol nach der Arbeit und Aqua de Limon bei der Arbeit«, sagte er und lachte. »Und es ist besser, wenn es nicht so kalt ist. Dann tun die Zähne nicht weh.«

Ich sah junge Männer mit Schildkappen auf der Ladefläche eines Pickups an uns vorbeifahren. Sie transportierten unreife Mangos. Ein alter Mann fuhr, und die jungen Männer hielten sich am Dach fest. Und rauchten Zigaretten. Es waren drei Männer. Sie lachten und pfiffen, und einer klopfte mit der Faust den Rhythmus auf das Dach. Ich dachte, sie tun es für mich. Sie erinnerten mich an meine drei Freunde. Der erste und der zweite gingen nach Mexico. Der erste, ein springender Charakter, Augen wie Nägel. Der zweite sein Schatten. Der dritte blieb in Vorarlberg. Er blieb in Vorarlberg und hielt die Stellung. Wie ein Fels. Wie der Stein von Rossario. Als ich sie kennenlernte, fuhren sie mit einem weißen VW-Bus im Land herum. Sie holten mich ab, und von da an holten sie mich immer ab. Sie saßen immer alle drei vorne. Der jüngste in der Mitte, und hinten war das Bier gelagert. Sie hörten die Musik aus *Pulp Fiction* und fuhren durch Vorarlberg, manchmal stiegen sie aus, um sich zu prügeln. Nicht ernst. Aber wer sie dabei sah, dachte, es sei ernst. Sie fuhren auf Flohmärkte, handelten mit Hosen, Hüten und Pelzmänteln. Der dritte, der später die Stellung hielt, schlief im Auto. Hinten im Auto. Das Bier war im Bauch gelagert. Manchmal hatte er eine Frau bei sich. Der erste und der zweite saßen vorne und hatten ihre gemeinsamen oder ihre einzelnen Kopfverspinnungen. Sie nannten es Hirnficks. Sie holten mich einmal mit ihrem VW-Bus ab, und dann holten sie mich immer ab. – Die drei Männer auf der Ladefläche des Pickups erinnerten mich an sie. Ich lachte, und sie lachten mit mir. Und pfiffen. Und einer klopfte mit der Faust den Rhythmus auf das Dach. Und ich wußte, er tut es für mich.

Pablo fragte: »Erzählst du mir eine Geschichte?«

Ich sagte: »Ich spreche zu wenig Spanisch.«

»Erzähl mir eine Geschichte auf deutsch«, sagte er.

»Du sprichst nicht Deutsch«, sagte ich.

»Wir haben dir unsere Geschichten ja auch auf spanisch erzählt«, sagte er.

»Ich kann wenigstens ein bißchen Spanisch«, sagte ich. »Du würdest gar nichts verstehen.«

»Aber ich würde hören, wie deine Geschichte klingt.«

Pablo nahm einen Schluck vom Bier und sah mich geradeaus an. Seine Haare fielen ihm ins Gesicht.

»Wie deutsche Musik«, sagte er.

»Ich mag deutsche Musik nicht«, sagte ich.

»Dann wie amerikanische Musik«, sagte er.

»Magst du amerikanische Musik?« fragte ich.

»Nein«, sagte er.

»Was für Musik magst du?«

»Mexikanische Musik«, sagte er.

Ich dachte eine Weile nach. Dann sagte ich auf deutsch: »Unser Kummenberg.«

Pablo nickte

»Unser Kummenberg wurde in der Mitte durchgeschnitten.«

Pablo nickte.

»Um eine Autobahn durchzubauen.«

»Das klingt gut«, sagte Pablo. »Erzähl mir diese Geschichte!«

»Meine drei Freunde«, erzählte ich, »der erste, der zweite und der, der später die Stellung hielt, wollten die Wunde unseres Kummenbergs heilen. Sie glaubten, der Berg habe Schmerzen. Ich stellte mir vor, sie würden ihn mit Tausenden Metern Verband einwickeln. Seine Wunde ging mitten durch seinen Bauch. Wir fuhren mit dem VW-Bus zum Fuß des Berges. Meine Freunde breiteten Decken aus und steckten Räucherstäbchen in den Boden. Wir setzten uns zu einem Kreis, und der erste, das ist einer mit langen Haaren und einem schmalen Gesicht, der sagte, wir sollen die Augen schließen. Sie taten es. Ich nicht. Ich bin Zeuge, daß sie es taten. Sie streckten die Hände zum Himmel. Es war auch das Mädchen dabei, das manchmal hinten im Auto geschlafen hat. Das Mädchen legte das Ohr ins Gras und flüsterte: Der Berg atmet! Sie trug ein Che-Guevara-T-Shirt, und an ihrem Ohr hing ein Ring wie eine Blume. Dann hatte jeder ein Ohr am Boden. Die Augen waren geschlossen. Ich hatte kein Ohr am Boden. Und alle riefen: Der Berg atmet! Und ich zündete mir eine Zigarette an. Ich weiß nicht, ob es dem Kummenberg seither besser geht. Ich bin kein Arzt für Berge.«

Pablo nickte.

»Fertig«, sagte ich.

»Schöne Geschichte«, sagte er.

Wir rauchten noch eine Zigarette. Rechts war der blau gestrichene Laden seiner Schwester. Sie schaute aus dem Fenster und rief Pablo etwas zu. Ihre goldenen Ohrringe wackelten.

Wir kamen auf den sandigen Weg, der mich an eine

Rennbahn erinnerte. Der Rocca Blanca war jetzt schwarz. Alles Vögel.

»Ich bin müde«, sagte ich.

»Es war heiß«, sagte er.

»Der Sand ist so heiß«, sagte er.

»Mit warmen Füßen wird man schneller müde«, sagte er.

»Ich werde mich in meine Hängematte legen«, sagte ich.

»Wo übernachten Sie?« fragte er.

»Gleich neben dem kleinen Café.«

»Bei Lorenzo?«

»Ja.«

»Hat er Ihr Gepäck eingesperrt?«

»Ja.«

»Haben Sie den Schlüssel?«

»Lorenzo hat ihn.«

»Wenn es Ihnen nicht gut geht bei Lorenzo, gehen Sie zu meiner Schwester.«

»Sie haben eine schöne Familie«, sagte ich. »Ich konnte Ihnen nicht helfen.«

»Da kann man nichts machen.«

»Unterschreiben Sie den Vertrag?«

Er sagte: »Ich weiß es nicht. Ich werde ein Bier trinken und überlegen.«

»Ich habe heute fünfzehn Glasfiguren verkauft«, sagte er.

»Ist das gut?«

»Mas o menos.«

»Auf Wiedersehen.«

»Auf Wiedersehen.«

Er ging den Weg zurück, und ich schaute ihm nach. Er ging ein bißchen schief. Ich gehe auch ein bißchen schief. Mein linkes Bein ist einen Zentimeter kürzer als das rechte.

Das fällt nur auf, wenn einer genau hinsieht. Oder wenn ich müde bin. Wenn ich müde bin, gehe ich schief.

Ich legte mich in meine Hängematte und rauchte noch zwei oder drei Zigaretten, bevor ich einschlief. Ich dachte an meinen Freund und daß er morgen wieder bei mir sein wird. Ich dachte daran, was ich ihm erzählen werde. Dann schlief ich ein.

Ausdruck des Menschen

Ich arbeitete im Hohenemser Krankenhaus. Abteilung Interne Diagnostik im sechsten Stock. Ich bekam eine weiße Hose, ein grünes Hemd. In meine Kleidung war eine Nummer eingenäht. Ich machte die Arbeit eines Zivildieners. Betten schieben. Krankenberichte zu den Ärzten bringen. Menschen zur Magen- und Darmspiegelung führen. Dabei sein bei Magen- und Darmspiegelung. Die Patienten wieder zurückbringen. Benutzte Betten putzen. Der Ultraschall wurde mir erklärt.

Ich arbeitete für ein Jahr im Krankenhaus. Ohne Recht auf Urlaub, ohne Aufstiegsmöglichkeiten, ohne Abschluß. Eine Arbeit für ein Jahr. Um den Kopf zu lüften und ihn wieder neu und sorgfältiger aufzufüllen.

Von acht Uhr morgens bis sechs Uhr abends war mein Dienst. Eine halbe Stunde Mittagspause.

Manuel Farber. 26 Jahre alt. Heroinabhängig. Mehrmaliger Entzug. Seit einem Jahr und zwei Monaten clean. Künstliche Herzklappen. Zwei Tassen Kaffee am Tag. Eine Schachtel Zigaretten. Diagnose: HIV positiv.

Er kam mit einer gelben Sporttasche und langen dünnen Haaren ins Krankenhaus.

Herzüberwachung, ein Bett am Fenster. Unter dem Fenster sind die Heizungen.

Er klagt über Kälte.

Er bekommt ein Nachthemd, das hinten offen ist.

Sie schieben ihm einen Schlauch, an dem eine stecknadelkopfgroße Kamera befestigt ist, in den Mund.

Angeblich findet die Kamera die künstlichen Herzklappen. Ich kenne die medizinischen Ausdrücke nicht.

Der Arzt schaut auf einen Bildschirm. Er fährt mit seinem Finger den Bildschirm ab und erklärt fünf Turnusärzten und einer Krankenschwester das Krankheitsbild. Der Bildschirm ist übersät mit Fingerabdrücken.

Ich stehe ganz hinten.

Manuel Farber wollte keine Betäubung. Sein Gesicht ist verzerrt. Er ist so dünn. In dem Krankenhausnachthemd sieht man, wie dünn er ist.

Ich muß ihn wieder zurückschieben.

Noch fünf Minuten warten. Den Patienten durchatmen lassen. Die Ärzte sind weg.

»Wie heißt du?« fragt er.

»Rutha«, sage ich.

»Krankenhäuser sind so sauber. Da ist man als Patient das einzig Dreckige«, sagt er.

»Bringst du mich zurück?« sagt er.

»Ja«, sage ich.

»Ich bleibe im Bett, und du schiebst mich zurück?«

»Ja.«

»Ich möchte gehen.«

»Bist du nicht zu schwach dazu?«

»Nein.«

Er steht auf, und ich stütze ihn.

»Er darf nicht gehen«, sagt die Krankenschwester.

»Bett oder Rollstuhl«, sagt sie.

»Rollstuhl«, sagt er.

»Im Rollstuhl sieht man noch nicht ganz so schwer krank aus«, sagt er zu mir.

»Wann hast du Mittagspause?« fragt er.

»In einer Stunde«, sage ich.

»Kommst du mich besuchen? Ich lade dich auf einen Kaffee ein. Oder gehst du essen?«

»Ich habe keinen Hunger«, sage ich.

»Dann kommst du in einer Stunde?«

»Ja.«

»Sonst sind hier alle so spießig«, sagt er.

»Wir können uns in den Park vor dem Krankenhaus setzen«, sage ich.

»Es ist sonnig draußen«, sagt er.

»Und auch nicht so sauber«, sage ich.

Ich half ihm aus dem Rollstuhl ins Bett, und er war verlegen, und ich war auch verlegen.

»Bis dann.«

»Bis dann.«

In der Herzüberwachung sind sechs Betten. Drei waren belegt.

Belegt ist ein blödes Wort. Belegt klingt wie in einem Hotel.

In der Herzüberwachung sind sechs Betten. In drei Betten lagen Patienten.

Ich ging zurück in den sechsten Stock, um das Ultraschallgel in Flaschen abzufüllen. Das Gel ist in einem großen Kanister, und mit einer Pumpe drücke ich das Gel in die Flaschen. Kleine Flaschen. In jede paßt ein viertel Liter Ultraschallgel. Dreißig Flaschen.

Ich brauchte eine Stunde, und mein linker Arm tat mir weh.

»Ich habe nur Pullover mit Löchern«, sagt Manuel Farber.

Wir saßen im Park vor dem Krankenhaus. Park ist ein großes Wort. Es sind ein paar Bäume mit ein paar Bänken dazwischen. In der Mitte steht eine Trauerweide. Damit man die Krankenhausstimmung auch an der frischen Luft beibehält.

»Ich habe nur Pullover mit Löchern«, sagt er. »Auf Entzug brauche ich viele Zigaretten. Ohne Zigaretten drehe ich durch. Ich rauche und schlafe während dem Rauchen ein. Ich wache auf, und in meinem Pullover sind Brandlöcher«, sagt er.

»Eines Tages verbrenne ich noch in meinem Bett. Wie Ingeborg Bachmann«, sagt er.

Ich aß eine Wurstsemmel, und er rauchte meine Zigaretten.

»Ich habe eine Freundin in Zürich«, sagt er. »Sie nimmt keine Drogen. Noch nie genommen. Sie ist eine starke Persönlichkeit. Es heißt, sie ist gut für mich. Ich habe ihre ganze Wohnung ausgeräumt. Plattenspieler, Stereoanlage, Computer, eine Spiegelreflexkamera, Kühlschrank. Sie ist auf dem Bett gesessen und hat geweint. Ich habe gesagt, ich würde jede Wohnung ausräumen, weil ich Angst hatte, sie würde die Sache persönlich nehmen. Sie hat mich rausgeschmissen und das Schloß bei ihrer Türe ausgewechselt. Seit ich clean bin, schreibe ich ihr jeden Tag eine Karte, und sie klebt sie auf ihren neuen Kühlschrank. Sie ist vermutlich ein Engel. Auf dem Entzug habe ich die Bibel zum Lesen bekommen. Manche Stellen gefallen mir. Ich werde aber bestimmt kein Heiliger mehr. Da bin ich zu spät dran. Das ist wie beim Sport. Wenn man als Kind nicht lernt, die Knochen zu verbiegen, sind sie später zu spröde dazu«, sagt er.

»Nimmst du Drogen?« sagt er.

»Nein«, sage ich.

»Warum nicht?«

»Ich mag sie nicht besonders. Ich habe Angst, daß mein Kopf wegspringt.«

»Das muß ich mir merken. Ich werde mir einreden, daß ich sie nicht mag.«

»Ist dir kalt?« frage ich.

»Ja.«

Ich legte ihm meine Jacke über die Schultern. Seine Schulterblätter standen hervor wie Flügel, und kurz hatte ich Angst, er würde wegfliegen.

»Ich habe Angst, widerlich zu werden«, sagt er. »Wenn es Aussichten auf Besserung gibt, können die Ärzte behandeln. Sie schlafen nicht ein und werden gefordert. Meine Freundin kommt mich besuchen, weil es sich rentiert, einen sauberen Menschen aus mir zu machen. Bei mir gibt es aber keine Aussicht auf Besserung. Meine Freunde kommen mich kurz vor meinem Abgang besuchen, um kein schlechtes Gewissen zu haben. Meine Freundin schreibt mir Briefe, damit sie mir nicht zuschauen muß, wie ich sie lese. Eine Zeit noch bin ich tragbar für die Gesellschaft. Dann brauche ich Windeln und Flüssignahrung. Dann werde ich widerlich. Ich möchte nicht widerlich werden«, sagt er.

»Meine Freundin heißt Lili«, sagt er. »Sie ist Kellnerin in einem Vier-Sterne-Hotel in Zürich. Sie will Schauspielerin werden. Wie alle.«

»Ich bringe dich wieder zurück«, sage ich.

»Könntest du das übernehmen und mir sagen, wenn ich widerlich werde?«

»Ich arbeite nur ein Jahr im Krankenhaus«, sage ich.

»So lange wird das nicht dauern«, sagt er.

Ich schob ihn zurück in sein Zimmer. Eine Krankenschwester brachte ihm das Essen. Knödel mit Tomatensoße.

Er wollte nichts essen. Die Schwester holte die Stationsschwester. Eine dicke Frau mit Holzknüppeln an den Füßen statt Schuhen.

»Sie müssen etwas essen«, sagt sie.

Er sagt: »Ich habe keinen Hunger!«

»Wenigstens die Tomatensoße«, sagt die Schwester. »Es schmeckt ganz wunderbar.«

Ich muß lachen, weil ich weiß, daß sie selbst in der Mittagspause nur Manner-Schnitten ißt.

»Wenn Sie nichts essen, müssen wir das dem Doktor melden«, sagt die Stationsschwester.

Manuel Farber schaut mich an.

»Ich bleibe hier, bis er gegessen hat«, sage ich.

Die beiden Krankenschwestern waren erleichtert. Die eine konnte ihren Freund anrufen, und die andere ihre Füße hoch lagern.

»Die gehen psychologisch vor wie bei der Polizei«, sagt Manuel zu mir. »Es gibt immer einen Bösen und einen Guten. Damit man sich festlegen kann, auf welche Art man behandelt werden möchte«, sagt er.

Ich wartete noch fünf Minuten.

»Du möchtest nichts essen?« frage ich.

»Nein.«

Ich holte einen Plastiksack. Der Knödel rollte gleich hinein. Die Tomatensoße war wie Uhu, und ich mußte mit einem Löffel nachhelfen.

»Bis morgen«, sage ich.

»Kommst du morgen wieder?«

»Ja.«

Ich meldete mich bei der Stationsschwester ab. Zog mich in der Umkleidekabine für Zivildiener um, und den Plastiksack warf ich beim Haupteingang in einen Mülleimer. Der Plastiksack war durchsichtig, und die Tomatensoße sah aus wie krankes Blut.

Mein Kopf war leer, als ich nach Hause ging.

Nein, das stimmt nicht. Mein Kopf ist nie leer. Mein Kopf denkt immer. Ich kann nicht an nichts denken. Nach Hause ging ich auch nicht. Ich kaufte mir beim ADEG eine Flasche Mineralwasser. Vor mir bei der Kassa wartete ein Mädchen mit kurzen scheckigen Haaren. Ich dachte an Manuel Farber, das Geld, das ich jeden Monat verdiene, und an die Telefonrechnung, die ich von dem Geld zahlen muß. Ich dachte nach und ging auf den Schloßberg.

Es ist ein Medizinberg. Ich ging den Zickzackweg nach oben. Die Gedanken fliegen weg und schnellen bei jeder Kurve wieder zurück. Ich kenne den Schloßberg in- und auswendig.

Inwendig – das könnte folgende Geschichte sein:

Eine Gruppe Touristen begibt sich mit Rutha als Laterne in den Schloßberg hinein. Sie gehen einen engen Gang entlang, der in einen großen Saal mündet. Kronleuchter hängen von der Decke. In der Mitte des Saals steht ein langer Tisch, der mit Köstlichkeiten gedeckt ist.

Rutha sagt: »Ich möchte Ihnen, meine Damen und Herren, das Innere des Schloßberges vorstellen. Der Berg ist sehr empfindlich. Bitte, reden Sie leise und am besten monoton, dann hält Sie der Berg für einen Bienenschwarm. Erfrischen Sie sich an den Köstlichkeiten. Es handelt sich bei allen Produkten um Medizin. Sie werden sich nach dem Essen vollgetankt und glücklich fühlen. Wenn Sie aber im Moment keinen Hunger haben, gibt es das alles auch in Tablettenform in der Apotheke Kaulfuß.«

Ich setzte mich auf die Bank ganz oben beim Aussichtspunkt und spuckte auf Hohenems hinunter.

Ich dachte mir, wenn ich einen Joint hätte, würde ich ihn hier rauchen wollen.

Ich zündete eine Zigarette an und dachte an die Freunde, die ich eigentlich nicht hatte.

Es ist vorbei

Ich sagte: »Es ist vorbei.«

»Es ist vorbei«, sagte ich, und er stand auf, nahm ein Buch vom Stapel an der Wand und begann, darin zu lesen. Ein Heimatbuch mit großen glänzenden Bildern, das von Kindern mit roten Backen und mächtigen Bergen erzählt.

Ich sagte: »Es ist vorbei«, und er legte sich aufs Bett.

»Warum liegst du im Bett?« sagte ich.

Er sagte: »Macht es einen Unterschied, ob ich lese oder im Bett liege?«

Ich stand beim Fenster, und er sagte: »Ich habe nicht richtig gelesen.«

Es war heiß. Wir verpaßten den Bus. Wir liefen zur nächsten und zur übernächsten Haltestelle. Wir rauchten Zigaretten und sprachen kein Wort.

Er sagte: »Reden wir nicht miteinander?«

Er winkte einem Mann zu, der auf einem Gerüst stand. Der Mann machte mit den Händen eine Bewegung, die beschreiben sollte, wie heiß es ist.

Die Fahrt nach Wien dauerte eine Stunde, und mit Warten dauerte sie ein bißchen mehr. Ich wußte nicht, wie ich sitzen sollte. Ich wollte seine Hand halten, hatte Angst, daß die Worte den Glauben verlieren.

Der Zug fuhr im Südbahnhof ein, und wir hielten uns an den Händen.

Ich sagte: »Ich melde mich, wenn ich keine Sehnsucht mehr nach dir habe.« Ich dachte: Ich melde mich, wenn ich weniger Sehnsucht nach dir habe. Ich warte nicht, bis nichts mehr da ist. Ich wollte, daß er nichts sieht. Und ich auch nichts sehe. Ein Abschied mit einem Schlußsatz. Nur Wüste.

Er ging in die eine Richtung und ich in die andere. Ich fühlte mich nicht wie eine Schauspielerin. Ich war nicht traurig oder böse. Ich fühlte mich keinem Gefühl zugehörig. Ich war müde. Meine Haare klebten im Gesicht, und ich hatte keine Zigaretten mehr.

»Danke«, sagte er. »Du bist ein wertvoller Mensch«, sagte er auch noch.

Ich muß früher anfangen. Vielleicht reizt es mich, jetzt die Wahrheit zu schreiben. Auf der Straße gingen zwei Männer an mir vorbei. Es ist keine große, spannende Wahrheit. Der eine hielt eine Flasche Wodka in der Hand. Der andere hatte ein Mickey-Mouse-Heft unter den Arm geklemmt. Ich sehe die beiden manchmal. Nie einzeln. Immer zu zweit. Es ist keine große, spannende Wahrheit. Meine Wahrheit. Mit Lücken.

Manche Geschichten beginnen schon in der Mitte langweilig zu werden. Dann höre ich in der Mitte auf und fliege voraus in die Zukunft und lande, wenn es spannend wird. Langeweile ist ein riskantes Gift. Sie fordert Mut und Ordnungsliebe. Man muß sie kennen. Den Tag langweilig zu finden, ist, wie wenn man sich eine Spritze setzt. Das braucht Mut. Aber die Feiglinge tun es. Die Langeweile ist ein schwarzer Käfer, der Löcher durch Körper frißt. Die Körper werden flexibel, anspruchslos. Die Körper wissen nicht, was gut für sie ist. Sie stopfen die Löcher mit allem, was Masse hat. Zu muß es sein, das Loch. Die wenigsten wissen, was sie auf sich draufspachteln.

Ich denke an die kleinen, fast durchsichtigen Wiederholungen, die keinen Zuhörer kennen und panisch im Raum herumflattern, um vielleicht doch noch ein Ohr oder ein Auge oder wenigstens einen Rücken zu finden, wo sie sich dann festkrallen wie Heuschrecken und auf lange klebrige Zungen warten, die sie aufschlecken und schlucken. Ich spreche oft, als wäre Sprechen ein Kampf. Als würde man mich nur verstehen, wenn ich die Sache wiederhole. Wie oft ich schon Dinge in meinem Leben wiederholt habe! Einige aus Überzeugung, einige, um ihre Wichtigkeit hervorzuheben, und manche Dinge wiederhole ich nur wegen ihres Klanges.

Wir sahen uns. Redeten viel über alle Arten von Beziehungen. Sagten: »Wenn du ein Tier wärest.« Oder sagten: »Wenn das, was wir haben, gemessen werden könnte.«

Ich sagte: »Ich brauche eine Bezeichnung, für das, was wir miteinander haben.« Ich sagte: »Sonst wäre ich mir nichts wert, und du wärst mir auch nichts wert.«

Er tat, als würde er nachdenken. Wenn wir Tiere wären, dachte ich, wär gar nichts, weil wir nicht wüßten, daß wir Tiere wären. Wir wollen alle Luft bekommen. Die Maßeinheit ist das Volumen unserer Lungen. Wir wollen alle unsere Rechte. Bitte! Nennen wir unsere Beziehung: Maramba.

Nennen wir unsere Beziehung Maramba, hätte ich fast gesagt. Er weiß, daß Maramba für mich *Ich-weiß-nicht* heißt. Eine Beziehung *Ich-weiß-nicht* zu taufen ist wie keinen Namen für sie zu haben. Er hat eine Zunge, die ist aufgerollt wie ein Fliegenfänger und klebrig. Er verschluckt mich, ich rutsche an seinen warmen Lungen vorbei, seine warmen Kissen.

»Ich habe ein komisches Gefühl«, sagte er, und ein bißchen klingt er wie Jimi Hendrix. »I have a bad bad feeling«, mein Baby steht vor dem roten Haus.

Ich habe auch ein komisches Gefühl. Ich sagte: »Ein komisches Gefühl ist eine abstrakte Beschreibung für ein Gefühl.«

Er sagte, das finde er nicht. So behaglich fühlt sich das an, wenn er Luft holt und sie abliefert zur Verwertung. Und die verwertete Luft wieder abtransportiert und neue holt, und ich liege dicht bei seinen Lungen. Ein verläßlicher Arbeiter gegen den Tod. Ich-habe-ein-komisches-Gefühl heißt: Paß auf, ich traue der Katze nicht, die mich so lange vom Fensterbrett aus ansieht!

In der Straßenbahn habe ich ihn mir ganz genau angesehen. Von seinen Augen bin ich über seine Stirn zu den hohen Wangenknochen und den Lachfalten gewandert. Ich habe mir seine Lippen eingeprägt, seine langen Beine und die großen Füße. Seine Augen sind blau. Ich weiß, daß er schön ist. Er weiß es auch, dachte ich. Es ist gut, daß er schön ist. Aber was ich schön finde, ist etwas anderes. Er trägt es nicht auf seinem Gesicht und nicht auf seinen Händen vor sich her. Ich bilde mir ein, daß nur ich es sehe. Es ist ein Widerhaken im Blick. Ich sah ihn mir genau an, weil ich dachte, ich sehe ihn jetzt lange nicht mehr. Und vielleicht hat er sich verändert, wenn wir uns wiedersehen. Vielleicht sehen wir uns zufällig wieder, und ich merke schon von weitem, daß er sich sehr verändert hat. Davor habe ich Angst.

Ich gehe durch den Regen. Ich gehe langsam, und es ist wenig Regen. Ich würde gerne ein Kinderspiel erfinden. Ich sehe mich im Spiegel einer Auslage. Die Auslage bietet Torten an, so groß wie Wagenräder, und Clowns aus Porzellan. Die glatten freudlosen Clowns spiegeln sich im Spiegel, und dazwischen spiegelt sich mein Gesicht. Ich bin schön, denke ich mir.

»Warte eine Minute, etwas stimmt nicht mit dir«, höre ich Jimi Hendrix in meinem Ohr. Ich zünde mir eine Zigarette an und gehe noch ein Stück weiter. Im Sommer gehe ich gerne. Am liebsten allein. Ich komme mir vor wie an einer Leine, wenn ich mich einem anderen Rhythmus anpassen muß. Ich gehe meistens und für die meisten zu langsam. Dann komme ich mir vor wie an einer unsichtbaren Leine. Deshalb gehe ich am liebsten allein.

Und dann dachte ich mir, es ist vorbei.

Es ist vorbei, dachte ich und warf alle meine Kleider aus dem Kasten, um sie ordentlich zusammenzulegen. Wir ziehen um. In eine neue Wohnung, in einen Bezirk näher beim Zentrum. Die Inklusivmiete beträgt 500 Euro und 66 Cent. Das weiß ich deshalb so genau, weil die Vermieterin (eine Frau im kurzen Minirock und Turnschuhen) mit einem strahlenden Lächeln gesagt hat: »Und die beste Nachricht: Die Mitte ist weniger geworden. Statt 502 Euro, nur 500 Euro und 66 Cent!« Sie lachte mit ihren weißen Zähnchen. Wir beide lachten später. Und später sagte er: »Das Geld hauen wir auf den Putz!«

Ich dachte an die Miete. Ich sah zu den frisch gestrichenen Wänden hinauf. Ich streiche nicht nur die Wände mit neuer Farbe, sondern mein ganzes Leben. Diese Erkenntnis machte mich schwermütig, sie überrollte mich wie ein Sonderzug.

»Es ist vorbei«, dachte ich mir. Ich sagte es laut. Ich stand vor dem Abwasch und aß ein Brot mit Tomaten.

»Es ist vorbei«, sagte ich.

»Was?« sagte er.

»Immer geht irgendwo etwas kaputt«, sagte ich.

Er sagte: »Und es ist nie genug. Es ist Klebstoff da, um alles zu reparieren.«

Seit wir uns zum letzten Mal gesehen haben, suche ich ihn. Die beiden Männer kommen auf mich zu, der mit dem Wodka und der mit dem Mickey-Mouse-Heft. Ein Vogel frißt etwas. Er ruckt mit dem Kopf, und die Beute verschwindet in seinem Schnabel. Seit ich ihn zum letzten Mal gesehen habe, suche ich ihn. Kein Suchen mit Rufen und Durch-die-Straßen-Rennen. Oder Telefonieren. Wenn ich einen Fahrradfahrer sehe, denke ich, er könnte es sein. Wenn ich eine helle Jeans und Füße in Sandalen sehe, denke ich: Er könnte es sein. Und wenn ich sie von weitem sehe, denke ich, einer von den beiden könnte er sein, der mit der Flasche in der Hand oder der mit dem Heft unter dem Arm.

Wien ist zu groß, um sich zufällig zu treffen. In Wien muß man Geduld haben. Bei mir zu Hause in Vorarlberg treffe ich jeden Tag Menschen zufällig. Ich treffe sogar jene Menschen jeden Tag, die ich nicht sehen möchte. Und es ist kein Zufall. Sie sind hier, und ich bin auch hier.

Ich blicke in den Spiegel, bevor ich aus dem Haus gehe. Ich blicke immer in den Spiegel, wenn ich aus dem Haus gehe. Weil ich es zu riskant finde, nicht schön zu sein, nicht gut zu riechen und die Haare nicht unter Kontrolle zu haben. Wenn es mir zum Schreien geht, prüfe ich besonders aufmerksam mein Bild. Ich blicke in den Spiegel, wenn ich aus dem Haus gehe. In letzter Zeit hoffe ich, ihn zufällig zu treffen. Ich habe resigniert, glaube nicht mehr an eine Absicht von ihm. An eine Sehnsucht würde ich gern glauben. Ich frage mein Spiegelbild. Als ob ein Spiegelbild klüger wäre. Als ob ein Spiegelbild einen Kopf mit anderen Gedanken hätte. Als ob ich mit meinem Spiegelbild über mein Herz und meinen Kopf und meinen Magen diskutieren könnte. Oder wollte.

Was sage ich, wenn ich ihn treffe? Wäre ich ehrlich, würde ich sagen: »Ich habe Sehnsucht.« Ich müßte sagen: »Ich habe so Sehnsucht nach dir!« Er würde vielleicht antworten: »Ich habe auch Sehnsucht.« Wir würden eine Zigarette rauchen, und wir würden wissen, daß meine Sehnsucht eine andere ist als seine. Aber ich könnte neugierig sein auf seine, und er könnte neugierig sein auf meine.

Er sagt vielleicht: »Ich wäre dir nah und wünschte mir im nächsten Augenblick, ich möchte weg sein.«

Seine Sehnsucht möchte, daß ich nicht weg bin. Meine Sehnsucht möchte mit ihm zusammen sein.

Die beiden treffen sich nicht. Du siehst am Anfang zwei Leben, und du sagst: »Die treffen einander nicht.«

Geschichten gehen mir durch den Kopf. Eine Geschichte von einer Frau, deren Mann gestorben ist. Das Talent dieser Frau war, alles schön zu finden. Das Haus bezeichnete sie als Insel. Und das Herz? Das Herz ist in Wirklichkeit so dünn wie ein Blatt Papier. So zerbrechlich wie der Flügel einer vertrockneten Heuschrecke und so einsam wie ein großer schwarzer Mund. Die Frau hatte viele Verehrer. Die Verehrer kamen in dicken Autos. Sie brachten Wein und Karten für die eine oder andere Veranstaltung. Wenn sie Karten brachten, hatten sie ihre dunklen Anzüge an. Der

Schönste trug ein graues Hemd und einen Anzug, der nur eine Spur dunkler war als das Hemd, und die Krawatte war so dunkel wie der Anzug. Aber der Schönste interessierte sie nicht. Sie interessierte sich für den Zweitschönsten und den Drittschönsten mehr als für den Schönsten. Aber sie ließ keinen an ihr Herz. Die Frau sagte, daß sie gern allein sei. »Was machen Sie, wenn Sie allein sind?« fragten die Verehrer. »Ich hebe Dinge vom Boden auf, ich blättere in Geschriebenem, ich mach mir einen Kakao.« Für die Verehrer klang das so, als wolle sie sich absichtlich weniger interessant machen. Und das machte sie noch interessanter. In Wahrheit war der große Kreis noch nicht geschlossen. Ihre Söhne steckten sich an den offenen Wunden an. Der eine lebte in London, der andere in Wien.

Die Frau töpferte Vasen und Köpfe, Schalen und Figuren und Hände. Hände mit offenen Fingern und Hände mit geschlossenen Fingern. Die Kunst war zart und schön.

»Mein Mann hat es nicht bemerkt. Alles im Ganzen fand er gemütlich, aber die kleinen Dinge hat er nicht bemerkt.«

Der jüngere Sohn sagt: »Der Papa hat es bestimmt bemerkt. Das kann ich von ihm sagen.«

»Wenn etwas schön war«, sagt die Frau, »dann dachte er, es kommt von draußen. Er hat uns nichts Schönes zugetraut. Wenn etwas schön war, fragte er, was hat es gekostet.«

Der ältere Sohn sagt: »Der Papa hat sich für gar nichts interessiert. Für alles gleich wenig. Für deine Sachen nicht weniger als für die der anderen.«

Dann ist es still. Ich höre zu. Das Feld ist so groß, und der Wald ist so dunkel. Das Herz hatte so lange Hunger, daß kein Wort von mir das richtige wäre.

Mir geht die Geschichte dieser Frau durch den Kopf.

Meine Hände streichen eine Wand, die fertig werden muß. In dieser neuen Gegend werde ich den Männern mit dem Wodka und dem Mickey-Mouse-Heft nicht mehr auf der Straße begegnen.

Ich brauche keinen Mann, der sich um mich kümmert. Keinen Mann, der mir Brote wie Schiffchen in den Mund steckt, so daß ich sie nur runterschlucken muß. Ich wirke sehr zerbrechlich, und manchmal denke ich mir, man sieht den ganzen Scherbenhaufen, den ich vor mir hertrage. Den Scherbenhaufen habe ich zusammengekehrt und in einen Kübel geschüttet, und aus dem Kübel kommt meine Kraft. Ich meine nicht meine körperliche Kraft, die ich bestimmt nicht besitze. Ich meine eine Kraft aufzustehen. Eine Kraft, stehen zu bleiben und das Fenster zu öffnen. Ins Zimmer weht ein frischer Wind. Frischer Wind aus Italien. Ich muß lachen. Italien ist so weit weg.

Ich ging spazieren und überlegte mir, ob ich Lust hätte, mit einem anderen Mann zu schlafen. Ich hatte keine Lust. Jedes Gesicht würde zu seinem Gesicht werden. Die Lust war nicht in meinem Kopf. Genauso wenig wie der Winter, der jetzt noch nicht da war. Er wird von mir träumen. Das wünsche ich ihm.

Mein Talent zum Glück

1

Ein Mann saß auf einem Baumstumpf. Neben ihm in der Wiese lag ein Bub. Er hatte nackte Füße, dreckige Knie, kurze Hosen. Der Bub hieß Jacob. Er war zwölf Jahre alt. Er wollte nichts werden. Es war noch früh in seinem Leben, aber er wollte nichts werden. Der Mann hieß Bruno. Er hätte Jacobs Vater sein können. War er aber nicht. Er hätte sein Großvater sein können.

Jacob kaute auf einem abgebrochenen Streichholz. Bruno rauchte eine Zigarette. Beide sahen zum Himmel. Der Himmel war lahm und taub. Bruno kratzte sich am Ohr. Jacob richtete sich auf und spuckte das zerkaute Streichholz in die Wiese.

»Hast du einen richtigen Feuerwehrhelm?«

Bruno war geistesabwesend. Bruno hatte Probleme mit dem Gedächtnis. Bruno hörte nicht richtig zu. So weit er sich erinnerte, hatte er nie richtig zuhören können. Das hatte ihn viel Geld gekostet. Er dachte die ganze Zeit, wußte aber nicht, woran er so fest denken mußte. Aber es strengte ihn an.

»Was hast du gesagt?«

»Hast du einen Feuerwehrhelm? Einen roten Feuerwehrhelm mit Silberrand?«

»Ich besitze einen Feuerwehrhelm. Ja.«

»Wunderbar«, sagte Jacob. »Ich hätte gerne, daß du ihn aufsetzt, wenn es so weit ist.«

»Er ist aber schwarz«, sagte Bruno.

»Schade.«

»Kann man nichts machen.«

Bruno warf seine Zigarette in die Wiese. Er zog eine Flasche Bier aus seinem Hosenbein, öffnete die Flasche mit dem Feuerzeug und nahm einen großen Schluck.

Jacob war ungeduldig. »Setzt du ihn auf?«

»Nein.«

»Warum nicht?«

»Es ist verboten. Es ist, wie wenn man einen Ausweis fälscht. Ein Helm ist ein Stück Uniform.«

»Ich denke, ohne Helm ist das, was wir machen wollen, auch verboten.«

»Es genügt, wenn man *eine* Sache macht, die verboten ist.«

»Es ist aber egal, wenn man mehrere Sachen macht, die verboten sind. Auf den Helm kommt es doch nicht an.«

Dann sagten sie lange nichts, die beiden.

»Das verstehst du nicht«, verteidigte sich Bruno. »Auch einer wie ich muß manche Dinge akzeptieren. Und ich bin froh, wenn ich einmal etwas nicht tun muß, was verboten ist.«

Bruno reichte Jacob das Bier hinüber. Jacob nahm einen Schluck und verzog das Gesicht.

»Ohne Zigarette schmeckt das nicht.«

Mann und Bub saßen und schwiegen in der Wiese.

»Wieviel ist es?« fragte Bruno.

»Achttausend.«

Bruno blies Luft aus seinen Backen.

»Viel Geld. Wo ist es?«

»In meinem Rucksack.«

»Du trägst es mit dir herum?«

Stille, Sonne und unsichtbare Sterne.

»Du wohnst bei mir, bis es erledigt ist«, sagte Bruno. »Das meine ich ohne Gefühl. Ich muß dich beobachten. Das ist nichts Kleines, was wir vorhaben. Wir beobachten einander, bis es vorbei ist.«

»Ich sehe das auch so«, sagte Jacob.

»Aus welchem Film ist das?« fragte Bruno.

»Was?«

»Der Satz ›Das sehe ich auch so.‹«

»Ich weiß nicht.«

»Streng dich an! Es ist ein Zitat – aus?«

»Ich weiß es nicht.«

»Aus einem Western. Der eine Schauspieler, ich habe seinen Namen vergessen, redet mit seinem Freund, einem Reiter, sie reden über eine Schlacht gegen die Indianer, und der Freund sagt immer: ›Das sehe ich auch so.‹«

»Ich kenne andere Filme.«

Sie sagten lange nichts, die beiden, schauten auf die Wiese.

Bruno fing an: »Ich bekomme das Geld und du dein Feuer.«

»Und das war's dann«, sagte Jacob.

»Kann ich einen Vorschuß bekommen?« fragte Bruno.

»Es wird aber notiert und von den Achttausend abgezogen«, sagte Jacob.

Bruno lachte. »Ich könnte dein Vater sein.«

»Bist du aber nicht.«

»Fast dein Großvater.«

Bruno stand auf und gab der leeren Bierflasche einen Tritt. Seine Schuhe waren mit Stahlkappen gesichert. Es schepperte.

»Ich bin müde. Mein Kopf ist ein Schwamm.«

2

Bruno und Jacob saßen in einem alten verrosteten, roten Auto. Innen stank es. Nach Pilzen. Nach Rauch. Nach muffiger Wäsche. Bruno fuhr. Jacob saß hinten. Bruno hielt mit einer Hand das Lenkrad. Mit der anderen Hand drehte er am Radio. In seinem Mund hing eine Zigarette. Bruno schielte immer wieder auf die Straße. Er fand einen Sender, der Blues spielte. Bruno lächelte und lehnte sich zurück.

Jacob quetschte sich zwischen die Vordersitze. Er saß auf seinem Rucksack. Damit er größer war. Er patschte mit seinen Händen den Rhythmus der Musik auf seine Schenkel.

Bruno blickte in den Rückspiegel. Er war stolz auf Jacob.

»Ich bin stolz auf dich.«

»Warum?«

»Magst du diese Musik?«

»Es geht.«

Bruno gab Gas.

»Wer war der Mann?« fragte Jacob.

»Ein Freund.«

Jacob dachte nach. »Hast du viele Freunde?«

»Einen, der mir sein Auto leiht, und einen, der es repariert, wenn ich gefahren bin«, sagte Bruno.

Dann redeten sie lange nichts, die beiden.

»Bekomme ich eine Zigarette?« fragte Jacob.

»Wenn du fragst, kriege ich ein schlechtes Gewissen. Wenn du sie dir nimmst, ist es mir egal.«

Jacob zog eine Zigarette aus Brunos Brusttasche.

»Feuer habe ich auch nicht«, sagte Jacob.

»Du hast kein Feuer?«

»Nein.«

»Du hast kein Feuer!« Bruno haute auf das Lenkrad und

lachte. Aber Jacob wußte nicht, warum er so laut lachte, und auch nicht, warum er auf das Lenkrad einschlug.

»Nein.«

»Unter dem Sitz!«

Jacob verschwand, suchte, fand, zündete sich die Zigarette an, blies einen Trichter gegen die Windschutzscheibe.

»Wenn ich es mir so überlege«, sagte Bruno, »ist der andere, der das Auto repariert, eher ein Freund von dem einen und nicht von mir.«

Bruno rieb sich mit den Händen das Gesicht. Das Lenkrad war allein. »Ich bin betrunken.«

Wieder sagten sie lange nichts.

Jacob fing an: »Warum hast du keine Frau?«

»Das geht dich nichts an.«

Jeder war allein. Und jeder wußte es für zwanzig Sekunden. Dann hatte sich jeder daran gewöhnt. Auch daran, daß er es wußte.

»Kannst du wenigstens ein Fenster öffnen?« fragte Jacob.

Bruno öffnete das Fenster auf Jacobs Seite. Jacob steckte den Kopf aus dem Fenster.

»Warum stinkt es hier überall?«

Bruno nickte, daß der Sitz wackelte. »In diesem Auto stinkt es. Du hast recht, Jacob. Was ist das für ein Gestank? Es ist ein bestimmter Gestank.«

»Was ist das für ein Gestank, Bruno?«

»Ich weiß nicht.«

»Er erinnert mich an etwas. Dich nicht?«

»Ich rieche gar nichts.«

»Vorher hast du gesagt, es ist ein Gestank in diesem Auto.«

»Aber ich rieche nichts. Ich habe nur so geredet.«

»Aber der Gestank erinnert mich an etwas.«

»Da kann ich dir nicht helfen, Jacob.«

Jacob setzte zu einer neuen Frage an. Bruno drehte die Musik lauter.

Das Auto fuhr an zwei Frauen vorbei. Sie hatten nicht viel an. Die eine trug gelbe Schuhe und ihre Freundin ein gelbes Haarband. Jacob pfiff aus dem Fenster. Bruno gab Gas.

3

Bruno und Jacob saßen im Auto. Das Auto stand am Rand einer Wiese. Von weitem waren Flugzeuggeräusche zu hören. Bruno öffnete alle Fenster.

»Hörst du das, Jacob?«

»Flugzeuge.«

»Sie fliegen in alle Richtungen.«

»Es gibt Vorschriften im Flugverkehr.«

»Das weiß ich auch, Jacob. Das weiß ich sogar besser als du. Aber trotz Vorschriften fliegen die Flugzeuge in alle Richtungen. Es ist sogar Vorschrift, daß sie in alle Richtungen fliegen.«

Jacob kletterte von hinten auf den Beifahrersitz.

»Sie fliegen in alle Richtungen«, fuhr Bruno fort. »Beladen mit Hühnchen essenden Urlaubern. Zwei haben Flugangst. Fünf betrinken sich. Dreien tut der Rücken weh. Einer freut sich aufs Wegsein, der andere fliegt nach Hause, die Stewardeß richtet ihre Strümpfe in der kleinen Küche. Der Pilot ist müde.«

Bruno machte eine Pause, und die Pause gehörte nur ihnen. Kein Flugzeug war mehr am Himmel und kein Auto in der Ferne.

»Ich fahre nach Ungarn«, sagte Bruno.

»Mit diesem Auto?«

Stille war unter dem stinkenden Autodach.

»Nein. Ich leihe mir ein besseres.«

»Ist das nicht langweilig? Ungarn?«

»Es ist billig. Und wir mögen es.«

Sonne war auf dem Autodach. Und Stille. Bruno und Jacob blickten durch die Windschutzscheibe zum Himmel. Der Blues war schwer. Die Flugzeuge waren laut.

»Du könntest zum Zahnarzt gehen in Ungarn, Bruno.«

»Warum soll ich?«

»Es ist billig.«

Bruno sah aus seinem Fenster. Jacob begutachtete das Lenkrad.

»Warum klebt dieser Mann blaues Tixo um sein Lenkrad?«

Bruno sah weiter aus dem Fenster. »Keine Ahnung.«

»Wenn er das Auto verkauft, muß er das Tixo wieder wegmachen, und das Lenkrad pickt wie ein Kaugummi. Warum tut er das? Wer will so ein Auto?«

Bruno gab Jacob recht. »Es ist kurzsichtig gedacht. Klebeband schaut schön aus, wenn es frisch ist, und man vergißt leicht, wie es aussieht, wenn es nicht mehr frisch ist.«

Bruno blickte Jacob von der Seite an. Jacob biß auf seine Lippen.

»Und jetzt?«

Bruno und Jacob saßen im Auto. Sie verglichen ihre Penislängen. Sie schauten beide auf den eigenen Penis hinunter. Jacob sah vorsichtig zu Bruno hinüber. Bruno sah vorsichtig zu Jacob hinüber. Bruno grinste. Bruno klopfte Jacob auf die Schulter.

»Mein Egoismus leidet an einem Gesichtsverlust.«

»Was heißt das?«

»Ich weiß es auch nicht, und es gibt niemanden, den ich fragen könnte. Vergiß es.«

Jacob verstand nicht. Bruno knöpfte seine Hose zu. Jacob knöpfte seine Hose zu.

»Respekt.«

»Respekt.«

Es wurde Nacht. Die grüne Wiese war groß. Der Himmel war groß. Unten stand das Auto.

4

Bruno und Jacob gingen. Sie waren beladen mit einem Gaskocher, mit sechs Flaschen Bier, einem schweren, schwarzen Topf und einem Plastiksack von Interspar. Durch die Wiese gingen sie, ließen das Auto hinter sich.

Bruno wußte, wann ein Platz gut war. Er blieb stehen. Rundum war alles, wie es zwanzig Schritte weiter vorne oder zwanzig Schritte weiter hinten war. Aber hier war es am besten. Sie bauten den Kocher auf. Jacob stellte die Bierflaschen in einer Reihe daneben. Aus dem Plastiksack holte er Salz, Pfeffer, Weißbrot, zwei Plastikbecher und ein Messer.

Während Jacob Brot schnitt, drehte Bruno einen Joint. Das Gras war in Silberpapier eingewickelt. Bruno mischte Tabak unter das Gras und legte den Joint neben die sechs Flaschen Bier.

Das waren die Vorbereitungen gewesen. Nun saßen Bruno und Jacob in der Wiese und schauten hinauf zum Himmel. Bruno wußte, was vom Himmel kommen konnte.

»Es gibt Regen.«

Jacob kannte sich bei Stille aus. Bruno wußte, wenn Jacob seine Stille wollte. Es gab eine kurze Stille und eine lange Stille. Bruno respektierte, was Jacob wollte.

Jacob öffnete eine Flasche nach der anderen und goß das Bier in den Topf. Er gab noch Salz und Pfeffer dazu. Milch hätte noch gepaßt und Eier. Auch eine Handvoll gekochter Gerste hätte gepaßt. Honig wäre gut gewesen. Biersuppe ist warm, billig und macht betrunken, wenn man sie nicht zu lange auf dem Feuer läßt.

Sie tranken die Suppe aus Plastikbechern. Über ihnen flogen Flugzeuge. Bruno prostete einem Flugzeug zu.

»Was für einen hatte sie?«

»Was meinst du?« fragte Jacob.

»Krebs. An was für einem Krebs ist sie gestorben?«

Jacobs kleine Stille.

»Du tust so«, sagte Jacob, »als würde ich an nichts anderes denken. Als ob ich sofort wüßte, was du meinst, wenn du von ›was für einen‹ oder wenn du von ›sie‹ redest.«

»Ich kürze es ab. Ich wollte nicht lange darüber reden.«

»Laß es!«

Jacobs lange Stille.

»Es tut mir leid«, sagte Bruno und trank.

Sie tranken Biersuppe. Bruno zündete den Joint an.

»Ich weiß es nicht«, sagte Jacob. »Der Krebs hat sich durchgefressen.«

»Wie soll sich ein Krebs durchfressen?«

»Ich habe immer nur gehört, er frißt sich durch. Tut er das nicht?«

»Im übertragenen Sinn. Nicht wirklich.«

»Heißt im übertragenen Sinn, daß trotzdem eine Wunde da ist, als wär ein Stück herausgefressen worden?«

»Nein, Jacob, das heißt es nicht.«

»Warum sagt man dann so?«

»Ich weiß nicht, warum die Leute so sagen. Es ist eigentlich das Gegenteil. Der Krebs frißt nichts heraus. Es ist hinterher sogar mehr da als vorher.«

Jacobs lange Stille.

»Bruno, ich würde gerne fliegen. Ich könnte es mir jetzt leisten.«

Jacob nahm ein Bündel Geld aus seinem Rucksack. Bruno sah ihm von der Seite zu.

»Wir mieten uns ein Flugzeug, Bruno. Reicht das dafür? Mit einem Piloten. Reicht das? Ein richtiger Pilot mit weißer Uniform. Kein Amateur. Wir könnten über unsere Stadt fliegen oder nach Ungarn. Zum Zahnarzt. Wie du willst. Du mußt sowieso zum Zahnarzt, Bruno. Wirklich.«

»Zu viel Geld für so einen Blödsinn. Es muß ein gewisses Verhältnis sein. Zwischen Blödsinn und Geld, meine ich. Ich sehe das so, Jacob.«

Bruno streifte Jacob durchs Haar. Aber dann zuckte er zurück.

»Du kannst auch ohne Geld fliegen, Jacob.«

»Dein Zeug, ich weiß schon. Man sagt fliegen dazu wie zu dem anderen durchfressen. Es ist nicht fliegen. Es ist schwindlig werden.«

Bruno gab ihm einen Zug seines Joints.

Bruno hob Jacob auf seine Schultern und wirbelte ihn durch die Luft. Jacob lachte. Er schloß die Augen und machte Geräusche wie ein Flugzeug.

»Ich kann nicht mehr, Jacob! Wir landen in Kürze im Land der Biersuppe.«

Sie ließen sich auf die Wiese fallen. Bruno atmete schwer.

Jacob war glücklich. Für die Dauer seiner kurzen Stille war er glücklich.

»Das war schön, Bruno.«

»Das macht nichts, Jacob.«

»Du findest bestimmt noch eine.«

»Was?« fragte Bruno.

»Eine Frau.«

»Du tust so, als würde ich an nichts anderes denken.«

Das Weltall blickte auf Bruno und Jacob, als sie in der Wiese saßen. Am Rand stand das Auto.

5

Ein Zimmer hatte Bruno nur. Im Spiegel verdoppelte es sich. Bruno stand vorgebeugt vor einem kleinen Spiegel und rasierte sich. Jacob saß auf einem Stuhl. Seine Füße lagen auf dem Tisch. Zwischen seinen Knien klemmte ein Eimer mit Kartoffelschalen. Die Kartoffelschalen ließ er zu Boden fallen, neben seine Stiefel. Bruno rieb sein Gesicht mit Rasierwasser ein. Jacob zog den Rucksack zu sich her und holte zwanzig Euro heraus. Er notierte den Betrag in einem roten Notizbuch. Jacob stand auf und deckte den Tisch. Bruno trocknete sich das Gesicht ab. Auf Brunos Teller lagen zwanzig Euro.

6

Bruno und Jacob betraten ein Musikgeschäft. An den Wänden hingen Gitarren. In den Regalen standen Bücher über Musiker, Noten von Klavierstücken, Lied-Texte. Trommeln waren da und Becken, Saxophone, eine Klarinette, ein Baßflügelhorn. Hinter der Kassa hockte ein kleiner Mann mit dicker Brille.

Über einen Lautsprecher sang John Lee Hooker. Ein Kunde zuckte mit den Schultern im Rhythmus der Musik. Der Mann mit der Brille las in *Gitarre und Baß.* Er blickte nur kurz auf, als Bruno und Jacob den Laden betraten.

Jacob blieb vor dem Saxophon stehen. Er berührte es mit dem kleinen Finger. Seine Lippen waren spitz, seine Augen waren groß.

»Charlie Parker.«

»Was ist mit ihm?« fragte Bruno.

»Er hat ein Tenorsaxophon gespielt.«

»Weiß ich. Versuch nicht, mir etwas beizubringen, Jacob.«

»Du hast es nicht gewußt.«

»Ich weiß alles über Charlie Parker. Charlie Parker hat sein Saxophon verloren. In der U-Bahn unter dem Sitz liegenlassen.«

Jacob verdrehte die Augen. »Das habe ich dir erzählt. Ich hätte gern ein Tenorsaxophon.«

»Das wäre rausgeschmissenes Geld. Du kannst nicht spielen.«

»Ich könnte Stunden nehmen.«

»Noch mehr Geld hinausschmeißen. Ich glaube nicht, daß du begabt bist, Jacob.«

»Es ist mein Geld, Bruno.«

Der Mann mit der dicken Brille kam auf Jacob zu.

»Ich an deiner Stelle würde mit einem Altsaxophon anfangen. Es ist kleiner. Wer ist dein Lieblingssaxophonist?«

Jacob strahlte. Er wollte nicht vor Bruno strahlen. Er strahlte nicht mehr. »Charlie Parker und John Coltrane.«

Der Verkäufer lachte. »Cool-Jazz. Das gleich am Anfang. Gleich ans Ziel. Super.«

»Was«, fragte Bruno, »ist Cool-Jazz?«

»Ein schleppender Rhythmus mit einem Drive«, sagte Jacob. Der Verkäufer nickte.

»Was«, fragte Bruno, »ist ein Drive?«

»Der Baß ist dem Rhythmus immer ein kleines bißchen voraus«, sagte Jacob. Der Verkäufer nickte.

»Und Charlie Parker«, sagte der Verkäufer, »hat immer zur Melodie zurückgefunden. Ein großer Mann. Kannst du spielen?«

Jacob war verunsichert. Bruno war nicht verunsichert. Er kratzte sich am Hals. »Spiel doch, Jacob!«

»Ich kann nicht spielen. Das weißt du.«

»Ein bißchen bestimmt.«

»Kein bißchen.«

»Probieren kannst du.«

»Ich würde keinen Ton herauskriegen.«

»Sicher, Jacob! Ich kaufe es dir, wenn du jetzt spielst.«

»Von meinem Geld.«

»Du ziehst es von den Achttausend ab.«

»Ich kann nicht spielen.«

»Er muß nicht spielen, wenn er nicht will«, sagte der Verkäufer.

»Es wäre aber«, sagte Bruno, »undankbar, es nicht zu tun.«

Jacob zog Bruno am Mantelkragen zu sich herunter, flüsterte: »Ich kann nicht spielen. Es ist peinlich. Hör auf!«

»Du sprichst so, als würdest du spielen können, Jacob. Du hast die Stimme eines Saxophonspielers. Du hast Talent, glaub mir.«

»Lassen Sie ihn doch«, sagte der Verkäufer. »Ich muß kein Geschäft machen.«

»Aber es wäre doch gut, wenn Sie ein Geschäft machen könnten. Oder nicht? Mischen Sie sich nicht ein!«

»Ich möchte gehen«, sagte Jacob.

Bruno ging.

Bruno ging beleidigt. Aus dem Geschäft hinaus huschte er über die Straße.

Jacob lief hinter ihm her. Der Verkäufer schaute ihnen nach. Er schüttelte den Kopf und las wieder in der Zeitschrift. Solche Auftritte waren selten, aber sie kamen vor.

7

Bruno und Jacob gingen den Gehsteig entlang, an ihrem Auto vorbei, Jacob zwei Schritte hinter Bruno. Beide sahen in eine eigene Richtung. Bruno stolperte über einen MacDonalds Becher. Jacob gab dem Becher einen festen Tritt. Sie kamen an einer Eisdiele vorbei. Mädchen in kurzen Röcken und gefärbten Haaren schleckten Erdbeereis. Sie riefen Jacobs Namen.

Jacob blieb stehen. Bruno blieb auch stehen. Jacob und die Mädchen lachten. Bruno suchte den Himmel ab. Ein Mädchen fuhr sich mit den Händen durch die Haare, sie war ein Filmstar für zwei Sekunden. Die andere blickte Jacob tief in die Augen. Die dritte lobte Jacobs Haarschnitt. Jacob wußte, daß sie spotteten. Er war zwölf.

Bruno wippte mit den Füßen auf und ab, schnippte mit den Fingern, grinste zu Jacob und den Mädchen hinüber, starrte auf den Boden. Das war seine Rache: daß er Jacob nicht vor dem Spott schützen wollte. Bruno ging ein paar Schritte.

Bruno betrat die Eisdiele. Er bezahlte ein großes Schokoladeneis. Der eisessende Bruno, wie in einem Flugzeug nach Ungarn, die Zähne taten ihm weh.

8

Auf dem Kocher kochte Biersuppe. Ein angebissenes Weißbrot lag in der Wiese. Zigaretten, leere Flaschen. Bruno und Jacob aßen und tranken.

Bruno sagte: »Bist du mir böse?«

Jacob grübelte in seine Suppe hinein. »Ist doch egal.«

»Das weiß ich. Ich müßte dich auch nicht fragen. Angenommen, es wäre nicht egal. Es wäre aus Gründen wichtig zu wissen, ob du böse bist.«

»Aus welchen Gründen?«

»Ich sagte angenommen. Auch der Grund ist angenommen.«

Jacobs kleine Pause. – Es war nämlich so, daß Jacob in den meisten Fällen die Pausen machte, sie dirigierte, ihre Länge bestimmte und sie beendete.

»Ich bin nicht böse auf dich.«

»Angenommen, es wäre mir wichtig, dann würde ich mich darüber freuen.« Diese kleine Pause nun bestimmte Bruno. Er mußte seine Hände zu Hilfe nehmen. Er zog eine Geste ins Schweigen hinein, hielt die Geste und fuhr gleich fort. Er wußte, Jacob war ein Meister des Schweigens.

»Du hast ein Glück bei den Frauen, Jacob.«

»Wegen den drei Mädchen?«

»Sie mögen dich.«

»Es ist mir egal. Ich bin zu jung für sie. Ich weiß das. Sie wissen es. Du weißt es.«

»Jetzt noch.« Bruno zündete sich eine Zigarette an. »Ich hatte eine Frau. Nicht die, die du meinst. Sie war nicht besonders schön. Sie war lieb und ruhig, und ich mochte sie. Sie mochte mich auch. Bis sie meinen Freund sah.«

»Der mit dem Auto?«

»Er hat mir immer das Auto geliehen. Für mich war das fein. Ich bin gern allein. Allein fahre ich schnell. Meine Frau, Maria heißt sie. Sie ist bei ihm geblieben. Ich dachte, fein. Sie braucht wahrscheinlich einen guten Freund. Sie hat nicht viele Freunde. Ich habe auch nicht viele Freunde. Mir ist es egal. Ich habe ihr den einzigen überlassen, weil Frauen irgendwie immer mehr brauchen.«

Bruno atmete schwer. Nicht vor Kummer oder Erinnerung. Weil er Luft geschluckt hatte.

»Heute sind sie verheiratet. Heute leiht er mir sein Auto aus schlechtem Gewissen. Das ist fein.«

»Du hast ein Glück, Bruno.«

»Wenn ich wüßte, was Glück ist, würde ich sagen, vielleicht hast du recht.«

»Frauen sind anstrengend. Ich habe immer einen Streß mit Frauen.«

»Noch.«

»Und Kopfschmerzen.«

»Wirklich?«

»Sie machen mich krank. Ich muß immer lächeln, wenn Frauen da sind. Ich weiß nicht warum. Es gibt nichts zum Lächeln, aber ich muß lächeln. Und ich muß in mein Gesicht andere Gedanken hineintun, als ich habe. Das ist anstrengend. Und macht Kopfschmerzen.«

»Du übertreibst, Jacob. Ich habe dich beobachtet.«

»Das ist auch egal.«

Eine Stille war, die beiden gehörte.

»Magst du noch einen Becher?«

Jacob nickte.

Jacob stimmte die Bundeshymne an. Bruno sang mit. Sie sangen falsch und laut. Die Nacht hörte ihnen geduldig zu.

»Morgen«, sagte Bruno.

»Morgen ist Samstag«, sagte Jacob.

»Morgen abend, mein Freund.«

»Morgen abend ist es so weit?«

Bruno nickte. Jacob nickte auch.

Jacob zündete Bruno eine Zigarette an. Bruno blies Ringe in die Luft. Jacob lag auf der Wiese. Er schlief ein. Bruno legte seinen Pullover um Jacobs Schultern. Bruno sprach zum Himmel. Bruno nahm den Rucksack und legte ihn unter Jacobs Kopf.

9

Bruno und Jacob standen vor einem Spiegel. Beide trugen sie Feuerwehruniformen und einen schwarzen Helm. Bruno rieb mit einem Taschentuch an den goldenen Knöpfen. Jacob zog seinen Bauch ein und betrachtete sich von der Seite. Er hatte nie einen Bauch gehabt, er war ein dünner Stengel. Sie musterten sich gegenseitig.

»Du verlierst deine Arbeit, Bruno.«

»Ich fahre weg.«

»Nach Ungarn?«

»Ich weiß nicht.«

Bruno sagte: »Gut siehst du aus, mein Jacob.«

Jacob sagte: »Du siehst professioneller aus als ich.«

»Meinst du? Wie ein Mann von der Feuerwehr? Will ich das? Soll ich das wollen?«

»Ich würde das wollen.«

10

Zwei Männer. Ein großer und ein kleiner, beide in Feuerwehruniform, marschierten über die große Wiese zu einem kleinen Haus. Jacob trug seinen Rucksack auf den Schultern. Sie blickten nur auf das Haus.

Jacob nahm eine Flache Whiskey aus dem Rucksack. Jacob trank und gab Bruno den Whiskey und ein Zippo-Feuerzeug.

Bruno trank. Er ging zum Haus.

Bruno zündete das Haus an.

Das Haus brannte.

11

Bruno und Jacob standen vor dem abgebrannten Haus. Bruno zog seine Uniform aus und schmiß sie auf den Boden. Er zog sich bis auf die Unterhose aus.

Jacob reichte Bruno den Rucksack. »Abzüglich dem Geld, das du schon bekommen hast, sind es 7250. Zähl nach!«

Bruno hängte sich den Rucksack über eine Schulter. Er nickte nur. Kurz sahen sie einander in die Augen. Sie gaben sich vor dem verkohlten Haus die Hand. Bruno ging weg. Er war halb nackt. Quer durch die Wiese ging er. Zu seinem geliehenen Auto ging er.

12

Ein Haus. Ein Zimmer. Ein abgebrannter Tisch, schwarze Stühle. Verbrannte Bilder. Ein Spiegel voller Ruß. Ein abgebranntes Bett. Vor dem Bett ein Nachtkästchen. Kohle. Ein verbranntes Bild einer Frau in einem Bilderrahmen. Um den Rahmen eine schwarze Schleife. Die Wände schwarz.

Es war herzensstill.

Jacob stand im Zimmer. Jacob bemalte sein Gesicht mit Ruß. Er sah in den Spiegel. Der Spiegel war schwarz. Jacob sah sein Gesicht nicht.

13

Jacob saß hinten im Taxi. Sein Gesicht war schwarz. Er trug noch die Uniform eines Feuerwehrmannes.

Der Taxifahrer war Mexikaner. Er wollte wissen, was passiert war. Er konnte kaum fragen, was passiert war. Er redete von der Polizei. Jacob verstand nichts. Er quetschte sich nach vorne zum Radio. Er fand einen Sender mit Blues. Jacob schloß die Augen. Er war der große Meister der Stille.

Von Menschen, die sich fressen oder *All you can eat*

1

Jacob, gerade fünfundzwanzig, unrasiert, barfuß, die großen Zehen viel zu groß, ging eine Straße entlang. Die Straße war leer und müde. Jacob war auch müde. Er drehte sich nach Autos um. In seiner linken Hand hielt er ein Schild: »Wien«

Bob Dylan sang: »I want you.«

Ein Auto raste an Jacob vorbei. Er hatte nicht die Zeit, sein Schild in die Höhe zu halten. Er hob die Augenbrauen. Zündete sich eine Zigarette an. Setzte sich auf den Boden am Rand der Straße. Massierte seine Füße. Tippte an den großen Zeh.

Die Zigarette hing zwischen seinen Lippen.

Kein Bob Dylan mehr.

Hier war Berlin.

2

Hier war Wien.

Marie lag auf einem großen Bett. Das Kopfpolster war rot. Maries Haare waren schwarz. Schwarze Haare auf einem roten Kissen. Marie schlief. Das Telefon klingelte. Marie öffnete ihre Augen. Sie richtete sich auf. Zigaretten am Boden. Ihre Hände griffen danach.

Das Telefon klingelte. Marie war nackt. Ein feiner, kleiner Körper, fast durchsichtig.

Nackt ging sie durch das Zimmer und schaltete das Radio ein. Regal mit Büchern. Leiser Jazz. Das Telefon klingelte.

»Hallo?«

Sie zog den Wintermantel über ihren Körper. Zu groß für die Person.

»Warum böse? Ich bin nicht böse. Traurig bin ich. Zwei Stunden habe ich mit dem Essen auf dich gewartet. Die Küche sieht aus wie ein Schweinestall.«

Am anderen Ende der Leitung schrie jemand. Marie hielt den Hörer in die Luft hinein.

»Ich vermisse dich so.«

Sie legte auf.

3

Sein Bauch war grausig, dick und nackt. Volle Aschenbecher, Essensreste und dreckige Wäsche. Das war Augustin, das war sein Zimmer – dunkel und roch nicht gut.

Augustin saß auf der Couch. Die Hose hing bei seinen Knien. Dieser Mann war fünfzig. Fünfzig Jahre hatten ihn zurechtgehackt und aufgeweicht. In der Hand hielt er eine Whiskeyflasche. Vor ihm auf dem Teppich, dem nie-geputzten, stand das Telefon.

Neben Augustin lag Rutha. Eine schöne Frau. Sie war gut behandelt worden von ihren wenigen Jahren. Eine schöne Frau. Mit leichtem Sprachfehler und Minirock.

»Komm, verschwind jetzt! Ich muß arbeiten!«

»Du arbeitest nie, Augustin. Hast du mit ihr telefoniert?«

Mann und Frau waren betrunken.

»Und wenn schon.«

»Du mußt nicht arbeiten. Warum hast du sie angeschrien? Ich möchte bei dir bleiben.«

Rutha stand auf und setzte sich auf Augustins Knie. Das konnte sie nicht gut. Hatte sie nie gut gekonnt. Seine Beine waren zu kurz, ihre zu lang. Er hielt sie nicht. Sie mußte ihren Körper balancieren. Das konnte sie nicht gut.

»Ich sag auch nichts. Ich bin wie Luft. Ich möchte nur bei dir sein.«

Augustin ruckte die Knie zur Seite, Rutha verlor die Balance. Er stieß sie von sich.

»Verschwinde!«

Rutha rutschte auf den Boden. Das kannte sie alles schon. Und hatte schon mit allem darauf reagiert. Diesmal wählte sie Weinen.

»Du bist grausam. Weißt du, wie schön ich bin?«

Augustin wußte es. Er sah sie nicht an. Er nahm einen Schluck aus der Flasche.

Rutha packte kleine Dinge in eine große Tasche. Die hatte Augustin, als er noch sorgfältig zu Rutha gewesen war, mit Textilband dicht gemacht. Das wellte sich jetzt, wölbte sich jetzt, fing Dreck ein schon die längste Zeit.

Die Tasche über ihrer Schulter, wartete Rutha.

Augustin blickte auf den Boden. Die Tür fiel ins Schloß. Rutha war weg.

4

Amacord. Café mit Bar. Schleifmühlgasse, Ecke Rechte Wienzeile. Nicht billig. Galt als gut.

Rutha saß am Fenster an einem kleinen Tisch. Ihre Augen waren verweint. Sie hatte Weinen gewählt, nun war es ihr geblieben. Sie blickte aus dem Fenster. Vor ihr wartete Kaffee.

An der Bar lehnte Jacob. Er hatte in Berlin ein Auto gekriegt. Er war gut in Wien angekommen. Er suchte seine Jackentaschen ab. Er schüttete Münzen auf die Theke. Die Kellnerin wandte sich ihm zu. Er war außerdem hübsch.

»Ein Bier, bitte!«

Die Kellnerin schaute auf die Münzen, schaute in Jacobs Gesicht, das ihr gefiel.

»Das reicht nicht.«

»Ich habe nicht mehr.«

»Für ein Bier reicht das nicht.«

»Für einen Schluck Bier?«

Die Kellnerin lächelte. Es sollte das allen Gästen bekannte müde Lächeln sein. Sie schüttelte den Kopf.

»Für Milch reicht das Geld.«

Sie stellte ihm ein Glas Milch auf den Tresen.

»Hätten Sie eine Pinzette dazu?«

»Eine Pinzette?«

Jacob zeigte ihr seine nackten Füße. Den schwarzen großen Zeh, der zu groß war. Zu schwarz, um die Entzündung erkennen zu lassen.

»Meine Füße leiden.«

Die Kellnerin schüttelte den Kopf. Hieß: Das darf doch wohl nicht wahr sein!

Jacob trank das Glas Milch in einem Zug leer. Er drehte sich um, sah Rutha. Er lächelte. Rutha lächelte. Rutha mußte lachen. Sie hatte mitgehört.

»Ich habe eine Pinzette, und Whiskey habe ich auch.«

5

Ein Hotel.

Ein Tisch stand an der Wand. Ein Bett war da mit Seidendecke. Das stand auch an der Wand. Rosarote Seide. Eine Nachttischlampe gab glanzloses, rotes Licht.

Marie und Augustin lagen im Bett. Augustin küßte Maries Nacken. Der dicke Berg rollte sich auf Marie. Schwere

Geräusche waren das. Ein Traktor fuhr in den Hof ein. So ein Geräusch vielleicht. Der Sex war kurz und mechanisch. Der Berg rollte wieder ab. Marie zündete sich eine Zigarette an. Sie war unzufrieden.

»Woran hast du gedacht?«

»Wann?«

»Gerade eben.«

»An dich.«

»Nein.«

»Das willst du doch hören.«

»Ich kann nicht ohne dich.«

Augustin mühte sich aus dem Bett. Alles hing. Der Bauch. Die Arme. Der Arsch. Der Berg floß an sich selbst hinab. Er trank Whiskey aus der Flasche. Die stand auf dem Fensterbrett. Marie hatte sie gesehen, als der Berg auf ihr gelegen war, die ganze Zeit hatte sie den Scherenschnitt der Flasche gesehen.

»Ich habe Tabletten geschluckt«, sagte Marie.

»Das hast du nicht.«

»Hab ich nicht?«

»Nein. Ich war ja bei dir.«

»Im Badezimmer, als ich mich ausgezogen habe, habe ich Tabletten geschluckt.«

»Das ist nicht wahr.«

»Nein, das ist nicht wahr.«

Der Berg von hinten. Ein Scherenschnitt, verfertigt ohne Ehrgeiz, ein rundes Ausgeschnittenes, eine Kartoffel gegen den Hotelzimmerhimmel. Augustin schaute zum Fenster hinaus. Er ließ niemanden in sein Gesicht.

»Was«, sagte Marie, »hättest du gemacht, wenn ich es getan hätte?«

»Ich weiß es nicht.«

»Du hättest doch etwas gemacht, oder?«

»Hör auf! Ich bin zu alt für so etwas. Mein Herz.«

»Was ist mit meinem Herz?«

Marie riß die Whiskeyflasche an sich und warf sie auf den Boden.

»Du bist völlig verrückt!« Das war Augustins letzter Satz in diesem Zimmer

Es war ein Hotel, das der Gewerkschaft gehörte. Hotel *Ananas* in der Rechten Wienzeile. U-Bahnstation Pilgramgasse. Nicht weit vom *Amacord*.

6

Ein Märchen:

Zwei Kinder saßen vor einem Fernseher. Im Fernseher war ein Mann zu sehen. Der Mann saß an einem Tisch. Ein Kellner servierte ihm eine kleine Frau auf einem Tablett. Die Frau war mit Salatblättern und Kernöl dekoriert und mit Mandarinenschnitten. Der Mann öffnete seinen Mund und verschlang die Frau. Die Kinder lachten und klatschten in die Hände.

7

Nicht weit vom Hotel *Ananas*. Im *Amacord*.

Rutha und Jacob saßen am Ecktisch. Die Kellnerin hatte Verständnis. Hatte sie nicht. Sie tat nur so. Weil Jacob so hübsch war. Sein Profil zum Beispiel. Jacobs nackte Füße lagen in Ruthas Schoß. Rutha zog mit einer Pinzette Glassplitter aus dem großen Zeh. Jacob trank Whiskey aus Ruthas Kaffeetasse. Auch dafür hatte die Kellnerin Verständnis. Sie wäre gern die Verbündete der beiden im Eck gewesen.

Hätte ich ihm doch nur ein Bier spendiert! Dachte sie bei sich.

»Mit C oder mit K?«

»Was?«

»Dein Name.«

»Mit C.«

»Mit K wär schöner.«

»Warum?«

»Das ist so ein Gefühl. Ich werde deinen Namen mit K schreiben.«

»Schreiben?«

»Was denkst du? Ich brauche einen guten Freund. Du wirst dich ab jetzt um mich kümmern. Ich werde dir Nachrichten hinterlegen müssen.«

»Ich bin wegen meiner Schwester hier.«

»Dann«, sagte Rutha, »mußt du dich um zwei Frauen kümmern.«

»Ich kenne dich nicht.«

Rutha nahm Jacobs Gesicht in ihre Hände.

»Schau mich an!«

Jacob betrachtete ihr Gesicht.

»Schau mich ganz genau an!«

Jacob sah ihr in die Augen. Sie ließ ihn ein. Dann drehte sie sein Gesicht zur Seite.

»Welche Farbe haben meine Augen?«

»Grün.«

»Jetzt kennst du mich.«

8

Marie saß an ihrem Küchentisch und schälte Kartoffeln. Die Vorhänge waren zugezogen. Sie wollte heute keine

Scherenschnitte mehr sehen. Sie sang *Le temps des cerises* von Patrick Bruel. Sie konnte die Töne nicht halten.

Das Lied zerbrach an ihr. Oder sie an dem Lied. Beides war möglich.

Marie begann zu tanzen. Der Kartoffelschäler tanzte in ihrer Hand. Er war die Waffe der Tänzerin.

Es klingelte an der Tür.

»Wer ist da?«

»Jacob!«

Marie umarmte und küßte ihren Bruder.

Marie nahm Jacob an der Hand und führte ihn in die Küche, in das Zimmer, ins Bad. Keinen Fleck gab es hier, wo der Berg nicht schon auf ihr gelegen wäre.

»Das ist meine Wohnung.«

»Schön.«

»Du mußt nicht lügen. Es reicht nicht für mehr. Seit sie mich abgestuft haben.«

»Es gefällt mir, Marie.«

»Ich bin froh, daß du da bist, Jacob.«

»Ich bin gekommen.«

»Du bist gekommen.«

9

Telefonzelle. Links von der U-Bahnstation Kettenbrückengasse, links, wenn man aus der Stadt hinausfuhr. Parfumgeruch war um den Hörer.

»Wenn du keine Zeit hast, sag ich es dir am Telefon. Sehen wär mir aber lieber. Ich trenne mich von dir. Ich bin nicht verrückt. Ich habe einen Mann kennengelernt. Er kümmert sich jetzt um mich. Er ist so jung wie ich. Er hat Vorstellungen vom Leben.«

Zirkusmusik war von weitem zu hören. Aus einem Hotelzimmer vielleicht. Sie hatte nichts zu bedeuten.

Rutha hängte ein.

Sie setzte sich auf den Boden der Telefonzelle und weinte. Sie achtete darauf, daß sie von draußen gesehen wurde. Es tröstete sie, ein Bild zu sein, das jemand einem anderen beschreiben könnte, in einer Stunde vielleicht oder morgen, vielleicht öfter noch, vielleicht immer wieder, ein Bild, das vielleicht nie vergessen wird.

10

Ein anderes Märchen:

Zwei Kinder saßen vor einem Fernseher. Im Fernseher waren eine Frau und ein Mann zu sehen. Sie saßen an einem Tisch. Vor ihnen lag rohes Fleisch auf einer Silberfolie. Es war ein spanischer Spielfilm mit deutschem Untertitel.

Frau: »Cuanto hemos vendido de la carne hoy?« (Wieviel Fleisch haben wir heute verkauft?)

Mann: »Ya no lo sé.« (Ich weiß es nicht mehr.)

Frau: »Eso no lo debes olvidar.« (Das darfst du nicht vergessen.)

Mann: »No puedo hacer nada. Lo siento.« (Ich kann nichts machen. Es tut mir leid.)

Frau: »Que te enforzes!« (Streng dich an!)

Mann: »Estoy al fin, Martha, asi es entonces el fin!« (Ich bin an meinem Ende, Martha. So ist also das Ende!)

Die Kinder sprachen den Text mit, blickten dabei zum Fenster hinaus.

Mann und Frau fanden kein wirkliches Ende. Ein paar Sekunden lang war das Fleisch zu sehen, in Großaufnahme, dann war etwas anderes zu sehen.

11

Marie saß in einem gelben Nachthemd mitten auf ihrem Bett. Neben ihr lag Jacob. Marie hatte einen kleinen Berg Socken vor sich aufgehäuft. Es waren Jacobs Socken. Socken mit Löchern. Gewaschen und mit dem Föhn getrocknet. Jede Socke hatte sie aufgeblasen mit heißer Luft.

Marie flickte die Socken ihres Bruders. Jacob betrachtete sie dabei. Hätte man nur seine Augen gesehen, man hätte meinen können, er schaue sich einen Spielfilm an.

»Ich war glücklicher in Berlin«, sagte Marie.

»Du warst auch in Berlin unglücklich«, sagte Jacob.

Er wollte rauchen, fand aber kein Feuer. Marie griff unter den Sockenberg, zog ein Feuerzeug hervor. Die Socken fielen und lagen wie kranke Hunde vor ihr.

»Augustin war nicht in Berlin.«

»Geh weg von ihm, Marie!«

»Ich liebe ihn.«

»Dann bleib bei ihm.«

»Jacob, das ist ernst.«

»Das denke ich, sonst wäre ich nicht aus Berlin gekommen.«

»Er betrügt mich. Du denkst, das Wort paßt nicht zu unserer Beziehung. Es ist nicht fair, wenn du das denkst. Aber du denkst das nicht. Ich denke das. Er sieht mir nicht in die Augen. Er ignoriert mich. Er bezahlt die Zimmer, in denen wir uns lieben, und er bringt mich zum Lachen, wenn er meinen BH öffnet. Wenn er weg ist, mache ich mich verrückt, und wenn er bei mir ist, bin ich verrückt.«

»Verrückt nach einem alten, saueren Fleischberg.«

»Manchmal stell ich mir vor, er wäre tot. Dann liegt er auf dem Küchenboden. Immer, wenn ich mir vorstelle, er wäre tot, liegt er auf dem Küchenboden. Was hat das zu bedeuten?«

Das wußte Jacob nicht.

12

Rutha und Augustin saßen am Tisch. Es war Augustins Schlafzimmer.

Rutha trug gelbe Unterwäsche. Und eine Wolljacke. Die war ihr zu groß. Es war seine Wolljacke. Sie saß, die Beine angewinkelt, rauchte. Vor ihr standen Rotwein und ein schwerer Aschenbecher. Augustin war im Unterhemd und hatte eine lange Hose an. Der Gürtel tauchte vorne unter den Bauch. Augustin hatte einen Schädel mit dünnen Haaren. Verwirbelten Haaren. Augustin rieb sich mit den Fäusten die Augen. Das Licht war schlecht. Beide waren betrunken.

Beide sahen müde aus.

»Ich würde bei dir bleiben. Dein Bauch ist häßlich. Dein Kopf ist häßlich. Du riechst häßlich. Deine Hände sind häßlich.«

»Geh dich duschen, Rutha! Mach dich frisch! Wie du das immer machst. Dann reden wir.«

Sie stand auf, wollte tun, wie sie es immer machte.

»Das ist mein Ernst, Augustin. Mein Recht und mein Ernst.«

»Wir reden, wenn du fertig bist. Wenn dein Kopf ausgelüftet ist. Dann ist es an der Zeit, daß wir reden. Aber die Zeit bestimme ich.«

»Würdest du mich wegschicken? Irgendwann?

»Ich weiß nicht. Ich bin besoffen. Du bist besoffen. Irgendwann, ja.«

»Und wenn ich bleiben würde? Wenn ich mich auf deine Couch lege und nicht aufstehe. Würdest du mich wegtragen?«

»Vielleicht würde ich ausziehen.«

»Du würdest nicht ausziehen.«

»Was soll ich jetzt sagen?«

Sie ging durch das Zimmer und sammelte ihre Kleider auf. Sie zog sich vor Augustin an. Sie fuhr sich mit den Fingern über die Augenbrauen.

Augustin betrachtete sie. Sie hängte sich die Tasche über die Schulter, die geflickte.

»Auf Wiedersehen, Augustin!«

Augustin zündete sich eine Zigarette an. Eine von ihr.

»Also, ich gehe jetzt, Augustin!«

Augustin blies den Rauch durch seine Nase.

Rutha ging.

13

Eine kleine Trafik, sie war verbunden mit einem Imbißstand, sie stand an einer Straßenbahnhaltestelle. Ein junger Mann lehnte sich aus der Trafik. Er rauchte eine Zigarette und betrachtete die Menschen. Der Mann hieß Fusco. Er spickte die Zigarette auf die Straße. Dann stapelte er Zigarettenschachteln aufeinander. Jede Sorte ein Turm. Marlboro hieß der höchste Turm.

Jacob kam daher. Er war mit der Straßenbahn gefahren. Die Männer grüßten einander mit Schlag auf die Handbacken. Fusco holte zwei Bier aus dem Imbiß. Er öffnete die Flaschen mit einem Feuerzeug, schob ein Schild vor die Trafik: »Bin gleich wieder da.«

»Ich dachte nicht, daß du so schnell wiederkommst. War

das alles? War das schon Berlin für dich? Und jetzt bist du schon wieder da?«

»Wegen Marie.«

»Was ist mit ihr? Mensch, gut siehst du aus, Jacob! Hast du Zeit für einen Spaziergang?«

»Ich muß mich um sie kümmern, denke ich. Sie erwartet das, und hat recht damit. Gehen wir ein Stück spazieren. Es ist schön, dich zu sehen, Fusco.«

»Gehen wir die alte Runde?«

»Ja, das machen wir.«

»Die große oder die kleine?«

»Geh du, ich geh mit dir.«

Die Männer tranken Bier und gingen, an der Straßenbahnhaltestelle vorbei gingen sie, über die Straße und in den Park.

»Das ist also dein Laden. Heißt er Fuscos Laden? Wie heißt er? Ich würde einen Namen gut finden. Fuscos Laden.«

»So schlecht ist es nicht. Wenn du hier wärst, würde ich dich engagieren. Als zweiten Mann.«

»Als Wurstgriller? Oder Zigarettenverkäufer? Was ist aus dem anderen Job geworden?«

»Totengräber ist nichts für mich. Ich lache zuviel. Ich mußte zu oft lachen bei den Begräbnissen. Dafür haben weder die Toten noch die Lebendigen Verständnis.«

»Und wo wohnst du jetzt?«

»Bei einem Freund von mir. Ich habe dir schon von ihm erzählt. Er war oft auf Beerdigungen, weil ihm langweilig war. Auf dem Friedhof sind wir ins Gespräch gekommen. Eine Friedhofsbekanntschaft.«

»Ist das der Freund, der sein Klo mit Todesanzeigen tapeziert?«

»Er hat seine Eigenheiten. Wie geht es dir, Jacob?«

»Warum wolltest du nicht in meinem Zimmer wohnen, Fusco?«

»Wegen Marie nicht. Das weißt du. Deine Schwester wollte nicht, daß ich in deinem Zimmer wohne.«

»Du hättest doch nur auf mein Zimmer aufpassen sollen, während ich in Berlin bin.«

»Marie sagte, es ist dein Zimmer. Und das sollte heißen: Es ist nicht Fuscos Zimmer. Was ist mit den Frauen in Berlin, Jacob?«

»Nichts Fixes. Ich habe gestern eine Frau kennengelernt. Das wird etwas Fixes.«

»Du bist einen Tag in Wien und lernst eine Frau kennen? Ich versuche das seit zwei Jahren. Und dann ist es auch noch etwas Fixes. Wie weißt du das?«

»Sie hat mir etwas zu trinken gegeben und meine Füße verarztet. Wer tut so etwas?«

»Sie hat dich aufgerissen.«

»Ich werde sehen. Es war so. Ungefähr so. Man hat seine Ahnungen.«

»Ist sie schön?«

»Nicht schöner als andere. Ich bin wegen Marie gekommen. Sie hat Kummer mit einem Mann. Die Schwester kommt zuerst. Dann die Ahnungen.«

»Immer noch der alte Walfisch? Schau ihn an! Such ihn ab! Du findest nichts. Das Beste an ihm ist, daß er selber weiß, daß es nichts an ihm zu finden gibt.«

»Maries Männer sind ein Rätsel. Vielleicht ist es das. Wir beide sind keine Rätsel, Fusco.«

»Ich war auch Maries Mann.«

»Du wärst gern ihr Mann gewesen.«

»Was ist deine Aufgabe bei ihrem Kummer, Jacob?«

»Weiß ich nicht genau. Ich schätze, da sein für sie.«

»Und nichts sagen?«

»Wahrscheinlich.«

»Ich glaube an nichts Stummes, Jacob.«

14

Ein drittes Märchen:

Zwei Kinder saßen vor einem Fernseher. Im Fernseher war ein Nachrichtensprecher zu sehen.

»Montage manipuliert, indem sie nur auf das dargestellte Ereignis anspielt, es aber nicht in seiner Totalität zeigt. Montage zerstückelt die Welt.«

Neben dem Nachrichtensprecher saß eine Französin. Sie schnitt die Erdkugel auseinander. Wie einen Apfel. Von Norden nach Süden schnitt sie.

»Je ne touche rien ni personne.« (Ich berühre nichts und niemanden.)

Die Kinder klatschten in die Hände.

15

Jacobs Zimmer war ein kleines, dunkles Zimmer. Hier hatte Fusco nicht wohnen wollen.

Schwere Vorhänge hingen vor dem Fenster. Ein Bett stand an einer Wand. Ein Kasten in einem Eck. Ein Tisch in der Mitte des Zimmers. Die Möbel waren farbig. Und langweilig. Die Möbel waren langweilig geworden. Weil es ihnen langweilig war. Weil Jacob so selten hier war.

Jacob saß auf seinem Küchenstuhl neben dem Bett. Er besaß nur einen Stuhl. Rutha hockte vor ihm auf dem Boden.

»Was ist das für ein Spiel?« sagte er.

»Wir beschreiben Menschen«, sagte sie. »Um zu wissen, wer wir sind.«

»Das erreicht man damit?«

»Wir haben in Zukunft uns«, sagte Rutha. »Ich muß wissen, wer jetzt der wichtigste Mensch in deinem Leben ist. Gegen den muß ich kämpfen.«

»Wer ist für dich der wichtigste Mensch?«

»Augustin. Für mich, Jacob, ist es Augustin.«

Jacob rückte seinen Sessel weg von Rutha. Er sah zum Fenster, wirkte abwesend. Wirkte nur.

»Was ist mit dir?« sagte sie.

»Nichts.«

»Der Name hat dich erschreckt.«

»Ich kenne jemanden, der auch so heißt. Unwichtig. Es gibt oft dieselben Namen. Also, fang an! Beschreibe ihn!«

»Jetzt magst du das Spiel?«

»Ich muß ja wissen, gegen wen ich kämpfe.«

Rutha lachte, zündete sich eine Zigarette an. Sie trank einen Schluck Whiskey. Aus Augustins Flasche. In seiner Hand war sie so klein gewesen. So leicht gewesen. So nebenbei. In ihrer Hand war sie ein Klotz.

»Also!«

Sie holte Luft. Sie nahm noch einen Schluck Whiskey aus der Flasche des Walfischs.

»Also. Augustin war mein Freund. Vielleicht ist Freund das falsche Wort. Ich kann mir nicht denken, daß Augustin dasselbe umgekehrt von mir sagen würde.«

Rutha lächelte und massierte ihren großen Zeh.

»Ich habe ihn einmal oder zweimal in der Woche gesehen. Er meldet sich nie bei mir. Er hat sich nie gemeldet. Ich bin gekommen und wieder gegangen. Kennengelernt habe ich ihn bei einem Boxkampf.«

»Boxkampf?«

»Er liebt Boxkämpfe. Ich arbeite am Schalter. Zu mir kommen die Leute, wenn sie Wetten abgeben. Augustin kam, um zu fragen, ob ich mit ihm schlafen möchte.«

»Wie sieht er aus?«

»Du gefällst mir besser.«

»Das heißt?«

»Er ist alt. Und dick. Er sieht aus wie ein Walfisch.«

Jacob versuchte, seinen Blick zu korrigieren, schaffte das aber nicht. Er schaute zu Boden. Der Boden sagte nichts.

»Augustin heißt er?«

»Augustin.«

»Warum liebst du ihn?«

»Ich liebe ihn nicht mehr.«

»Warum hast du ihn geliebt? Wenn er so fett und grausig ist wie ein Walfisch? Und so böse.«

»Du wirst aggressiv, Jacob. Das ist, weil du mich liebst. Man kann lernen, das zu beherrschen.«

Rutha stand auf, ging zum Fenster, schob die schweren Vorhänge zur Seite und öffnete das Fenster. Sie lehnte sich aus dem Fenster.

»Weil er mich ignoriert hat.«

Jacob stellte sich hinter Rutha.

»Das ist absurd.«

»Du kannst das nicht verstehen. Du kennst ihn nicht. Augustin liebt überhaupt niemanden. Aber er ist süchtig nach Liebe. Er muß geliebt werden, sonst geht er ein wie eine Pflanze.«

»Dann laß ihn eingehen.«

»Ich bemühe mich.« Sagte sie.

»Und du hast das übernommen?

»Das habe nicht nur ich übernommen.« Sagte sie.

Rutha drehte sich um, drückte sich an Jacobs Brust, gab ihm einen Kuß.

»Du bist dran!«

»Ich weiß nicht. Was meinst du?«

Rutha küßte Jacobs Bauch.

»Möchtest du mit mir schlafen?«

16

Augustin saß vor einem Spiegel. In einem Hotelzimmer. Und kämmte sich seine Haare, die wenigen.

Marie saß auf dem Bett und las aus einem Gedichtband von Paul Celan vor. Aus den anderen Zimmern des Hotels waren Geräusche zu hören: ein Radio, Frauenstimmen, Männerspucken, Furzen.

Marie las:

»Der uns die Stunde zählte, er zählte weiter. Was mag er zählen, sag?«

»Er zählt und zählt, laß ihn zählen, wer zählen will, soll zählen, meine Güte.«

Augustin sprach seinen Satz mit tiefer, ausgesuchter Stimme in den Spiegel hinein. Dem häßlichen Mann ins Gesicht. Dem Walfischmann. Marie beobachtete ihn. Marie mußte lachen. Wie jemand sein eigenes Bild so wenig lieben kann!

»Das ist ernste Literatur«, sagte Augustin. »Ich weiß nicht, warum du lachst.«

»Wegen dir. Du hast mich zum Lachen gebracht. Das ist doch schön. Bitte.«

»Ich dachte, du würdest etwas dabei lernen, wenn ich dir Bücher gebe.«

»Ich habe doch nur gelacht.«

»Ist gut. Liebst du mich?«

»Sehr.«

Augustin warf noch einen Blick in den Spiegel und legte den Kamm auf den Tisch. Säuberlich.

Augustin wälzte sich neben Marie ins Bett.

»Was würdest du alles für mich tun?«

»Alles würde ich tun.«

»Gib mir ein Beispiel.«

Marie zog die Decke über ihr Gesicht. Sie flüsterte.

»Ich würde mich fressen lassen, für dich.«

Augustin riß die Decke weg.

»Ich habe nicht verstanden.«

»Ich würde mich fressen lassen.«

Augustin küßte Marie auf die Stirn. Er mühte sich auf und ging zum Tisch.

»Möchtest du Wein trinken?«

Marie nickte.

»Sind noch Zigaretten da?«

Augustin warf ihr eine Packung und ein Feuerzeug auf das Bett. Er traf sie an der Stirn. Er öffnete die Weinflasche.

»Komm her, Marie, setzen wir uns an den Tisch. Du bist meine, ich bin deiner.«

»Ich möchte im Bett bleiben.«

»Ich möchte nicht im Bett bleiben.«

Marie setzte sich zu Augustin an den Tisch.

Augustin schenkte den Wein in zwei Gläser.

»Also«, sagte er, »du würdest alles für mich tun? Eine Mutprobe? Bist du mutig?«

Augustins Jacke hing über dem Sessel. Er nahm aus der Tasche ein kleines Säckchen. Er schüttete Pulver in eines der Gläser.

»Was machst du?« sagte sie. »Was ist das?«

»In einem Weinglas ist Gift. Ich verschiebe jetzt die Gläser, bis wir nicht mehr wissen, welches das Glas mit dem Gift ist. Wir trinken beide den Wein. Einer von uns stirbt.«

»Glaub ich dir nicht.«

»Dann trink als erste.«

»Das ist verrückt.«

Marie ging durchs Zimmer. Das ist das Rätsel dieses Mannes, dachte sie: Daß er immer dann lügt, wenn man überzeugt ist, er sagt die Wahrheit. Und umgekehrt. Vielleicht ist das sein Rätsel, dachte sie. Aber sicher war sie sich nicht.

»Ich sollte jetzt abhauen. Das ist verrückt.«

»Ich wollte sehen, ob du mich liebst. Wenn du gehst, trinke ich beide Gläser. Weil ich dich liebe.«

Augustin verschob die Gläser gegeneinander. Marie sah ihm dabei zu. Es war ganz still. Nur die Gläser waren zu hören.

»Ich würde mich fressen lassen.«

»Ich trinke jetzt.«

Er nahm das Glas und führte es zum Mund. Marie riß ihm das Glas aus den Händen und schüttete den Wein in ihr Glas. Sie verschüttete etwas auf Augustins Hose. Marie schloß die Augen und trank das ganze Glas in einem Zug leer.

Marie wischte sich mit der Hand über den Mund. Sie warf die leeren Gläser gegen die Wand.

»So macht man das. Das war's. Wolltest du das? Weißt du jetzt, daß ich dich liebe?«

Augustin klatschte in die Hände und lachte. Marie ließ sich auf den Boden sinken. Sie weinte.

»Hör jetzt auf! Was denkst du denn, Marie? Es war Traubenzucker. Nur Zucker. Ein Spiel. Ich dachte nicht, daß du das machst. Ich bin beeindruckt.«

Marie wußte nicht, was sie mit ihren Armen anfangen sollte. Sie waren ihr im Weg.

»Beruhige dich! Du übertreibst!« sagte er. »Ich dachte, du kennst mich. Meinst du wirklich, ich hätte? Hör doch auf!«

Jemand klopfte an die Tür. Augustin öffnete die Tür. Marie blieb am Boden liegen.

»Wer sind Sie?«

»Ich muß mich erkundigen, was das für ein Lärm war«, sagte eine Männerstimme.

»Was für ein Lärm?« sagte Augustin.

»Es hat sich nach Scherben angehört.«

Augustin führte den Mann herein, zeigte auf die zerbrochenen Weingläser. Zeigte nicht auf Marie am Boden.

»Eine kleine Auseinandersetzung.«

»Geht es Ihnen gut?« fragte der Mann

»Schon gut«, sagte Marie.

Sie nahm ihre Sachen und ging eilig an dem Mann und an Augustin vorbei aus dem Zimmer.

Augustin blickte ihr nach.

»Das kommt nicht mehr vor. Sonst ziehen Sie aus.«

Augustin blickte immer noch in die Richtung, in die Marie verschwunden war.

»Haben Sie verstanden? Das ist ein ordentliches Hotel. Die Gäste wollen ihre Ruhe haben.«

»Alle wollen ihre Ruhe haben«, sagte Augustin. »Ich ersetze natürlich die Gläser.«

»Sie bekommen die Rechnung.«

»Sie sind die ganze Zeit vor unserer Tür gestanden«, sagte Augustin. »Habe ich recht?«

»Sie haben recht«, sagte der Mann.

Der Mann ging. Fluchte leise vor sich hin.

Augustin setzte sich auf das Bett. Zirkusmusik war zu hören, aus einem anderen Zimmer.

Augustin vor dem Spiegel kämmte sich sein Haar.

17

Ein viertes Märchen:

Zwei Kinder saßen vor einem Fernseher. Im Fernseher war Marie zu sehen. Sie kauerte in einem Glaskasten.

Vor Marie stand ein Richter.

»Sie haben das Gesetz gebrochen.«

»Ich habe nichts falsch gemacht.«

»Ich ist ein anderer, glauben Sie mir, ich weiß es.«

Die Kinder sprachen den Text nach.

Ein Löwe mit dem Kopf von Augustin kam und biß in den Glaskasten und fras das Glas samt Marie darin.

»Achtung, Scherben!« rief Marie noch.

Die Kinder lachten und klatschten in die Hände.

18

Jacob und Fusco standen vor einem Imbißstand. Nicht Fuscos Laden. Ein fremder. Jacob bestellte sich eine Wurst mit Senf. Fusco trank ein Bier.

»Hast du keinen Hunger, Fusco?

»Wenn es nicht sein muß, esse ich nichts von der Straße.«

»Man muß kein Trinkgeld geben. Kann aber. Man hat keine Verpflichtungen.«

»Ich arbeite selbst in einem Imbiß. Je länger ich arbeite, um so mehr wird mir bewußt, wie wenig Kultur dieses Land hat.«

Jacob und Fusco gingen die Straße entlang.

»Wenn«, sagte Fusco, »meine Mutter wüßte, daß ich in einem Imbißstand in Österreich arbeite, würde sie aus dem Grab aufstehen und mir eine Ohrfeige geben.«

»Hast du Heimweh nach Italien?«

»Ich würde mir wünschen, daß die Menschen mehr lachen und tanzen.«

»Ist das in Italien denn so?«

»Nein, aber ich wünsche es mir trotzdem.«

»Ein Imbißstand, bei dem nur tanzend etwas bestellt werden darf. Das wäre doch etwas. Die Männer in ihrer Arbeitskleidung, die nach der Arbeit ein Bier trinken, um noch nicht nach Hause gehen zu müssen. Ich würde sie gerne tanzen sehen.«

Die Männer lachten. Fusco gab Jacob sein Bier. Jacob trank. Seine angebissene Wurst warf er in einen Mülleimer.

»Diese Wurst hat wirklich nichts, was mich interessiert.«

»Das liegt am Curry.«

»Meinst du?«

»Zu wenig Curry und zuviel Ketchup. Das versaut jede Wurst. Das wissen die wenigsten.«

Jetzt saßen Fusco und Jacob auf einer Parkbank.

»Ich denke, ich habe ein Problem«, sagte Jacob.

»Was für ein Problem?«

»Ich weiß zuviel.«

»Über den Walfisch?«

»Du erinnerst dich doch an die Frau, von der ich dir erzählt habe. Die vielleicht etwas Fixes wird. Sie heißt Rutha.

Ich war bei ihr. Wir haben von wichtigsten Menschen gesprochen. Von den wichtigsten Menschen in unserem Leben. Ihr wichtigster Mensch ist Augustin.«

»Weiß sie von Marie?«

»Nein.«

»Und Marie? Weiß sie von ihr?«

»Ich habe Marie heute noch nicht gesehen.«

»Der Walfisch hat beide Frauen«, sagte Fusco.

»Sieht so aus«, sagte Jacob.

»Was machst du jetzt?«

»Für Marie würde ich alles tun. Und Rutha sagt, ich muß mich um sie kümmern. Das gefällt mir. Irgendwie.«

Die Männer gingen ein paar Schritte. Ein Suppenauto der Caritas parkte am Straßenrand. Ein Mann kauerte am Auto. Die Augen waren geschlossen, er trank seine Suppe. Er hätte aus einem Gemälde sein können.

Fusco sprach es aus: »Dann muß der Walfisch weg.«

19

Marie saß auf ihrem Bett und weinte. Sie weinte in das rote Polster hinein. Sie weinte in die rote Decke hinein. Dann stand sie auf. Sie suchte etwas. Sie fand es. Tabletten in einer grünen Schachtel. Sie ging in die Küche, füllte sich ein Glas mit Wasser.

Le temps des cerises von Patrick Bruel hörte sie in ihrem Kopf.

Marie nahm drei Tabletten aus der Packung und schluckte sie. Marie hielt ihren Kopf unter das laufende Wasser und setzte sich mit nassen Haaren auf den Boden.

Keine Musik war mehr in ihrem Herzen.

20

Jacob telefonierte, rauchte. Lehnte an der Tür der Telefonzelle. Naschmarkt, Blick auf den Peeptempel. Jacob war ernst und betrunken.

Jacob: »Das weiß ich. Dann sollen sie mir doch kündigen!«

Jacob: »Ich habe es Marie versprochen, ich kann nicht weg hier. Man kann nicht verlangen, daß ich meine Schwester im Stich lasse. Da gibt's arbeitsrechtlich sicher irgendetwas, das für mich spricht.«

Jacob: »Was ist mit Paul? Er soll die Fahrt für mich übernehmen. Er fährt gern weite Strecken. Ihm liegt an niemandem viel.«

Jacob: »Ich kann unmöglich jetzt nach Berlin.«

Jacob schnippte seine Zigarette weg. Die Zigarette prallte an der Glasscheibe zurück und landete auf Jacobs Jackett. Im Jackett war ein Loch.

»Scheiße!«

Jacob: »Meiner Schwester geht es nicht gut. Das ist untertrieben. Krebs nicht, nein.«

Jacob: »Ja, das ist mir wichtiger. Aus.«

»I want you« von Bob Dylan war wieder in seinem Kopf.

Jacob: »Dank dir.«

Jacob legt auf.

Keine Musik war mehr in ihm.

21

Marie saß noch am Boden vor dem Abwasch. Jacob saß vor ihr und trocknete mit einem Handtuch ihre Haare. Er nahm sie wie ein kleines Kind und brachte sie ins Bett.

Jacob deckte Marie fest zu. Er stand auf, holte ein Glas

Wasser, stellte es neben Marie und legte sich neben sie ins Bett.

»Daß es so schlimm ist, dachte ich nicht. Ist das heilbar? Ich kenne das nicht. Es kann doch nicht sein, daß es nicht heilbar ist, Marie. Krebs ist in den meisten Fällen heilbar. Aber das? Ist das heilbar?«

»Was soll ich denn machen, Jacob?

Jacob zündete sich eine Zigarette an.

»So ein Schwein!«

»Das nützt auch nichts, Jacob.«

»Ich bleibe bei dir.«

»Was ist mit deiner Arbeit in Berlin.

»Ich würde alles für dich tun.«

»Du kannst nicht hierbleiben, Jacob. Sie werden dir kündigen. Sie schmeißen dich raus, Jacob.«

»Ist schon so gut wie passiert.«

»Wegen mir.«

»Gibt keinen besseren Grund für mich. Mach dir deshalb keine Sorgen. Als LKW-Fahrer bekomme ich überall Arbeit.«

»Du solltest dich um dein Leben kümmern, Jacob. Bei mir nützt es nichts mehr.«

»Hör auf, Marie! Ruh dich aus, Marie! Ich bringe das in Ordnung. Das ist nicht unheilbar, was du hast. Glaube ich wenigstens. Kann ich mir nicht vorstellen jedenfalls. Komm, Marie. Vertrau mir, Marie.«

»Du kannst mich nicht wie ein altes Auto reparieren.«

»Ich glaube schon. Es gibt da ziemliche Erfolge. Ich kann es versuchen.«

Jacob küßte Maries Stirn. »Schlaf jetzt!«

»Was machst du?« fragte sie.

»Ich muß noch telefonieren. Ich bleib bei dir. Ich komme auch gleich ins Bett. Du erzählst mir ein Märchen.«

»Vom Herrchen im Kopf.«

Jacob stand auf, ging zur Tür, drehte sich noch einmal nach Marie um.

»Das wird wieder, Marie«, sagte er leise.

22

Jacob saß auf dem grünen Stuhl in Maries Küche. Er flüsterte ins Telefon.

Jacob: »Fusco?«

Jacob: »Hab ich dich geweckt?«

Jacob: »Das tut mir leid.«

Jacob: »Es ist schlimmer, als ich dachte. Der Walfisch macht sie völlig kaputt. Schlimmer als Krebs.«

Jacob: »Der Walfisch muß weg.«

Jacob: »Ich muß Rutha alles sagen.«

Jacob: »Jetzt beginnt das Spiel.«

Jacob: »Ich kann mir vorstellen, daß Marie dich nach einer gewissen Zeit mögen kann.«

23

Amacord. Schleifmühlgasse, Ecke Rechte Wienzeile. Frühstückszeit. Galt bis in den Nachmittag.

Rutha und Jacob saßen an ihrem Tisch. Rutha hatte das große Frühstück bestellt. Speck und Ei und Orangensaft und Marmelade und Honig und Weißbrot und Schwarzbrot und Butter und so weiter. Sie aß gierig.

Jacob beobachtete sie dabei. Er trank Bier.

»Du hast mich nicht gefragt, wer der wichtigste Mensch in meinem Leben ist.«

»Wer ist dein wichtigster Mensch?«

»Marie.«

»Eine Freundin? Habe ich Pech. Scheiße.«

»Meine Schwester.«

»Habe ich Glück. Wegen ihr bist du hier.«

Jacob zündete sich eine Zigarette an. Er beobachtete Rutha.

»Sie hat kein Glück. Wegen einem Mann hat sie kein Glück. Ein alter, fetter Mann. In einer alten, fetten Hose. Er trifft sie in Hotels. In einem Hotel, das der Gewerkschaft gehört. Er betrügt sie und macht sich lustig, wenn sie für ihn sterben würde.«

»Es gibt viele unglückliche Frauen. Ich denke nicht, daß du da etwas machen kannst. Wenn man liebt, will man auch unglücklich sein. Magst du mitessen?«

»Er heißt Augustin.«

Rutha hustete. Jacob schob ihr ein Glas Wasser zu. Rutha hustete. Jacob klopfte ihr auf die Schulter. Rutha hustete. Die ganze Zeit hustete sie.

»Augustin heißt er?«

»Wie dein Augustin. Fett und alt wie deiner. Wie dein Walfisch. Tu nicht so, Rutha!«

»Ist das wahr?«

»Tu nicht so, Rutha! Das weißt du doch. Tu nicht so, als ob du dich verschluckt hättest. Ich kann Theater nicht leiden! Marie ist die zweite Frau.«

»Ist sie noch zusammen mit ihm?«

»Ich habe Angst um sie. Gestern hat sie Tabletten geschluckt.«

»Das nützt nichts. Habe ich auch schon. Längst, bevor sie es getan hat. Augustin macht alles um sich herum kaputt.«

»Du hast gesagt, daß wir gegen die wichtigsten Menschen kämpfen müssen. Ich fange jetzt an.«

»Wegen ihr?«

»Wegen euch beiden. Wegen der Welt und dem Anstand.«

Pause.

»Wie willst du das machen?«

»Ich dachte, du könntest mir dabei helfen.«

Rutha sah Jacob fest in die Augen.

»Bring ihn um! Dann wäre alles gut.«

»Das ist verrückt!«

»Das ist einfach. Er ist alt und ist fett. Er wehrt sich nicht. Er wartet darauf. Du tust ihm einen Gefallen. Es wäre gut für alle. Und wäre das Beste für ihn. Du gehst in seine Wohnung und erstickst ihn mit dem Kissen, wenn er schläft. Er wird aufwachen und denken, nun ist es soweit, gleich ist es vorbei. Er wird sich nicht wehren, weil er darauf gewartet hat. Es wird so aussehen, als wäre er in seinem Bett eingeschlafen und nicht mehr aufgewacht. Er wartet darauf. Keiner wird nach ihm fragen. Er hat außer seinen Frauen niemanden. Du wärst ein Held.«

»Das ist verrückt! Aber ich bin nicht verrückt.«

»Du wolltest, daß ich dir helfe. Ich sage die Wahrheit. Das ist meine Hilfe. Was ist deine?«

»Ich habe nicht an Mord gedacht.«

»Ich dachte, du möchtest richtig helfen.«

»Ich gehe jetzt. Du hast mich sehr falsch verstanden, Rutha.«

»Ich habe ausgesprochen, was du denkst.«

Jacob stolperte über seine Füße aus dem Lokal.

»Rufst du mich an, Jacob?«

Rutha saß allein am Tisch. Rutha sprach leise zu sich selbst.

Rutha weinte. Und dann hörte sie auf zu weinen. Ihr Gesicht trocknete sehr schnell.

24

In seinem Kopf konnte man hören: Tom Waits *Kommeniezuspadt.*

Jacob ging durch leere Straßen. Die Musik erinnerte ihn. Dicht hinter der Stirn kratzte sie.

Jacob rannte. Dann stand er da. Als wäre sein Kopf zu schwer geworden durch das Gewicht der Band dicht hinter der Stirn.

Jacob setzte sich auf eine Bank, zündete sich eine Zigarette an. Er beobachtete eine junge Frau, die sich in einer Telefonzelle stritt. Er warf die Zigarette weg und ging weiter. Seine Schritte waren schnell, sein Gesicht war düster.

Jacob schlug mit seiner Faust gegen eine Hauswand. Seine Hand blutete. Passanten blieben stehen. Sie hatten Mitleid oder kein Mitleid. Sie sahen einen, der anders war als sie.

Jacob ging weiter. Er drückte einen Finger ins Knopfloch und riß sich ein Stück vom Hemd und band den Fetzen um seine Hand. Seine Hände zitterten.

Keine Musik war mehr in seinem wirren Kopf.

25

Ein fünftes Märchen:

Zwei Kinder saßen vor einem Fernseher. Im Fernseher war ein Nachrichtensprecher zu sehen.

»Ich möchte einmal meine Meinung sagen. Den ganzen

Tag sitze ich in diesem Kasten, und nie darf ich meine Meinung sagen.«

Präsident George Bush saß dem Nachrichtensprecher gegenüber.

»What's your opinion?« (Was ist Ihre Meinung?)

»Ich glaube, daß jeder Vogel, der vorgibt, Flügel zu haben, keine hat. Denn jenes Ding, von dem er spricht, ist er nicht.«

Präsident Bush klatschte in die Hände.

Im Fernseher war jetzt ein Mann zu sehen, der von einem brennenden Haus wegrannte.

»Jo no sé qué quiero.
No sé a dónde voy.
Soy capaz de matar.
Encarcelan a mí.«
(Ich weiß nicht, was ich will.
Ich weiß nicht, wohin ich gehe.
Ich bin fähig zu töten.
Sperrt mich ein.)

Die Kinder sprachen den Text mit und klatschten in die Hände.

26

Jacob stand vor Ruthas Wohnung. Er hämmerte mit seinen Fäusten gegen die Tür.

»Rutha mach auf! Mach auf! Ich bin allein!«

Rutha sah verschlafen aus.

»Da bist du ja!«

Sie wollte Jacob einen Kuß geben.

Jacob ging an ihr vorbei in die Wohnung hinein. Jacob schloß alle Fenster. Er zog auch die schweren Vorhänge vor die Fenster.

»Was ist los mit dir, Jacob? Warum sagst du, daß du allein bist?«

»Sperr die Tür zu!«

»Warum? Was ist los?«

»Sperr sie zu! Es darf niemand wissen, daß ich hier bin.«

Rutha sperrte die Wohnungstür ab. Sie tat es aber langsam, um Jacob zu provozieren.

»Setz dich, Rutha!«

Rutha setzte sich zu Jacob an den Tisch. Sie tat es aber langsam, um Jacob zu provozieren.

»Ich mach's!«

»Was machst du, Jacob?«

»Das, was ich nicht sagen kann. Ich kann es nicht sagen. Aber machen kann ich es. Kannst du es sagen, Rutha?«

»Du hast es dir überlegt?«

»Das weiß ich nicht.«

»Warum?«

»Dann geht es Marie besser.«

»Und wegen mir? Wegen mir machst du es nicht? Weil du denkst, mir geht es nicht schlecht genug? Was ist schlecht genug? Wann geht es einem schlecht genug?«

»Wo wohnt er?«

Rutha lachte. Sie zündete sich eine Zigarette an.

»Kann man nicht der Reihe nach die Dinge durchgehen? Kann man nicht zuerst die Frage durchgehen, wann schlecht genug schlecht ist? Kann man offensichtlich nicht. Gut. Dann kann man eben nicht. Magst du etwas trinken?«

Jacob schüttelte den Kopf. Er schloß seine Augen. Keine Musik war in seinem wirren Kopf.

»Was ist mit deiner Hand, Jacob?«

»Nichts.«

Rutha legte einen Schlüssel auf den Tisch.

»Das ist der Schlüssel zu seiner Wohnung.«

»Du hast einen Schlüssel zu seiner Wohnung?«

»Ich hätte auch einen Schlüssel zu deiner Wohnung, wenn du eine eigene Wohnung hättest.«

»Ich habe eine eigene Wohnung.«

Alles war gefährlich. Jacob wollte nicht der Reihe nach reden.

»Ganz egal, was wir reden«, sagte Rutha, »am Ende würde ich dir den Schlüssel zu seiner Wohnung geben. Es weiß niemand, daß ich einen Schlüssel habe. Wir gehen morgen abend in seine Wohnung. Er wird betrunken sein. Du wartest vor der Tür, bis ich dir ein Zeichen gebe.«

»Was machst du vor mir in der Wohnung?«

»Ich schlafe mit ihm.«

»Du machst was?«

»Wenn ich mit ihm schlafe, schläft er fünf Minuten später ein.«

»Das ist pervers!«

»Vertrau mir, Jacob.«

»Und wenn er nicht einschläft?«

»Er schläft ein.«

Pause.

»Dann kommst du und erstickst ihn mit seinem Kissen. Wir gehen, und alles ist vorbei.«

»Ich lache, Rutha. Schau, ich lache. Schau mich an! Ich soll ihn ersticken? Ich. Mit einem Kissen. Diesen Berg Mann.«

»Er wird sich nicht wehren.«

»Vielleicht nicht er. Aber sein Leben. Das Leben ist automatisch.«

»Was ist mit Marie?«

»Sie weiß nichts.«

»Du sagst es ihr, wenn es vorbei ist. Sie wird stolz auf dich sein. So wie ich es bin. Du bist der Ritter, der alle Seelen rettet.«

Jacob stand auf. Er sah alt aus.

»Ich muß jetzt gehen.«

»Dann gib mir einen Kuß!«

Jacob küßte Rutha auf die Stirn.

Jacob ging zur Tür.

»Jacob?«

»Ja?«

»Jede Frau, die mit Augustin zusammen war, wünscht sich seinen Tod. Und er wünscht es auch.«

Die Tür fiel ins Schloß. Jacob war weg.

27

Ein sechstes Märchen:

Zwei Kinder saßen vor einem Fernseher. Im Fernseher war eine Frau zu sehen. Die Frau trug ein rotes Kleid. Die Frau tanzte. Sie sang mit einer feinen Stimme einen französischen Schlager. Die Vorstellung wurde durch einen Mann unterbrochen. Der Mann sah wie ein Zirkusdirektor aus. Er sprach in ein grünes Mikrophon.

»Meine Damen, meine Herren! Ich stelle mir den Himmel wie eine Garderobe vor. Darin haben die Engel ihre Flügel. Und die Seelen ziehen sich als Menschen an, bevor sie geboren werden. Einige werden allerdings vorher gefressen.«

Die Frau tanzte weiter. Die Kinder aber sahen zum Fenster hinaus.

28

Jacob kniete in einer Kirche. In der hintersten Reihe. Zwei Damen unterhielten sich leise. Ein Mann stellte frische Blumen auf den Altar. Alles hallte. Jacob wischte sich mit einem Taschentuch über die Stirn.

»Natürlich werde ich nicht mehr hierher kommen. Das ist das wenige, was ich machen kann. Ich werde auch nicht heiraten und keine Kinder bekommen. Bestrafe mich nicht für meine Liebe. Ich mache das alles für Marie. Es ist nicht mein Recht zu fragen, ob du mich bei meinem Mord beschützen könntest. Vielleicht beschützt du Marie. Wenn ich nicht mehr hier bin, ist sie allein.«

Keine Musik war hinter seiner Stirn. Alles hallte.

29

Marie saß auf einem Küchenstuhl. Jacob kniete vor ihr. Seine Hand lag in Maries Schoß.

Marie legte einen Verband an Jacobs Hand.

Auf dem Tisch stand eine Flasche Schnaps, mit dem sie die Wunde säuberte.

Jacob sah auf den Boden.

Marie sah auf Jacobs Hand.

»Wie ist das passiert?«

»Ich bin gestolpert.«

»Du lügst, aber ich möchte die Wahrheit nicht wissen.«

Marie schraubte die Schnapsflasche wieder zu.

»Hast du«, fragte Jacob, »manchmal an mich gedacht, als ich in Berlin war?«

»Ich hab mir Sorgen gemacht. Auch jetzt noch.«

Jacob streichelte Maries Gesicht.

»Ich habe oft an dich gedacht«, sagt er.

»Ich bin deine Schwester, Jacob.«

»Darf ich nicht an dich denken?«

»Doch, aber anders.«

»Wie anders?«

»Das weißt du.«

»Erinnerst du dich daran, als ich zum Arzt geschickt wurde?«

»Ja.«

»Der Arzt sagte, ich hätte schlechte Träume.«

»Du wolltest aufhören zu schlafen.«

»Das wäre viel einfacher gewesen, als weiter zu schlafen.«

30

Augustin wohnte in einem Hinterhaus in der Schönbrunner Straße. Rutha und Jacob überquerten den Innenhof. Die Hausbesorgerin hatte hier Blumentöpfe aufgestellt. Hundert. Jeder Mieter mußte für die Schönheit zahlen. Augustin zahlte mehr als die anderen. Nicht, weil ihm an Schönheit etwas lag. Sondern, weil er nie kleines Geld bei sich hatte. Ein alter Gartentisch stand da, darauf ein Aschenbecher, voll. Es gab Parteien, die rauchten nur im Freien.

Im ersten Stock wohnte Augustin.

»Du wartest hier, bis du ein Klopfen hörst«, sagte Rutha.

Sie küßte Jacobs Stirn.

»Warum bist du immer barfuß?«

»Ich habe mir die Füße verfroren«, sagte Jacob.

»Ist das ein Witz?«

Rutha sperrte die Tür auf. Sie verschwand in der Wohnung.

Jacob hörte: »Hallo-o!« Ein fröhliches O-o.

Jacob stand vor der Tür. Er spürte die Kälte nicht. Und

wenn er im Sommer auf dem heißen Asphalt stand, spürte er die Hitze nicht.

Rutha wußte, wo Augustin war. Er lag in seinem Schlafzimmer.

Es war heller Nachmittag. Der Mann wußte, daß er zu nichts mehr zu gebrauchen war.

Augustin saß auf seinem Bett, vor ihm stand eine Flasche Whiskey.

»Bist du aufgestanden?«

»Ich schlafe nicht.«

»Aber du liegst. Immer wenn ich komme, liegst du.«

»Das weiß ich nicht.«

Er schaute sie nicht an. Schaute auf den Boden. Wohin er immer schaute, wenn sie zu ihm kam.

Rutha setzte sich neben ihn.

»Ich habe dich vermißt.«

Augustin blickte zur Decke.

»Ich sollte ausziehen. Die Decke fällt mir auf den Kopf. Und der Boden wächst mir bis zum Hals. Was willst du hier?«

»Ich sagte schon, daß ich dich vermisse.«

»Ich möchte meine Ruhe.«

»Hat sie dich verlassen?«

»Was soll das?«

Rutha ging mit der Whiskeyflasche durchs Zimmer, ging mit ihr in die Küche. Sie nahm ein Glas vom Regal, schüttete Whiskey hinein. Sie war nicht auf der Hut. Sie redete, während sie tat, was sie tat.

»Du möchtest deine Ruhe haben, wenn du einsam bist, aber jetzt bin ich da.«

Sie schüttete weißes Gift in das Glas. Rührte mit dem Finger um. Hielt den Finger unter das Wasser. Verdünnte den Whiskey mit Wasser. Hörte, wie ihr Augustin antwortete:

»Du verstehst nichts.«

»Möchte ich auch nicht. Ich will mit dir schlafen.«

Sie kam mit dem Glas in der Hand zurück. Augustin lag. Sie stellte das Glas neben Augustins Kopf. Er sah zur Decke. Rutha setzte sich neben ihn und küßte ihn. Er hatte nur ein Unterhemd an und eine Hose. Sie zog das Unterhemd aus dem Gürtel, küßte den Bauch. Ihr Gesicht verschwand unter dem Bauch, tauchte auf. Augustin ließ es geschehen. Rutha zog ihn aus. Das war schwierig bei dem Berg. Augustin dehnte sich, hob das Becken. Das hieß: Er wollte.

Rutha schlüpfte aus ihrer Hose und rieb sich an Augustins Körper.

31

Jacob stand, wie er gestanden hatte. Die fühllosen Füße auf dem Stein. Hier war es ruhig. Die Stadt war verschwunden. Sie fand nicht über den Hof in das Hinterhaus.

Ein Klopfen war zu hören. Rutha öffnete die Tür und zog Jacob in die Wohnung. Rutha deutete Jacob, still zu sein. Wie eine unglückliche Katze schlich Jacob hinter Rutha her in Augustins Zimmer.

Augustin lag, die Hose geöffnet, mit offenem Mund auf dem Bett. Und mit offenen Augen. Jacob schrak zurück, lief zur Tür. Rutha ihm nach.

»Er schläft.«

»Er schläft nicht.«

»Er schläft.«

»Mit offenen Augen?«

»Seine Augäpfel sind zu groß. Im Schlaf drücken sie die Lider nach oben.«

»Aber er hat mich angeschaut.«

»Er schläft. Wenn seine Augen offen sind, schläft er tief.«

Rutha zog Jacob ins Zimmer zurück. Sie drückte ihm ein großes Kissen in die Arme.

»Tu's!«

»Er hat die Augen offen.«

»Dann mach du deine zu!«

Rutha verließ das Zimmer.

Jacob schloß die Augen, preßte das Kissen auf Augustins Gesicht.

32

Rutha wartete auf der Straße. Neben dem Hauseingang wurden Gemüsekisten von einem Laster abgeladen. Die waren für das chinesische Geschäft. Das Geschäft hatte geschlossen.

»Die machen erst wieder am Abend auf«, sagte Rutha.

»Dann stelle ich die Sachen einfach hier ab«, sagte der Fahrer. Zu sich selber sagte er es.

Jacob ging an Rutha vorbei. Er ging schnell. Hatte nichts gesagt zu ihr. Hatte sie nicht angeschaut.

Rutha lief ihm nach.

Rutha winkte ein Taxi herbei.

33

Ein siebtes Märchen:

Zwei Kinder saßen vor einem Fernseher. Im Fernseher waren ein Mann und eine Frau zu sehen. Sie fuhren in einem Auto.

Frau: »Nous allons où?« (Wohin fahren wir?)

Mann: »Tu veras.« (Du wirst sehen.)

Das Auto wurde aufgehalten. Kinder überquerten die Straße. Es war eine Show. Sie sangen den Gefangenenchor aus *Nabucco*. Es wurde ein Spot fürs Werbefernsehen gedreht.

Eine Stimme aus einem Lautsprecher war zu hören.

»Und wenn wir sagen, wir lügen nicht, wird gelogen. Wenn wir sagen, wir glauben, spucken wir auf die Straße. Ich bin ehrlich. Ich stehe an deinem Grab, um zu sehen, ob du wirklich tot bist. Wir fressen uns alle, bis niemand mehr da ist.«

Die Kinder sprachen den Text mit.

Der Mann und die Frau durften jetzt weiterfahren.

34

Marie stand vor der kleinen Trafik und trank ein Bier.

Fusco schaute aus dem Fensterchen der Trafik, trank auch Bier.

»Du bist sicher, daß ich dich heute nicht mehr zum Lachen bringe, Marie?«

»Ich weiß nicht, Fusco.«

»Ich sage immer, ich kann jeden zum Lachen bringen. Aber das kann ich nicht. Ich wüßte nicht wie. Aber wenn ich es sage, denkt jeder, ich kann es, und wenn man denkt, der kann einen zum Lachen bringen, dann denkt man, mich kann er nicht, und wenn man sich zusammennimmt, dann muß man lachen, aber wenn man gelacht hat, hat man nicht wegen mir gelacht.«

Marie lachte.

»Siehst du?«

»Das ist dein Trick, ich weiß. Fuscos Trick, ich weiß. Kennt den inzwischen jeder?«

»Wo ist Jacob?«

»Ich weiß nicht. Kommt er nicht zu dir? Hat Jacob eine neue Freundin?

»Warum?«

»Ich merke es.«

»Ehefrauen merken das, Schwestern nicht.«

»Ich merke es. Jacob merkt auch, wenn es mir schlecht geht.«

»Ich glaube, es ist nichts Ernstes. Sie hat ihm Glassplitter aus dem Fuß gezogen. Mehr ist es nicht, denke ich. Was ist mit deinem Mann?«

»Was ist mit meinem Mann?«

»Ich sage: dein Mann, aber ich meine den Walfisch, aber ich sage: dein Mann, weil ich weiß, daß du es nicht gern hörst, wenn ich sage: der Walfisch.«

»Darüber möchte ich nicht sprechen.«

»Ich könnte auch seinen Namen sagen, ich weiß seinen Namen, aber ich weiß auch, daß du seinen Namen nicht hören willst, darum sage ich: dein Mann.«

»Ich will nicht, daß du sagst: dein Mann. Das will ich nicht. Aus jetzt!«

»Aus jetzt!«

»Wie heißt sie?«

»Wer?«

»Jacobs Freundin.«

»Sie heißt Rutha. Wir könnten wieder ausgehen, wir zwei. Ich bin fast wie Jacob und viel besser als der, für den es kein Wort gibt. Was meinst du, Marie?«

Marie lächelte.

»Du bist zu lieb. Zu lieb für mich, Fusco. Kein bißchen ein Arschloch. Eigentlich für jeden zu lieb.«

»Ich könnte mich bessern.«

»Vielleicht. Irgendwann.«

»Das ist keine gute Antwort für mich.«

»Ich muß gehen. Jacob ist bestimmt schon zu Hause. Ich dachte, er kommt zuerst zu dir. Darum bin ich zu dir gekommen, Fusco. Tut mir leid.«

»Ich liebe die Wahrheit.«

Marie drückte Fuscos Hand. Sie wollte gehen. Fusco hielt ihre Hand fest.

»Wenn du irgendwann einen lieben Mann möchtest, der trotzdem kein Arschloch sein will.«

»Ich weiß.«

Marie ging.

35

Jacob und Rutha saßen in Maries Küche. Rutha sah sich um, nahm Dinge in die Hand und stellte sie an den falschen Platz zurück.

»Laß das, Rutha, bitte!«

Rutha nahm ein Glas vom Regal, stellte es wieder ins Regal zurück.

»Bist du ein aggressiver Mensch, Jacob?«

»Ich habe gerade einen Menschen umgebracht.«

»Entspann dich!«

»Was soll ich?«

»Es ist doch alles gut gegangen.«

»Gut gegangen ist alles?«

»Es ist gut gegangen. Man sagt das so.«

»Man sagt das so nach einem Mord? Ich bin mir nicht

sicher, ob es gut ist, daß wir hier sind. Ist das gut? Mein Gott, Marie!«

»Wir müssen ihr die Nachricht überbringen. Es ist eine gute Nachricht für sie.«

Rutha spielte mit einer Knoblauchkette, die über dem Abwasch hängt. Jacob schlug ihr auf die Hand. Die Knoblauchkette fiel zu Boden.

»Ich habe dich doch gebeten, das zu lassen! Es ist ihre Wohnung!«

»Du bist ein aggressiver Mensch.«

Sie hob die Hände wie ein Sträfling, der seine Waffe hergegeben hat.

»Ich weiß nicht, wo Marie ist«, sagte Jacob leise.

»Vielleicht bei Augustin.«

»Hör auf!«

Ein Schlüssel drehte sich in der Tür. Marie stand in der Küche. Sie blickte auf Rutha.

»Wer sind Sie?«

»Rutha. Die andere.«

»Setz dich Marie!« sagte Jacob. »Wir müssen mit dir sprechen.«

Marie setzte sich. Ihre Lippen waren trocken. »Warum?«

Rutha sagte es. Sie sagte es schnell. Sie wollte es sagen, bevor es Jacob sagen kann. »Augustin ist tot.«

Marie schrie.

Jacob fuhr Rutha an.

Jacob wollte Rutha loswerden.

Rutha wiederholte das Böse.

Marie schrie.

Jacob zerrte Rutha aus der Küche.

Rutha wollte nicht gehen.

Marie schrie.

Marie wollte, daß Rutha bleibt und redet, was es noch zu reden gab.

Marie rutschte auf den Boden.

Jacob setzte sich zu Marie auf den Boden.

Rutha wählte Weinen.

Jacob sagte: »Ich habe ihn umgebracht.«

Marie ging aus der Küche. Jacob ging ihr nach. Rutha ging Jacob nach.

»Du lügst«, sagte Marie.

»Ich habe es für dich getan, Marie.«

Rutha sagte: »In erster Linie für Marie.«

Marie sagte: »Wie willst du denn jemanden umbringen können, Jacob? Ich liebe Augustin. Ich liebe ihn mehr als dich.«

Und zu Rutha sagte sie: »Raus!«

Und Rutha sagte: »Ich gehe nicht ohne Jacob.«

Und Jacob rieb sich das Gesicht.

Und Rutha sagte noch einmal, daß sie ohne Jacob nicht geht.

Aber dann ging sie doch ohne ihn.

Jacob versuchte, Marie zu küssen.

Marie verlor das Gleichgewicht. Beide stürzten.

»Ich liebe dich«, sagte Jacob noch.

Marie verlor sich und die Welt.

36

Jacob ging barfuß eine Straße entlang. Die Straße war leer und müde. Jacob war müde. Er drehte sich immer wieder nach Autos um. In seiner rechten Hand hielt er ein Schild: »Berlin«

Bob Dylan sang in seinem Kopf: »I want you.«

Ein schnelles Auto fuhr an Jacob vorbei. Er hatte nicht die Zeit, sein Schild in die Höhe zu halten. Er hob die Augenbrauen und zündete sich eine Zigarette an.

37

Ein letztes Märchen:

Zwei Kinder saßen vor einem Fernseher, gemeinsam hielten sie ein Buch in ihren Händchen. Aus dem Fernseher schaute der Nachrichtensprecher. Er lauschte. Die Kinder lasen ihm vor:

»Herrchen-im-Kopf lebt in der Zacke einer Gabel. Die Gabel gehört einem Kochlehrling. Der heißt Moritz. Moritz vergißt alles, er merkt sich kein Rezept, der Meisterkoch Fritz ist sehr unzufrieden mit ihm. Immer wenn Moritz etwas vergessen hat, schlägt er sich mit der Gabel gegen die Schläfe. Bei einer solchen Gelegenheit springt Herrchen-im-Kopf in das Ohr von Moritz und kriecht durch den Kopf bis zur Stirn. Erst jagt Herrchen-im-Kopf den Moritz herum. Moritz weiß ja nicht, daß einer bei ihm im Kopf wohnt. Aber er muß tun, was Herrchen-im-Kopf ihm befiehlt. Herrchen-im-Kopf schickt ihn ins Kino, dann wieder heraus, dann wieder hinein, dann auf eine Brücke und wieder herunter. Schließlich aber will Herrchen-im-Kopf dem Moritz helfen. Es schaut aus einem Auge heraus und merkt sich alle Rezepte und alle Wörter, die schreibt es dann dem Moritz ins Hirn. Moritz kann sich auf einmal alles merken, er kocht gut, weiß viele Wörter und wird sehr gescheit. Das macht dem Moritz Sorgen, weil er denkt, er sei ein anderer geworden. Er sucht einen Arzt auf und joggt, aber es nützt nichts, er wird immer gescheiter. Die anderen ärgern ihn, lachen ihn aus, weil er plötzlich ein anderer geworden ist. Am meisten ärgert ihn der Meister Fritz, weil der auch neidisch ist. Da möchte Herrchen-im-Kopf dem Meister Fritz sagen, wie alles geschehen ist und warum, und daß er den Moritz nicht mehr ärgern soll. Herrchen-im-Kopf schreibt einen Brief an den Meister Fritz und wirft den Brief aus dem Ohr vom Moritz genau in die Suppe vom Meister Fritz. Aber Meister Fritz sieht den Brief nicht und ißt ihn, weil er so klein ist, mit der Suppe auf. Der Brief bleibt aber im Hals vom Meister Fritz stecken. Herrchen-im-Kopf schreibt noch einen Brief und noch einen und viele Briefe, und alle Briefe wirft es vom Ohr aus in die Suppe vom Meister Fritz, und alle Briefe ißt der Meister Fritz auf, und alle Briefe bleiben ihm im Hals stecken. Der Meister Fritz denkt sich, was kratzt da in meinem Hals, und einmal muß er heftig husten, und da hustet er alle Briefe heraus, und sie fallen in den Teller mit der Suppe. Nun kann Meister Fritz die Briefe sehen und lesen.«

Tom Waits sang sein Lied: »Only strangers sleep in my bed.«

Nachwort

Auf unserem letzten Spaziergang erzählte Paula von einem neuen Romanprojekt. Sie freute sich auf diese Arbeit, und sie hatte gleichzeitig ein schlechtes Gewissen – ein schlechtes Gewissen, weil sie ja noch an einem anderen Roman schrieb, schon seit fast zwei Jahren. Dieser Roman sollte »Die Heldin in der ketchupfarbenen Blutlache« heißen; er besteht aus einzelnen, in sich geschlossenen Episoden, deren Heldin Rutha ist. Paula meinte, diese Arbeit sei eigentlich abgeschlossen, sie wolle nichts hinzufügen und nichts weglassen; aber es sei kein Roman daraus geworden.

Paula hatte zwei sehr produktive Jahre hinter sich. 2001 war sie für längere Zeit in Mexiko gewesen, sie brachte ein dickes Buch voll mit Geschichten mit. Ein Jahr lang arbeitete sie in Wien als Filmvorführerin bei den Breitenseer Lichtspielen, wo sie sich jeden Abend durch die Vorführerluke Filme mit Stan Laurel und Oliver Hardy, Charlie Chaplin, Buster Keaton und Harold Lloyd ansah. Während dieser Zeit schrieb sie an ihrem Roman, und sie schrieb Stories – eruptiv, täglich eine, manchmal mehr, dann wieder wochenlang nichts. Sie erzählte uns von einem Song von Bob Marley, in dem der Sänger berichtet, wie er auf den Bus wartet und ein kleines Stöckchen mit dem Stiefel auf die Straße schießt; das ist alles. So wolle sie schreiben, sagte sie: unsentimental, nicht im voraus entscheiden, was wesentlich und was unwesentlich ist, darauf vertrauen, daß in allem Poesie liege. Dann begann sie an der Filmakademie zu studieren, Schwerpunkt Drehbuch. Oft rief sie uns in der

Nacht an, bat uns, das Telefon laut zu stellen, sie wolle uns etwas vorlesen. Dann saßen wir vor dem Apparat, und sie las uns vor – Treatments, Exposés, einmal ein ganzes Drehbuch, meistens aber Geschichten. Mehr als den ersten Satz brauchte sie nicht, um unser Herz zu fassen. Sie führte ein unruhiges Leben. Ruhe fand sie beim Schreiben.

Bei unserem letzten Spaziergang zum Alten Rhein – Paula war nach Vorarlberg gekommen, weil sie vom ORF eingeladen worden war, ein Jahr lang jede Woche eine Story zu schreiben – sagte sie, sie habe einen Band mit Geschichten zusammengestellt, der auch Episoden aus ihrem Roman enthalte; es sei eine Sammlung, aber eigentlich doch ein Roman geworden, die gleichen Personen kehren wieder, manche Handlungen setzen sich von einer Geschichte zu anderen fort. Die Geschlossenheit eines Romans entsprach nicht ihrem Lebensgefühl. Sie erlebte viel und erlebte schnell, und was sie erlebte, konnte für sich bestehen, und die Schönheit des Augenblicks, in dem auf den Bus gewartet wird, muß nicht in eine größere Dramaturgie gespannt werden.

Paula war sich nicht sicher, welchen Titel sie dem Buch geben wollte. Sie tendierte zu »Mein Talent zum Glück«. Wir haben uns für »Maramba« entschieden; das Wort kommt mehrere Male in ihrem Buch vor, eine der Geschichten trägt es als Titel. Es ist ein Zauberwort. Jedes ihrer Worte erscheint uns in der Erinnerung als ein Zauberwort. Zwei Tage nach unserem Spaziergang stieg Paula auf den Berg, fiel und kam nicht mehr nach Hause.

Sommer 2004
Monika Helfer und Michael Köhlmeier

Inhalt

»Hier kann einer wahrlich schreiben, und er riskiert dabei alles.«

Eva Menasse, F.A.Z

Iris hat es geschafft, ihr Catering-Service verwöhnt die High-Society. Doch während ihr die Prominenz aus der Hand frisst, verliert Robert, Iris' Ehemann, zusehends den Boden unter den Füßen. Als ihr während einer Party die Nachricht von Roberts Tod überbracht wird, beginnt sie zu recherchieren. Rasch stellt sich heraus, dass Robert seit einiger Zeit ein Doppelleben geführt hat.
In seinem lange erwarteten neuen Roman zeigt uns der in Berlin lebende österreichische Schriftsteller Peter Truschner ein Paar in zwei Lebenswelten, die unterschiedlicher nicht sein könnten.

256 Seiten. Gebunden

Zsolnay Z Verlag

www.zsolnay.at